Chères lectrices,

Faut-il croire à la chance ? Oui, toujours. Du reste, ne surgit-elle pas souvent au moment où l'on s'y attend le moins ?

Ainsi, rien ne destinait apparemment Spencer Mathews, ancien policier devenu simple agent de sécurité, à rencontrer le bonheur avec la belle Joanne, médecin chef au service des urgences. Jusqu'à ce que l'enlèvement d'un bébé, dans l'hôpital où ils travaillent, ne les oblige bientôt à unir leurs efforts (Amours d'Aujourd'hui n° 749). De même, lorsqu'elle part de l'île de son enfance, méprisée de tous, Lauren est sans doute bien loin de pouvoir imaginer qu'elle y reviendra, la tête haute et fortune faite, douze ans plus tard (n° 750). Quant à Megan et Phillip, les deux héros de la saga des DeWilde, comment pourraient-ils songer à un avenir commun ? Tels Roméo et Juliette, ne risquent-ils pas d'être irrémédiablement séparés par la haine qui oppose leurs deux familles depuis plusieurs générations (n° 752) ?

Enfin, pour Grace Solarez, qui n'arrive pas à se consoler de la mort de sa fille, le bonheur semble à tout jamais impossible. Au point qu'elle s'est même résolue à mettre fin à ses jours. Mais voilà qu'un incident fait soudain tout basculer (n° 751).

Car tout le monde sait qu'il suffit d'un rien, parfois, pour que l'avenir s'ouvre de nouveau, un rien qui change radicalement les couleurs de la vie, surtout lorsque l'amour s'en mêle...

Bonne lecture !

La responsable de collection

D0812843

GRAND JEU
Dynastie

Avec la nouvelle
et passionnante saga
Dynastie, gagnez
1 magnifique diamant !

Ce mois-ci, avec **Les amants ennemis**, de Kate Hoffmann (Amours d'Aujourd'hui n° 752), participez à notre grand jeu.

En découvrant chaque mois le nouvel épisode de *Dynastie*, vous pourrez augmenter vos chances de gagner et participer au tirage au sort final.

Bonne chance !

Cap sur l'avenir

SHANNON WAVERLY

Cap sur l'avenir

AMOURS D'AUJOURD'HUI

*Cet ouvrage a été publié en langue anglaise
sous le titre :*
LAUREN

Traduction française de
LAURENCE HECKSCHER

HARLEQUIN ®
est une marque déposée du Groupe Harlequin
et Amours d'Aujourd'hui ®
est une marque déposée d'Harlequin S.A.

Illustration de couverture
© IMAGE BANK / CAROL KOHEN

*Toute représentation ou reproduction, par quelque procédé que ce soit, constitue-
rait une contrefaçon sanctionnée par les articles 425 et suivants du Code pénal.*
© 1999, Kathleen Shannon. © 2001, Traduction française . Harlequin S.A.
83-85, boulevard Vincent-Auriol, 75013 Paris — Tél. 01 42 16 63 63
Service Lectrices — Tél 01 45 82 47 47
ISBN 2-280-07753-1 — ISSN 1264-0409

1.

Lorraine déploya le T-shirt pour mieux lire le slogan.

« Si Vous Croyez Que l'Argent Ne Fait Pas Le Bonheur, Vous Ne Savez Pas Où Faire Vos Achats. »

Enfin quelque chose susceptible de faire naître un sourire sur le visage de sa mère ! pensa-t-elle avant de demander :

— Qu'en dis-tu, maman ? J'en achète un pour chacune de nous ?

Audrey DeStefano ne répondit pas. Debout, aussi pâle et immobile que l'un des mannequins qui décoraient la boutique Hyannis, elle ne semblait pas avoir entendu la question.

La jeune femme la rappela à l'ordre en lui posant une main sur l'épaule.

— Maman !

Audrey n'avait que cinquante-cinq ans, mais deux ans de veuvage avaient fait des ravages. Sa chevelure cuivrée — dont ses cinq enfants avaient hérité — était maintenant striée de gris. Ses yeux d'un vert marin — un autre cadeau à ses enfants — étaient assombris par le chagrin. Et Lorraine s'inquiétait des effets de ce chagrin sur la santé de sa mère.

Audrey cligna des paupières et regarda sa fille.

— Rentrons, dit-elle doucement.

— Tu ne te sens pas bien ?

— Mais si. Allons-y.

Lorraine soupira de découragement. Certes, elle ne tenait pas particulièrement à voir la collection dans tous ses détails, et elle avait tendance à considérer le lèche-vitrine comme une perte de temps, mais ces sorties du week-end semblaient avoir un effet bénéfique sur Audrey, et elle ne les organisait que dans ce but.

— Viens, insista Audrey.

La pauvre était si recroquevillée qu'elle paraissait avoir perdu plusieurs centimètres.

Pourquoi réagissait-elle ainsi? se demanda la jeune femme, avant d'en chercher la raison parmi les clientes qui se pressaient dans le magasin.

A quelques mètres d'elles se tenait une femme dont les traits lui parurent vaguement familiers. Elle fouilla dans sa mémoire.

— Mais c'est Mme Dumont!

Les joues d'Audrey s'enflammèrent.

— Oh, maman! Vous étiez de si bonnes amies!

Audrey fit un geste de dénégation, comme pour supplier Audrey de ne pas la mettre dans une situation insoutenable.

— Mais tu ne l'as pas vue depuis plusieurs années! Tu n'as pas envie de savoir comment elle va, et ce qui se passe sur l'île? Est-ce que tu n'aimerais pas échanger avec elle des nouvelles de vos enfants et petits-enfants?

Mais Lorraine parlait dans le vide. Avec un soupir, elle reposa le T-shirt et rejoignit sa mère qui était déjà dans la rue.

Audrey s'éloignait d'un pas rapide, sans se préoccuper des passants qu'elle bousculait sur son passage. Lorraine la rattrapa et lui saisit le bras.

— Voyons, ne marche pas si vite! lui dit-elle en l'entraînant en direction de l'un des bancs qui jalonnaient l'allée piétonnière. Viens, allons nous asseoir...

Une fois installée à côté d'elle, elle la regarda avec compassion.

8

— Je suis désolée, dit Audrey en penchant la tête pour cacher son embarras.

Lorraine était partagée entre le chagrin et la colère.

— Maman, il y a eu tant de changements depuis que nous avons quitté l'île d'Harmonie.

— Oui, grâce à ta réussite et à ta générosité. Mais les gens de chez nous sont toujours les mêmes. Crois-moi, ils se souviennent de tout : des entreprises ratées de ton père, de son engagement politique, de la saisie de notre maison...

Un étau de frustration enserra la poitrine de Lorraine. Cela faisait douze ans qu'ils avaient emménagé à Boston, mais l'humiliation de sa mère était aussi vive qu'au jour de leur départ.

Elle s'appuya contre le dossier du banc. Un sentiment de culpabilité se mêlait à la frustration qu'elle ressentait. Car le désastre financier n'était pas la pire humiliation subie par les DeStefano. Ils avaient aussi dû assumer les conséquences de la grossesse de leur fille âgée de quinze ans. Ce malheureux événement avait tourné au scandale quand on avait su que le père était plus jeune encore d'un an, et qu'il s'agissait d'un Hathaway.

Lorraine soupira lourdement, les épaules basses. Sa mère ne mentionnait plus jamais cet épisode de leurs existences, mais elle ne l'avait pas oublié, et cela contribuait à sa gêne chaque fois qu'elle rencontrait un témoin de sa vie passée. Comme si tous les efforts accomplis par Lorraine depuis douze ans, notamment pour rétablir la réputation de sa famille, ne comptaient pas.

A cette dernière pensée, la jeune femme redressa les épaules pour se souvenir avec fierté de ce qu'elle avait entrepris. A présent, elle possédait des biens fonciers qui valaient plusieurs millions de dollars. Elle gérait sa fortune et ne cessait de l'arrondir. Ce n'était pas l'épaisseur de son portefeuille qui la satisfaisait le plus, mais tout ce que cet argent lui permettait d'obtenir : une éducation universitaire pour ses frères et sœurs, des réceptions de mariage, des vacances, des prêts sans intérêts qui permettaient aux plus jeunes membres de la famille de s'acheter une première voiture... Et comme elle avait des besoins en personnel, elle avait même embauché ses deux sœurs.

En tant qu'aînée, Lorraine avait toujours eu le sens des responsabilités, mais maintenant qu'elle avait la grande satisfaction de voir ses cadets sortis d'affaire, c'était sa mère qui lui causait des soucis. La roue avait tourné. Autrefois, c'était Audrey qui était le roc de la famille et soutenait Lorraine de sa force inébranlable dans les moments de crise, mais elle s'était repliée sur elle-même depuis la mort de son époux. Elle ne voyait plus ses amis et n'appréciait plus les activités de détente qui avaient fait sa joie. A cinquante ans, elle était prématurément vieillie. La situation avait encore empiré à l'automne précédent quand son dernier-né était parti pour l'université.

Lorraine surprit les regards furtifs de sa mère qui s'inquiétait encore de voir resurgir Mme Dumont.

— Maman, est-ce donc si important ce que les gens d'Harmonie pensent de nous ?

— Non, murmura Audrey.

Mais Lorraine lut dans les yeux maternels un « oui » si coupable qu'elle vibra de colère. Contre son père, contre elle-même, et contre les Hathaway qui avaient tout fait pour leur rendre la vie impossible sur l'île. Mais ce qui la contrariait le plus, c'était cette nostalgie pour un bout de terre en plein océan, à quinze kilomètres des rivages de la Nouvelle-Angleterre.

Toutefois, il était aisé de comprendre l'affection de sa mère pour l'île de sa jeunesse. Après avoir vécu là-bas, il était difficile de concevoir un autre chez soi.

— Harmonie te manque, n'est-ce pas ?

Audrey fixait de nouveau le vide. Elle haussa une épaule, mais ses yeux se voilaient de larmes.

Emue et compatissante, Lorraine lui prit la main, avant de tomber dans un silence pensif.

En fait, elle songeait depuis quelque temps à acheter une maison sur l'île afin de l'offrir à sa mère, et ce dernier incident l'avait convaincue que le moment était venu de passer à l'action.

L'émotion la gagnait. Elle n'était que fort rarement retournée à Harmonie qu'elle avait quittée à l'âge de dix-huit ans. Elle y avait assisté au mariage de sa meilleure amie, Cathryn McGrath. Et puis, deux mois plus tôt, son autre amie de toujours, Julia Lewis, lui avait demandé d'être son témoin. Ces visites ne comptaient guère.

Elle n'avait jamais revu Cameron.

Mais si elle avait l'intention d'acheter une maison sur l'île, une rencontre était inévitable. Trouver la maison idéale lui prendrait du temps, et la surface totale d'Harmonie ne dépassait pas les trente-cinq kilomètres carrés. Elle se jura de trouver une demeure qui rendrait à sa mère sa fierté d'antan.

Et en plus de recouvrer sa respectabilité, Audrey renouerait avec ses amies de toujours et, partant, aurait de nouveau bon moral et retrouverait ses passe-temps favoris : le jardinage et les longues promenades en bordure de l'océan, ce qui lui ferait le plus grand bien physiquement.

Lorraine et ses frères et sœurs viendraient souvent lui rendre visite. En fait, dans la mesure où ils habiteraient chez elle durant leurs séjours sur l'île, Audrey verrait sans doute ses enfants et petits-enfants davantage qu'à l'heure actuelle.

Et lorsqu'elle ne recevrait pas de visites de sa famille, il y avait peut-être une autre solution...

Lorraine avait eu une idée lors de sa visite en avril pour le mariage de Julia. Elle avait vu partout des panneaux offrant des chambres à louer. Certains de ces gîtes restaient ouverts hiver comme été, ce qui était un signe évident de leur popularité.

Oui, elle encouragerait sa mère à se lancer dans cette direction-là. Audrey avait désespérément besoin d'un axe qui donne un sens à son existence quotidienne. Elle serait une hôtesse merveilleuse. Autrefois, elle adorait mitonner de bons petits plats et avoir du monde autour d'elle. Durant un week-end dans une auberge du Maine, elle lui avait même dit combien la vie de leurs logeurs lui paraissait enviable.

Il était possible, bien sûr, qu'Audrey ne veuille pas passer toute l'année sur l'île, mais ce n'était pas un problème. Lorraine garderait l'appartement de sa mère à Boston, ce qui permettrait à celle-ci, en venant sur l'île en résidence secondaire, d'épater la bonne société d'Harmonie.

L'enthousiasme de Lorraine croissait de seconde en seconde. On était à la mi-juin. Si elle commençait ses recherches immédiatement, elle pourrait avoir finalisé la vente avant la fin juillet. Ce serait l'époque idéale pour commencer les travaux de rénovation auxquels il fallait s'attendre. Si le temps se maintenait et s'il n'y avait pas de retards de chantier, l'endroit serait prêt...

Elle faillit sauter de joie sur place. La maison serait fin prête en décembre. Ce pourrait donc être un cadeau de Noël ! Elle avait envie d'annoncer la nouvelle à tue-tête, mais il n'y aurait plus eu de surprise. Et la surprise était un élément essentiel de l'opération.

Lorraine était une femme réaliste. Elle n'aurait pas bâti une fortune si elle n'avait pas eu les pieds sur terre. Elle rencontrerait sur l'île des difficultés qui ne se poseraient pas sur le continent, mais elle se sentait capable de résoudre au fur et à mesure les problèmes de logistique qui ne manqueraient pas de surgir. Pour le moment, elle ne voulait songer qu'au bonheur d'emmener toute sa famille passer Noël sur l'île d'Harmonie et de voir s'illuminer enfin le visage de sa mère.

Certes, les impératifs de temps l'obligeaient à faire des séjours prolongés sur place, s'objecta-t-elle. Elle rencontrerait forcément Cameron, ses parents et leurs amis avides de commérages. Sur une île aussi petite qu'Harmonie, avec une population locale d'environ six cents habitants, la question n'était pas de savoir si ces rencontres se produiraient, mais quand.

Soudain, son excitation intérieure la déconcerta. Certes, elle avait bouillonné de fureur et de projets de vengeance en quittant Harmonie. Les Hathaway, Pru surtout, l'avaient gravement blessée, elle, et aussi sa famille, d'une façon aussi cruelle qu'injuste.

En réalité, trop de gens avaient cru aux mensonges de Mme Hathaway, et avaient répandu le bruit que la jeune DeStefano couchait avec tout le monde, et que n'importe qui aurait pu être le père de son enfant. N'importe qui, mais pas Cameron. Un garçon aussi bien élevé ne faisait pas des choses pareilles, et la seule raison pour laquelle il avait été accusé tenait à la personnalité instable de Tom DeStefano qui avait convaincu sa fille de jeter de la boue sur les Hathaway.

Au demeurant, tous avaient pensé que les DeStefano cherchaient uniquement un dédommagement substantiel.

Plus tard, les mêmes avaient encore cru ce que Pru avait raconté au sujet de la fausse couche de Lorraine, à savoir qu'il s'agissait en fait d'un avortement. Et ils avaient expliqué cette prétendue interruption volontaire de grossesse par le fait que Lorraine avait compris qu'elle ne réussirait pas à extorquer de l'argent aux Hathaway, et avait choisi de se débarrasser d'un enfant qui ne lui servait plus de monnaie d'échange.

Mais rien n'avait blessé Lorraine plus profondément que l'attitude de Cameron. Il avait cru sa mère, lui aussi. Cameron, qui avait toujours été son meilleur ami. Cameron, qui avait partagé ses premiers émois et cédé avec elle à la voix de la passion. Cameron, qui avait été fou d'elle avec la naïveté d'un enfant et la virilité d'un homme fait.

Ses parents l'avaient expédié en pension, et quand il était revenu pour les vacances, il lui avait craché tout son mépris.

Lorraine avait passé trois années de plus à Harmonie. Trois années atroces, passées à garder la tête haute et à prétendre qu'elle se moquait de la rumeur publique. Mais elle avait tenu le coup et, quand elle était partie, elle s'était juré de revenir après avoir fait fortune.

Elle n'avait donc plus qu'à préparer sa revanche...

« Regardez-moi ! Regardez la femme que je suis devenue ! » crierait-elle aux Hathaway. Elle s'en savait capable. Ce n'était pas pour rien que ses camarades de classe l'avaient désignée comme celle qui réussirait le mieux dans l'existence.

Et elle avait atteint son but. Elle n'était pas Crésus, mais sa fortune lui suffisait. Alors, pourquoi hésitait-elle encore ? Elle était prête. Elle avait fait ses preuves. Pourquoi ne pas sauter le pas ?

Lorraine ferma les yeux et fouilla les tréfonds de son cœur. Oui, la colère et le ressentiment couvaient toujours. Oui, ses vieilles douleurs criaient vengeance. Mais dans un recoin de son âme, il y avait aussi autre chose.

D'abord, elle avait gagné en âge et en maturité. Elle considérait maintenant l'esprit de vengeance comme un trait de caractère peu flatteur. Certes, l'humiliation subie lors de sa courte grossesse restait un facteur puissant. Les gens d'Harmonie avaient la mémoire longue, et si elle s'était imaginé le contraire, son séjour lors du mariage de Julia l'avait convaincue de son erreur. Nul, bien sûr, n'avait fait montre de grossièreté ou dit quoi que ce soit en sa présence, mais il suffisait de regarder certaines personnes pour savoir ce qu'elles pensaient de « la DeStefano ».

Alors, Lorraine réalisa avec un pincement désagréable qu'elle ressentait quelque chose qui ressemblait fort à de la peur. Elle craignait de ne pas se montrer à la hauteur de ses projets et de se couvrir de ridicule. Elle ne concevait pas comment elle aurait pu échouer dans une opération immobilière. Elle en réalisait tous les jours de semblables dans sa vie professionnelle. Et pourtant, la peur était bien là, ancrée sans doute dans les malheurs de son père. Et puis, il y avait aussi la crainte de rencontrer les Hathaway, Cameron en particulier, même si elle ne comprenait pas d'où lui venait une si grande anxiété.

L'humiliation et la peur... Il s'agissait là d'émotions

puissantes à l'effet particulièrement insidieux, qui entravaient les efforts les mieux intentionnés, exposaient au grand jour les vulnérabilités cachées, et s'accompagnaient presque invariablement de tristesse et d'insatisfaction. Lorraine voulait y échapper, tout comme elle désirait oublier le passé qui les avait suscitées.

Désormais, elle voulait se rendre sur Harmonie aussi souvent qu'elle le désirerait et s'y sentir parfaitement à l'aise. Ses amies Julia et Cathryn lui manquaient. La vie était fragile et passagère. Et après des années de feinte désinvolture, elle reconnaissait maintenant l'attachement viscéral qui la liait à l'île qui l'avait vue naître.

Lorraine rouvrit les yeux. Elle se sentait déjà mieux. Quelquefois, il suffisait d'affronter un problème en face pour commencer à le résoudre. Elle se tourna vers sa mère.

— Tu veux continuer à faire des courses ?

Audrey secoua la tête.

— Je préférerais rentrer à la maison.

Lorraine eut un sourire plein d'ironie.

— Moi aussi !

Elle se leva d'un mouvement résolu et répéta :

— Moi aussi, maman !

Installé à sa table favorite, près de la fenêtre, Cameron Hathaway prenait son petit déjeuner au café de la Mer, tout en écoutant d'une oreille distraite les commentaires de Fred Gardiner qui se plaignait à l'idée de voir le manoir Rockland vendu aux enchères.

En fait, Cameron ne se lassait jamais de voir s'animer le port d'Harmonie. Du côté de la terre ferme, les propriétaires des boutiques se préparaient pour une nouvelle journée estivale. Ils déroulaient leurs stores, arrosaient leurs bacs à fleurs, sortaient leurs marchandises. Il y avait de tout : des T-shirts décorés de logos de l'île, des livres, des cartes postales, des lunettes de soleil, un chaudron pour la barbe à papa, des peintures marines et des bijoux des artisans locaux. De l'autre côté de la rue, plusieurs personnes étaient déjà sur la jetée, attendant le premier ferry de la journée.

Le ciel était d'un bleu poudré. L'or blanc des surfaces orientées vers la lumière vive du soleil levant tranchait sur l'âpreté des ombres tournées vers l'ouest. Tout semblait vivre de ce contraste : les balustrades des porches des hôtels victoriens, les bicyclettes, les toitures à pignons, les coupoles, les hampes de drapeaux, les piliers de la jetée, et même les bouées qui flottaient dans le chenal.

Sur le pont des voiliers ancrés dans la crique, des vacanciers aux pieds nus prenaient leur premier café de la journée. Leurs visages brillaient de la même lumière qui illuminaient les mâts au-dessus de leurs têtes et les vaguelettes tout autour d'eux. Les toits de la marina Hathaway, à l'extrémité occidentale de la baie, reflétaient exceptionnellement bien les rayons solaires.

Cameron adorait les petits matins d'été. Dans deux ou trois heures, les visiteurs venus passer la journée sur l'île et les vacanciers à demeure transformeraient rues et boutiques en fourmilières. Sur l'océan, les moteurs des vedettes empliraient l'air de leurs rugissements, et il y aurait des embouteillages sur les routes menant aux plages.

Mais pour l'instant, Harmonie lui semblait une île paradisiaque... même quand Fred Gardiner l'assourdissait de ses plaintes.

La lumière ne constituait pas le seul avantage de ces débuts de journée. C'était le moment où les natifs de l'île avaient la possibilité de se retrouver entre eux, avant que le café ne se remplisse d'étrangers. Même si l'atmosphère était moins intime qu'au cœur de l'hiver, il y avait quelque chose de réconfortant dans les bruits de couverts et les bonnes vieilles odeurs de café et de bacon.

— ...L'avidité. Voilà la raison fondamentale derrière cette vente aux enchères ! grommelait Fred tout en tartinant de beurre son pain brioché aux myrtilles.

16

— Bien sûr qu'il s'agit de gros sous, approuva Cameron d'un ton placide, tout en saluant d'un signe de tête son père qui venait d'entrer dans le café et se dirigeait vers son tabouret favori devant le comptoir.

Pru préparait toujours un copieux petit déjeuner, mais Clay Hathaway aimait s'arrêter pour prendre un café avant de se rendre à la marina.

— ...S'ils avaient simplement voulu se débarrasser d'une propriété encombrante, objectait Fred, ils auraient fixé un juste prix et l'auraient mise sur le marché par les voies habituelles.

Et ce disant, il fronçait les sourcils d'une façon qui le faisait ressembler davantage à un vieux docker qu'à l'architecte d'intérieur qu'il était en réalité.

— Non. S'il avait simplement voulu s'en débarrasser, il en aurait fait cadeau à la L.P.I.H., répliqua Cameron, rieur.

Il souriait à l'idée qu'il remuait le couteau dans la plaie de son ami, lequel se trouvait être le président de la Ligue pour la préservation de l'île d'Harmonie.

En fait, quand Fred avait proposé aux héritiers du Dr Smith de leur racheter le manoir, son offre avait été repoussée sans ménagement. La somme proposée n'était pas très élevée, mais elle constituait tout l'avoir de la L.P.I.H. Aussi Fred était-il indigné que les nouveaux propriétaires — de vulgaires continentaux — aient méprisé les efforts de l'association et préféré se lancer dans un pari immobilier.

— J'espère que leurs beaux projets vont tomber à l'eau, ruminait Fred. Et qu'il n'y aura personne à la vente. A part toi, bien sûr.

— Ce serait trop commode.

— Puisque l'association n'a pas pu l'obtenir... Oh ! cette maison aurait été le clou de notre visite organisée des demeures historiques de l'île.

Il serra les lèvres et remua la tête, à court de mots pour exprimer ses regrets.

Cameron termina sa dernière crêpe et s'essuya la bouche.

— Surtout avec la légende de la *Dame Grise*!

— Exactement.

Le regard de Fred se fit pensif.

— ...L'association pourrait peut-être conclure un accord avec toi. Quelques visites durant l'été. Des concerts de bienfaisance sur la pelouse. Portes ouvertes à Noël. Qu'en penses-tu?

Cameron considérait que l'idée valait certainement la peine d'être développée, mais il n'aimait pas brûler les étapes.

— Je dois d'abord songer à la vente aux enchères de demain.

Fred balaya ces scrupules d'un revers de la main.

— Oh, tu n'auras pas de problèmes. Les gens d'ici se retireront du jeu dès qu'ils se rendront compte que tu es intéressé.

— Ce ne sont pas les gens d'ici qui m'inquiètent. Il va y avoir des concurrents venant du continent, y compris des promoteurs immobiliers.

— Et alors? Tu seras là, toi aussi. Arrête de te faire du souci. Je suis sûr que tu remporteras les enchères, et à un bon prix!

Cameron l'espérait. Il avait toujours admiré le manoir Rockland. Il se souvenait de la fascination que la demeure exerçait déjà sur l'écolier qu'il avait été, mais récemment cette fascination avait tourné à l'obsession. Le livre qu'il était en train d'écrire sur les légendes d'une île du Massachusetts expliquait certainement cette hantise.

Sa légende favorite tournait autour du naufragé d'un schooner, la *Dame Grise*, qui s'était échoué sur les basfonds au large d'Harmonie, durant une terrible tempête de décembre 1843. Le temps que les sauveteurs atteignent le vaisseau, la plupart de son équipage avait péri, y compris son capitaine, John Gray, qui avait été emporté par une lame alors qu'il dirigeait les opérations depuis le pont. Mais ils avaient réussi à sauver l'épouse de celui-ci, laquelle avait grimpé dans le gréement, soutenue par le désir de sauver sa propre vie, bien sûr, mais surtout celle de l'enfant qu'elle portait. Malheureusement, une fois sur la terre ferme, elle n'avait pas tardé à perdre ses espoirs de maternité.

Isabelle Gray était une femme de caractère, à l'esprit singulièrement libre pour son temps. Au lieu de retourner à Rockland, la ville du Maine dont elle était originaire, elle avait décidé de s'installer sur Harmonie et d'y bâtir une maison digne de la veuve d'un armateur fortuné. Elle avait vécu sur l'île le restant de sa vie, incapable de quitter les rivages témoins des derniers instants de son époux.

Le naufrage l'avait tellement traumatisée qu'elle en rêvait et prenait ensuite plaisir à raconter ses visions. Au cours de celles-ci, la *Dame Grise* lui apparaissait comme un navire de verre illuminé de l'intérieur par un ardent feu blanc.

L'histoire aurait pu s'arrêter là, et on aurait attribué ces visions aux hallucinations d'une femme dévorée par le chagrin, si, après sa mort, d'autres gens n'avaient affirmé avoir vu, eux aussi, la *Dame Grise*.

La légende avait donc persisté. Des détails variés étaient même venus l'étoffer. Certains croyaient qu'une apparition du schooner signifiait un amour heureux, et d'autres étaient convaincus qu'il s'agissait au contraire de l'annonce d'un malheur. D'autres encore prétendaient que le navire se matérialisait pour prévenir la population de l'imminence d'une tempête.

Dans la version préférée de Cameron, la *Dame Grise* tentait de trouver un passage à travers les récifs afin de venir chercher Isabelle, mais à l'approche du lieu du naufrage, elle disparaissait avant d'être arrivée au port. Prisonniers de ce cycle, John et Isabelle étaient voués à une séparation éternelle.

Les optimistes, cependant, croyaient que le mauvais

sort finirait par être brisé, et que John rejoindrait alors Isabelle. Ce jour-là, le navire s'éloignerait, toutes voiles dehors, et nul ne le verrait plus jamais. Mais on n'expliquait pas quand et comment le dénouement se produirait.

Cameron en avait conclu tout simplement que certaines personnes se refusaient à accepter les dénouements tragiques.

En tout état de cause, la *Dame Grise* constituait une légende locale fascinante, et le manoir Rockland en faisait partie intégrante. Il méritait à ce titre d'être préservé et restauré dans sa grandeur initiale. D'ailleurs, abstraction faite de la légende, Cameron aurait quand même voulu l'acquérir et le restaurer dans sa splendeur originale. L'architecture exceptionnelle était d'une qualité rare, et c'était la seule demeure de l'île bâtie dans le style néoclassique.

Cameron était la personne idéale pour en assurer la rénovation. A l'âge de vingt-neuf ans, il était déjà considéré comme un expert incontournable de l'histoire d'Harmonie. Il avait écrit deux livres et plusieurs articles sur ce sujet. Il avait contribué d'une façon significative à toutes les entreprises récentes de rénovation. Depuis deux ans, il était le président de la commission culturelle du district.

— Tu prévois de faire quoi, avec le manoir Rockland? demanda Asa Hodge, le propriétaire du café de la Mer, qui écoutait la conversation de Cameron et de Fred sans prendre la peine de feindre l'indifférence.

Les clients installés sur les tabourets du comptoir, y compris Clayton Hathaway, se tournèrent pour mieux écouter.

Cameron sourit à son père avec respect et affection. Toutes les valeurs auxquelles il était attaché lui avaient été inculquées par Clay : son sens de l'effort, son respect des traditions et de la fortune familiale, sa vénération pour l'île et les eaux qui l'entouraient, et bien sûr la responsabilité atavique des Hathaway dès qu'il s'agissait de défendre et de maintenir l'intégrité d'Harmonie.

Cameron commit l'erreur de finir son café avant de répondre à Asa, et la plantureuse Birdie Ames, qui travaillait pendant l'été comme chauffeur de taxi, en profita pour se glisser dans la conversation.

— Eh bien, j'ai l'intention de le rénover et d'y fonder un foyer.

Comme quelques rires entendus s'élevaient, il admit :

— Certes, il faudrait d'abord que je commence par me marier.

En revanche, il refusa de dire si Erica et lui avaient fixé une date de mariage, ce qui était bien l'information recherchée par la belle Birdie. Beaucoup de gens partageaient sa curiosité. La mère de Cameron mourait d'envie d'entamer des préparatifs de mariage. Même son père commençait à faire des allusions au fait qu'il était le seul représentant mâle de sa génération, et que la postérité de la famille reposait entièrement sur lui. S'il n'avait pas d'enfants, il serait le dernier des Hathaway, et le fruit de trois cents ans d'efforts s'évanouirait en fumée.

Cameron avait la ferme intention de se marier un jour et d'avoir des enfants. Il n'avait pas le moindre désir de voir son héritage éparpillé entre de lointains cousins. D'ailleurs le mariage faisait partie du cours normal de l'existence. Mais il n'aimait pas qu'on le bouscule.

— Pour en revenir à la question d'Asa, mon projet de rénovation ne diffère pas de celui que la Ligue pour la préservation de l'île d'Harmonie envisageait, à ceci près qu'il s'agira d'une entreprise privée.

Skip Reed, un pêcheur local, repoussa sa casquette en arrière.

— Alors, vous prévoyez de l'ouvrir au public ?

— Je l'espère, Skip.

— Mais tu habiteras quand même là-bas ? intervint Fred avec un soupir chagriné.

— Certes, mais je tiens à ce que le public puisse, dans une certaine mesure, partager mon bonheur.

Billy Davis, qui faisait comme le père de Cameron partie de la commission du cadastre, était assis sur la banquette adjacente. Il se retourna et passa un bras sur le dossier de cuir rouge qui le séparait de la table de Fred et Cameron.

— C'est logique, étant donné ton goût pour l'histoire.

Lucy Fernandes, l'une des serveuses, passait entre les clients, une cafetière à la main, pour remplir les tasses de ceux qui le souhaitaient. C'était une femme de cinquante ans, tannée et rondouillarde, qui emprisonnait sa volumineuse chevelure frisée dans un filet.

— Vous savez quoi? J'ai un bureau qui provient de cette maison-là.

Cameron la dévisagea avec intérêt.

— Vraiment?

— Hé oui! Addie et Doc Smith l'ont donné à mon père en paiement pour des travaux de peinture. Ils lui ont dit qu'ils l'avaient trouvé sur place quand ils avaient acheté la propriété.

Et tout en remplissant la tasse de Cameron, elle annonça :

— Tu sais quoi? Tu achètes la maison, et moi je te donne le bureau pour t'encourager à commencer la restauration.

Cameron était si touché par une telle générosité qu'il en resta muet. Emue à son tour de le voir si bouleversé, elle lui tapota brièvement l'épaule, et continua sa tournée.

— Tu crois que le prix des billets d'entrée d'un musée justifiera le coût d'une restauration soignée? demanda Billy Davis.

— J'en doute fort.

Erica s'était montrée sceptique. Elle ne voyait dans cette maison qu'un puits sans fonds qui ne cesserait d'engloutir de l'argent sans jamais rien rapporter. Elle avait très probablement raison, mais Cameron était si obsédé par l'idée de créer et de diriger son propre musée qu'il ne se souciait guère des objections.

Il réalisa soudain qu'ils parlaient tous comme si l'acquisition était chose faite.

— Comme je l'ai déjà dit, il ne s'agit pour l'instant que de spéculation. La seule chose sûre à l'heure où nous parlons, c'est ma ferme intention de participer à la vente aux enchères de demain et de faire mon possible pour que le domaine ne soit pas vendu à un pékin incapable de l'apprécier. Après ça, nous aviserons...

— Bonne chance, fiston, dit Billy.

Chacun y alla de quelques mots de soutien et d'encouragement, tandis que le père de Cameron se masquait la bouche d'une main pour dissimuler un grand sourire de fierté.

Réchauffé par la bonne volonté de ses voisins et amis, Cameron reprit sa contemplation du port. Il était serein et optimiste. Peut-être à cause de la camaraderie qui régnait au Café de la Mer. Peut-être à cause de son livre qui avançait plus vite et mieux qu'il ne l'avait espéré. Ou, plus probablement, parce qu'il se réjouissait à l'avance de devenir le propriétaire du manoir Rockland. Il n'avait jamais ressenti une plus grande excitation intérieure depuis que...

Il ne se souvenait pas depuis quand.

Le beuglement familier d'une corne de brume interrompit le cours de ses pensées.

— Le voilà, dit Asa, en saisissant deux assiettes de gaufres à travers le passe-plats.

Le ferry à trois ponts passait juste la digue, le flanc à bâbord illuminé par le soleil.

— On dit que ton nouvel ordinateur arrive aujourd'hui.

— On a raison, dit Cameron avec un sourire en coin. Celui que j'utilise actuellement est vieux de sept ans. Un dinosaure à l'âge de l'informatique. Mais j'ai l'habitude de mon vieil appareil et, pour être tout à fait honnête, la perspective d'apprendre à utiliser tous ces nouveaux logiciels ne m'enthousiasme guère.

Il fit signe à la serveuse.

— L'addition, s'il te plaît, Lucy.

— Et la mienne aussi, Lucy, dit Fred.

Clay Hathaway quitta son tabouret pour les rejoindre. Son fils avait hérité de ses cheveux bruns et lisses, de ses yeux bleu-gris et de sa carrure solide, et espérait avoir aussi hérité de sa propension à garder la ligne et la forme dans son âge mûr.

— Tu as besoin d'aide pour transporter les caisses de ton ordinateur jusqu'à ta voiture, Cam ?

— Avec plaisir. Merci. Mais attendons d'abord que la foule des plaisanciers se soit un peu clairsemée.

Les trois hommes réglèrent ce qu'ils devaient, mais restèrent à leurs places en attendant que le ferry ait déchargé le gros de sa cargaison. Ils observèrent d'un air détaché les passagers qui débarquaient à pied et les véhicules qui sortaient de la soute.

La foule était encore compacte quand Cameron remarqua Anne McDougal, la représentante d'une agence immobilière locale, qui attendait dans l'aire de stationnement située de l'autre côté de la rue. Anne avait l'habitude de venir chercher des clients à l'arrivée du ferry. Comme elle levait et agitait un bras, Cameron repéra la personne qui se hâtait vers elle... et en resta sidéré.

Tout aussi stupéfait, son père se rapprocha de lui.

— Est-ce bien celle à laquelle je pense ?

— Je n'en suis pas certain.

Et quoi encore ? Qui d'autre qu'elle aurait pu avoir une couleur de cheveux pareille ?

— Que se passe-t-il ? demanda Fred.

Fred était un nouveau résident. Il ne vivait sur l'île que depuis une dizaine d'années et ne connaissait pas Lorraine, mais ce n'était pas vraiment le moment de lui donner des explications.

— Dieu du ciel ! s'exclama Lucy. Si ce n'est pas Lorrie DeStef...

Elle ravala le reste de sa phrase et jeta un coup d'œil inquiet en direction de Cameron.

— Qui est Lorrie DeStef ? demanda Fred.

Personne ne lui répondit.

24

La salle était devenue curieusement silencieuse. Cameron n'avait pas besoin de se retourner pour savo... que tous les regards guettaient sa réaction.

Tous savaient que cet épisode de son adolescence n'avait pas été facile à vivre. Le fait de passer quelques années en pension l'avait aidé un peu à échapper à la curiosité générale. Et puis, Lorraine avait choisi de se faire avorter ; les gens n'avaient pas apprécié cette décision, et il avait dès lors bénéficié d'une sorte de sympathie muette. Néanmoins, quand il était revenu sur Harmonie trois ans plus tard, il avait continué à ressentir une impression bizarre. Il avait entendu des murmures, il avait lu de la censure dans les yeux des voisins qui lui souriaient, et avait compris que leurs filles avaient été prévenues contre lui.

Graduellement, son malaise s'était estompé. Il n'y avait pas eu de formule magique. Le temps avait passé. Il avait travaillé dur dans l'entreprise de son père. Soutenu par ses connaissances personnelles de l'art et de l'architecture, il avait su se rendre utile à ses concitoyens. Surtout, il avait appris à ne pas se prendre trop au sérieux. Chacun commet des erreurs. Peu à peu, ses voisins et amis avaient fini par le considérer comme un élément comme un autre de la communauté.

Mais tous les efforts de Cameron venaient de s'évanouir en fumée. Il avait de nouveau quatorze ans. Ses oreilles rougissaient. Son cœur battait à grands coups dans sa poitrine. Quatorze ans. Tant d'amour. Et tant de problèmes...

— J'ai entendu dire qu'elle valait maintenant son pesant d'or, dit quelqu'un au comptoir.

— Oui. Une fortune immobilière, dit une autre voix familière.

— Elle a toujours su comment gagner des sous. Vous vous souvenez des cartes de Noël qu'elle vendait au porte-à-porte, alors qu'elle n'était encore qu'une gamine ?

— Et des paniers de pique-nique pour les gens qui venaient passer la journée sur l'île ?

— Et quand elle s'est transformée en marchande de glaces sur la plage ? Quelle petite futée !

— C'est vraiment trop dommage que son père, lui, n'ait pas eu la bosse des affaires...

Il y eut quelques rires, et puis le silence retomba. Cameron savait qu'ils attendaient de lui une plaisanterie qui briserait la tension ambiante, mais il ne trouvait rien à dire.

Hypnotisé, il suivait des yeux la pantomime qui se déroulait sur l'aire de stationnement.

Fred avait enfin compris de qui il s'agissait.

— Eh bien, c'est une beauté ! dit-il. D'après ce que je vois d'ici.

Il toussota bizarrement.

Cameron sentait maintenant une rougeur lui envahir le cou. Il avait songé à Lorraine durant toutes ces années, et il s'était demandé à quoi ressemblait la femme qu'elle était devenue. A quinze ans, elle mesurait déjà près d'un mètre soixante-dix. Elle était solidement bâtie, avec la poitrine d'une femme, des hanches rondes et un dos bien droit et musclé.

A trente ans, elle ne paraissait ni plus grande ni plus forte, mais elle avait encore gagné en féminité. Cameron pouvait le voir, et presque le sentir, malgré la baie vitrée et la vingtaine de mètres qui les séparaient.

Elle s'était fait couper les cheveux. La dernière fois que Cameron l'avait vue, elle les portait longs jusqu'au milieu du dos. Oubliés aussi, le T-shirt et le jean qui constituaient l'uniforme de son adolescence. Elle portait un pantalon blanc et une veste assortie sans manches. Une longue écharpe marron glacé, des sandales assorties et un sac de voyage complétaient sa tenue. Elle se déplaçait avec l'assurance d'une femme d'action.

Exaspéré, Cameron jura entre ses dents. Il n'aimait pas les changements drastiques, et surtout pas sur l'île d'Harmonie.

— Tu étais au courant ? demanda Clayton à voix basse.

— Bien sûr que non.

Ils continuèrent à regarder tandis que Lorraine déposait sa valise sur le siège arrière de la voiture d'Anne McDougal avec des gestes rapides et précis. On aurait presque cru qu'elle se savait observée. Puis elle monta dans la voiture qui disparut dans le trafic.

Comme sa tension se relâchait, Cameron expira longuement. Il avait l'impression qu'une tornade venait de passer sur sa tête et fut presque surpris de voir que le café n'avait subi aucun dommage.

— Allons chercher ton ordinateur, dit Clay.

Cameron avait complètement oublié l'arrivée de son ordinateur. Il afficha un air d'indifférence tranquille et se dirigea vers la porte.

— Bonne journée! lança Asa au passage.

— A toi aussi!

Il sortit à la suite de Fred et de son père.

Le soleil brillait toujours, mais Cameron ne s'en souciait plus. Il ne remarquait même pas l'exceptionnelle luminosité de l'atmosphère. Il était trop occupé à se demander ce que Lorraine était venue faire sur l'île, et pourquoi elle avait pris rendez-vous avec la représentante d'une agence immobilière, ce jour-là entre mille autres.

Alors, il fit le rapprochement avec le manoir Rockland.

— Elle n'oserait pas! marmonna-t-il.

Son père n'eut pas besoin de lui demander ce qu'il voulait dire par là.

2.

Anne McDougal emmena Lorraine jusqu'à sa voiture.

— C'est très aimable de votre part de venir me chercher, remercia celle-ci.

— Mon bureau n'est pas très loin, mais avec une valise, cinq cents mètres ressemblent parfois à cinq kilomètres ! L'idée de l'écharpe était excellente. Je vous ai tout de suite reconnue. Comment s'est passée la traversée ?

— Très agréable. La mer était calme, mais j'ai été abasourdie par le nombre des passagers. Je ne me souviens pas d'avoir jamais vu tant de monde sur le ferry.

— On est en juillet, et c'est vendredi aujourd'hui, dit Anne qui avait ralenti à cause des embouteillages qui bloquaient le plus souvent l'intersection de l'avenue de la Mer avec la grand-rue. Vous comptez rester combien de temps ?

— Trois jours. Je prévois de retourner à Boston dimanche.

— Oh ! ça vous donne tout le temps nécessaire pour visiter les propriétés de l'île qui sont sur le marché. Vous avez d'autres projets ?

— Pour l'instant, j'ai simplement prévu de rendre visite à quelques amis. En fait dès ce soir.

Lorraine avait téléphoné quelques jours plus tôt à Julia et Cathryn, et cette dernière avait immédiatement organisé un barbecue.

— ...Vous devez les connaître. Cathryn et Dylan McGrath, et les Grant. Julia et Ben.

Le visage d'Anne McDougal s'illumina d'un grand sourire.

— Mais oui ! Dylan est un architecte paysagiste de grand talent. Cathryn et moi, nous faisons toutes les deux partie de l'association des parents d'élèves. Tout le monde connaît Julia par son émission de radio, bien sûr, ainsi que Ben à travers son journal. Ce sont des gens fantastiques.

— Je suis bien de cet avis. Cath et Julia sont mes plus vieilles amies. Nous avons grandi ensemble. Nous étions les seules filles de la classe. Les trois inséparables.

Les files de voitures avançaient lentement, et Anne put enfin tourner dans l'allée du Marché.

— ... Enfin ! Julia était plus solitaire, alors que je passais tout mon temps libre avec Cathryn.

Lorraine surprit le regard étonné d'Anne McDougal et ne put s'empêcher de sourire.

— Je sais ! On peut difficilement trouver deux femmes aussi différentes. Elle s'épanouit en femme d'intérieur, alors que je sais à peine par quel bout saisir un balai.

Ce n'était pas tout à fait exact, mais il était vrai que si Lorraine avait un tempérament de carriériste, Cathryn, en revanche, avec sa voix douce et ses bonnes manières, trouvait le bonheur dans sa vie d'épouse et de mère.

Anne s'arrêta enfin devant une maisonnette de bois qui avait été aménagée en bureaux.

— Vous désirez laisser votre bagage ici pendant que nous faisons les visites ?

— Volontiers.

Quoique Julia et Cathryn aient toutes les deux proposé de la loger, Lorraine avait préféré réserver une chambre d'hôtel. Mais elle n'était pas censée prendre sa clé avant 3 heures de l'après-midi.

Anne la conduisit dans son bureau et lui proposa une tasse de café. Restée seule, Lorraine ouvrit l'enveloppe en papier kraft qu'elle avait reçue par la poste et passa encore une fois en revue la liste des demeures disponibles.

Harmonie connaissait un boom immobilier. On bâtissait sur l'île des maisons avec grandes baies vitrées, hauts plafonds et Jacuzzi. Lorraine les trouvait à son goût mais certainement pas à celui de sa mère. Audrey était une femme aux goûts traditionnels.

— Je vois que vous avez reçu mon dossier, dit Anne qui revenait avec un plateau de café. Avez-vous trouvé quelque chose qui vous plaise particulièrement?

— Certainement, dit Lorraine en positionnant la liste fournie de façon à ce que la gérante de l'agence immobilière puisse noter les propriétés cerclées de rouge.

Anne McDougal étudia la sélection.

— Vous réalisez que certaines de ces maisons ont besoin d'être rénovées de fond en comble?

Lorraine buvait tranquillement son café.

— Evidemment. Ne vous faites pas de souci. J'ai l'habitude.

— Et leur taille ne vous effraie pas?

— Non. Je cherche une résidence qui dispose de quatre chambres, au minimum. Si je ne trouve pas assez large, je prendrai une maison qui puisse être agrandie.

Lorraine n'avait parlé ni de ses projets de maison d'hôtes, ni de son intention d'en faire un cadeau à sa mère. Le secret serait d'autant mieux sauvegardé qu'il y aurait moins de gens dans la confidence. Pour l'instant, les seules personnes au courant étaient ses frères et sœurs, ainsi que Julia et Cathryn.

— Pouvons-nous commencer les visites immédiatement?

Voyant que Lorraine n'avait même pas fini son café, Anne se mit à rire.

— Je vois que vous n'aimez pas perdre votre temps. Certainement. Je peux faire visiter quatre de ces maisons sans prendre rendez-vous. Elles sont inoccupées et j'ai les clés. Pour les autres, il me suffira de passer un coup de téléphone.

— Parfait. Encore un détail. Avant que nous visitions ces maisons, vous serait-il possible de me communiquer le nom de leurs propriétaires?

En fait, Lorraine ne voulait pas prendre le risque de se retrouver sans le savoir chez les Hathaway, qui possédaient encore beaucoup de propriétés sur l'île.

Si la gérante de l'agence trouva la requête bizarre, elle n'en montra rien.

— Bien sûr. Sans problème.

Soulagée, Lorraine prit le temps de finir sa tasse de café.

Ce fut une journée bien remplie, fatigante mais amusante. Lorraine réussit à visiter sept maisons, à louer une voiture, à s'installer à l'hôtel, à prendre une douche et à faire un tour dans la rue principale avant de se rendre chez Cathryn.

Julia et Ben étaient déjà là. Julia avait décidé de prendre sa soirée. Preston Finch, l'animateur qui l'avait précédée à la radio, avait accepté de la remplacer.

Cathryn tendit à Lorraine un verre de vin blanc.

Installés sur la terrasse à l'arrière de la maison, Dylan faisait griller une darne d'espadon, tandis que Ben s'occupait des légumes d'accompagnement. L'air du soir était chaud et humide. Les trois enfants McGrath riaient aux éclats sur les balançoires suspendues aux arbres de la prairie.

— Alors, comment s'est passée ta chasse immobilière ? s'enquit Cathryn.

Elle avait pris du poids depuis leurs années de lycée et semblait toute potelée, au contraire de Julia qui était restée aussi mince qu'un mannequin.

— Pas trop mal. J'ai visité sept maisons. La première...

Elle entreprit de les décrire, mais Julia ne tarda pas à l'interrompre.

— Tu n'as pas l'air particulièrement enthousiaste.

— En fait, je n'ai ressenti aucun coup de foudre. Mais ce n'était que le premier jour. Une occasion meilleure ne peut pas manquer de se présenter.

— Beaucoup de gens attendent que l'été soit passé avant de mettre leur maison en vente. Tu auras sans doute plus de choix à l'automne, dit Ben.

Il dédia à sa femme un sourire si craquant de tendresse que Lorraine, qui pourtant n'avait nullement l'intention de se marier dans un avenir proche, se mit à les envier.

— Tu cherches quoi, exactement ? demanda Dylan.

— Quelque chose de grand, avec un peu de terrain autour. Une ferme victorienne serait idéale. Ma mère adore les maisons de cette époque. Elles ont du charme et font des gîtes épatants. Mais pour l'instant, je n'ai rien vu d'assez... impressionnant.

— Oh, si tu veux une demeure qui fasse de l'effet, tu devrais voir le manoir Rockland.

— Cette grande bâtisse sur la falaise est en vente ? Le manoir aux fantômes ?

— Précisément.

Justin, tout juste âgé de dix ans, abandonna ses jeunes frère et sœur et grimpa d'un saut les marches de la terrasse.

— Quels fantômes ?

Son intérêt soudain fit rire tous les adultes.

— Nous plaisantons, Justin, dit sa mère. Tu sais bien que les fantômes n'existent pas.

Cathryn était une grande romantique qui, Lorraine en était convaincue, croyait dur comme fer au fantôme du manoir Rockland, mais jamais elle ne l'aurait avoué devant ses enfants. Quant à Lorraine, la vie s'était chargée de détruire toutes les illusions romantiques qu'elle aurait pu avoir.

Justin se percha sur la balustrade de la terrasse.

— Elle est où, cette maison ?

— Pas très loin du port. Tu sais quand la route du bord de mer tourne brusquement et devient la route de la Falaise ?

— Oui.

— Eh bien, la maison se trouve là, juste après le tournant.

Lorraine était stupéfaite. Elle avait dû passer devant au moins trois fois dans la journée, sans rien remarquer.

— Elle est vraiment sur le marché ?

— En fait, elle va être mise aux enchères.

Lorraine s'immobilisa soudain.

— Une saisie immobilière ?

Il y avait parfois des affaires à ne pas manquer dans ce genre de ventes. Ce ne serait pas la première fois qu'elle participerait à de telles enchères.

— Non, c'est ce que les nouveaux propriétaires ont voulu. N'est-ce pas curieux ?

— Si, mais ça arrive. Je suis étonnée qu'Anne McDougal ne m'en ait pas parlé... Quoique, ce serait une manière pour elle de perdre ma clientèle potentielle et sa commission.

Quelques instants plus tard, Dylan annonça que l'espadon était prêt.

— A table, tout le monde ! s'écria Cathryn. Les enfants ! Allez vite vous laver les mains.

Lorraine prit place devant la longue table de bois décoré d'un bouquet de fleurs d'été : des marguerites, des lys cuivrés, et des delphiniums bleus.

— Quelqu'un connaît la date et l'heure de la vente aux enchères ?

— Samedi matin à 11 heures, dit Ben. Demain. Tu serais intéressée ?

— Tu ne veux pas te retrouver avec une maison pareille sur les bras, Lorraine ! s'exclama Julia sans lui donner le temps de répondre. Il y a trop de travaux à faire.

— Et tu cherches un style architectural différent. Le manoir Rockland est antérieur à l'époque victorienne.

— Il est bâti dans quel style exactement ? demanda Lorraine tout en acceptant un petit pain chaud que Cathryn lui présentait dans une corbeille en osier.

Elle n'avait pas de souvenirs précis. Il fallait croire que la maison ne l'avait pas impressionnée outre mesure dans son enfance.

— Je crois qu'on appelle ça la période néoclassique.

S'agissait-il de hautes colonnes et de blocs de pierre monumentaux, comme dans les temples de la Grèce antique ? se demanda-t-elle, sans pouvoir se souvenir d'avoir vu la moindre demeure de ce style sur l'île.

— Je crois que ça m'amuserait quand même d'assister à la vente. Par pure curiosité.

— Est-ce que ça t'ennuierait que je vienne avec toi ? demanda Cathryn.

— Au contraire ! Je serais ravie d'avoir ta compagnie.

— Parfait. Je vais demander à ma mère si elle veut bien s'occuper des enfants.

Le repas était presque fini quand Justin revint à la charge.

— J'ai attendu assez longtemps. C'est quoi ce fantôme ?

— Il n'y a pas de fantôme, répéta Cathryn.

Julia sourit à l'enfant.

— Mais il y a une histoire géniale qui court sur la maison. En fait, je croyais que tous les gamins d'Harmonie l'apprenaient à l'école.

Elle jeta un regard aux parents comme pour leur demander la permission de continuer. Ils hochèrent tous les deux la tête avec un sourire.

Lorraine, qui avait pour ainsi dire oublié les détails, prit d'autant plus plaisir à écouter la légende de la *Dame Grise* que Julia la raconta avec un talent consommé.

— Quel luxe de détails ! Comment t'en souviens-tu si bien ?

Julia ouvrit la bouche, se figea par peur de gaffer et appela d'un regard son époux à la rescousse.

— C'est-à-dire, expliqua celui-ci, qu'il y a quelques semaines, Julia a invité à son émission...

Mais comme il se mettait brusquement à tousser, sa femme préféra couper court :

— Enfin, peu importe... J'ai toujours eu bonne mémoire, dit Julia en passant le saladier à son époux. Tu veux te resservir, mon chéri ?

Plus tard dans la soirée, quand les trois femmes furent seules dans la cuisine autour d'un pichet de thé glacé, tandis que les hommes et les enfants nourrissaient les poissons du bassin que Dylan avait récemment construit dans le jardin, Julia s'excusa et crut bon d'expliquer :

— En fait, la personne de l'interview, c'était Cameron Hathaway. Il est en train d'écrire un livre sur les légendes de l'île, et je l'ai fait venir dans mon émission.

34

Lorraine fit un gros effort pour ne pas baisser les yeux.

— Oh, je vois.

— Je ne sais pas pourquoi j'ai réagi comme ça. Il est toujours préférable de dire la vérité...

Le regard de Lorraine s'attarda sur le bassin illuminé par quelques spots savamment disposés. Les enfants, couchés sur la margelle comme des gargouilles de cathédrale, suivaient avec une attention passionnée les évolutions des poissons.

— Ne te crois pas obligée de marcher sur des œufs, Julia. Beaucoup d'eau a coulé sous les ponts depuis l'époque où, Cam et moi, nous nous prenions pour Roméo et Juliette.

— Je n'ai jamais été sûre de tes sentiments sur le sujet. Si tu te souviens, ma mère est morte à ce moment-là, et j'étais trop bouleversée pour pouvoir compatir à tes malheurs. Bien sûr, j'ai été tenue au courant des événements, mais nous n'en avons jamais parlé, toi et moi. Je ne voulais pas aborder un sujet que tu essayais d'oublier.

Lorraine dévisagea son amie d'un air pensif.

— Tu voudrais en parler maintenant ?

— Si ça ne t'ennuie pas. Je ne comprends toujours pas très bien ce qui s'est passé ni pourquoi vos deux familles se sont montrées aussi agressives. La situation était difficile, mais ils l'ont rendue bien pire.

— Tu veux dire : en plus de notre disparité sociale évidente ?

Julia prit un air sceptique.

— Je sais que les Hathaway ont de l'argent, mais...

— Ils sont aussi l'une des familles les plus anciennes de l'île, voyons ! Un Hathaway faisait partie du premier groupe de colons, ceux qui sont arrivés au milieu du XVIIe siècle. D'où leur charmante habitude de se comporter comme si l'île leur appartenait.

— De fait, dit Cathryn, ils en possèdent encore une bonne partie. Ils ont des magasins, la marina, plusieurs maisons et pas mal de terrains.

— Tu crois vraiment que cela explique tout ? insista Julia.

— Moi, j'en suis convaincue, dit Lorraine. Si nous avions eu de l'argent, ils auraient peut-être ignoré le fait que nous appartenions à une vague d'immigrants beaucoup plus récente. Mais ce n'est pas certain.

Julia restait dubitative.

— Il doit y avoir autre chose.

— Le père de Lorraine était un adversaire politique de Clay Hathaway.

— C'est vrai, dit Lorraine. Papa avait un côté agitateur. Quand quelque chose lui paraissait injuste, il faisait circuler des pétitions et intervenait haut et fort dans les réunions publiques. Comme il avait des idées progressistes, il passait son temps à se bagarrer avec les éléments les plus conservateurs de l'île, ceux qui voulaient que les choses demeurent en l'état, génération après génération.

— Les gens comme les Hathaway.

— Précisément. En général, mon père ne réussissait qu'à s'aliéner un peu plus les sympathies de la vieille garde, mais de temps à autre ses efforts aboutissaient, et de véritables progrès étaient accomplis grâce à lui. Il a été à l'origine d'une importante réforme de la fiscalité locale, et les grands propriétaires fonciers ont enfin dû mettre la main à la poche.

— Oh ! Oh ! dit Julia.

— Eh oui : « Oh ! Oh ! » C'est pourquoi nos familles se sont agrippées par la tignasse quand ils ont découvert que j'attendais un enfant. La vendetta durait depuis longtemps.

— Ils se sont bagarrés de toutes les façons possibles, dit Cathryn en riant. Le père de Lorraine et Clay Hathaway en sont même venus aux mains, ou plutôt aux poings.

— J'avais entendu parler de cet épisode, dit Julia, mais sans savoir ce qui l'avait déclenché.

— Les racontars de Mme Hathaway, dit Lorraine en soupirant. Mon père voulait que les calomnies cessent.

Il était inutile d'expliquer à Julia en quoi consistaient ces calomnies. Tout le monde était au courant.

— En fait, c'est Prudence que ton père aurait dû défier en combat singulier, dit Julia en prenant un biscuit.

36

— On aurait pu dresser un ring et vendre des billets !

Les trois femmes riaient encore quand les enfants rentrèrent, suivis de Ben et Dylan. Cathryn réussit à les convaincre de continuer leurs jeux dans la cave aménagée, et la conversation continua.

— Tous ceux qui te connaissaient savaient que seul Cameron pouvait être le père de ton enfant, dit Julia. Il aurait fallu être aveugle pour ne pas voir que vous étiez fous l'un de l'autre.

Lorraine hésitait encore à s'appesantir sur le passé.

— C'est drôle comme tout ça est arrivé. Nous nous connaissions depuis toujours, et puis... bang !

— Mais il n'y a pas eu de « bang », protesta Cathryn. Vous aviez un faible l'un pour l'autre depuis au moins deux ans.

— Mais c'était complètement innocent. Nous rentrions de l'école ensemble, et il nous est sans doute arrivé de nous prendre par la main.

— Et les baisers volés derrière les pierres tombales du cimetière ? rappela Cathryn avec un sourire malicieux.

— En tout cas, tout a été différent cet été-là. Nous sortions de troisième.

— Et Cameron de quatrième.

Un silence prolongé s'abattit sur la table. On n'entendait que les cris et les rires en provenance de la cave. Lorraine soupçonnait ses amies de songer à la jeunesse des élèves de quatrième. Elle aurait voulu défendre Cameron et leur dire à quel point il était mûr pour son âge, mais ce n'était qu'un gamin à l'époque, avec un visage de gamin et des amusements de gamin.

Pourtant, alors, Lorraine le trouvait différent des autres garçons de sa classe, sans doute en raison de la ferveur des sentiments qu'il lui portait. Elle adorait le regarder ou se perdre dans la contemplation de ses yeux bleu-gris. Tout en lui l'attendrissait : ses lobes d'oreilles, son corps encore un peu potelé. Il était si doux de se blottir contre lui et puis... de tout oublier dans la sensualité de son étreinte.

Bien sûr, les hormones avaient joué un rôle, mais Lorraine se souvenait aussi du plaisir qu'elle prenait dans la simple compagnie de Cameron. Contrairement à sa famille à elle, en perpétuel mouvement, Cameron était étonnamment calme et pondéré. Il savait exactement qui il était, d'où il venait et où il allait.

Julia interrompit la rêverie de Lorraine.

— Je vais te poser une question idiote. Vos parents ne se doutaient pas de vos rencontres?

— Pendant longtemps, ils n'ont fait que nous soupçonner. Nous étions passés maîtres dans l'art de nous cacher.

— Ils n'ont rien fait pour vous séparer?

— Oh si! Ils passaient leur temps à nous envoyer dans nos chambres et à nous faire promettre de ne plus nous revoir.

— Et nous savons tous à quel point la méthode a été efficace!

— Ce fut notre infortune, dit Lorraine.

Les punitions n'avaient fait qu'enflammer davantage leur fascination mutuelle. Ils avaient multiplié les rendez-vous secrets. Un jour, Cameron avait pris son bateau pour l'emmener dans des criques désertes...

Les souvenirs qu'elle essayait d'oublier se bousculaient maintenant dans sa mémoire. Ce mois d'août étouffant durant lequel Cameron et elle avaient découvert leur sexualité. Leur émerveillement. Leur terreur. Leur obsession. L'intensité de leur passion partagée. Jamais depuis lors, Lorraine n'avait éprouvé des sensations aussi fortes.

— Je peux te poser une autre question idiote? demanda Julia. Quand t'es-tu aperçue que tu attendais un bébé?

— A la fin de septembre.

Cathryn poussa Lorraine du coude.

— Tu n'as jamais raconté à Julia comment Cameron t'avait demandée en mariage?

— Cath! protesta Lorraine, au supplice.

— Mais si raconte..., supplia Julia.

En fait, loin de s'affoler comme la plupart des adolescents l'auraient fait en apprenant que leur petite amie attendait un enfant, Cameron l'avait regardée droit dans les yeux et lui avait dit calmement : « Ne te fais aucun souci, Lorrie. C'est merveilleux. Maintenant, nous pouvons nous marier. »

— Tu as accepté ? demanda Julia quand Lorraine eut terminé son récit.

— Bien sûr que non. J'ai toujours débordé de tact, tu le sais. Je crois bien que j'ai ri.

— Oh ! Lorraine !

— Comprends-moi. J'étais terrifiée.

Elle avait aussi le sens des réalités, en tant qu'aînée d'une famille de cinq enfants. Cameron, lui, était fils unique, et sa famille ne connaissait pas de soucis financiers.

Troublé par sa réaction, il lui avait demandé ce qu'elle comptait faire. Le cœur brisé, elle lui avait répondu qu'elle n'avait guère le choix et qu'elle était bien obligée de prévenir ses parents. Elle savait que leurs relations ne seraient plus jamais les mêmes, une fois que les adultes seraient au courant.

Le soir venu, Lorraine avait donc parlé à ses parents, lesquels avaient téléphoné aux Hathaway. Et deux jours plus tard, Cameron avait été expédié en pension, à l'autre bout du pays.

Soudain contrariée de devoir remuer tous ces souvenirs, Lorraine tapota la table du bout des doigts.

— Bon, vous n'avez pas d'autre sujet de conversation ?

— Bien sûr que si, dit Julia. Mais avant de passer à autre chose, je tiens à te dire aussi que je n'ai jamais cru une minute que tu te sois fait avorter. C'était encore une calomnie de Pru Hathaway, n'est-ce pas ?

— Oui, dit Lorraine en soupirant. Mais je comprends que les gens l'aient crue, car les apparences étaient contre moi, avec ce séjour à l'hôpital...

— Les médecins t'ont dit ce qui s'était passé ?

— Ils ont invoqué la raison coutumière, c'est-à-dire le stress. Je n'étais plus en si bonne santé. Je ne mangeais plus et ne dormais plus.

— On te comprend! Tout le monde se battait autour de toi, dit Cathryn. Je me souviens que les Hathaway voulaient que tu passes le reste de ta grossesse dans un foyer pour futures mères célibataires et que tu confies l'enfant à une agence d'adoption.

Ils avaient même offert de couvrir les frais. C'était dire à quel point ils voulaient l'éloigner de l'île. Mais les parents de Lorraine avaient insisté pour garder leur fille chez eux et élever eux-mêmes le bébé. Et pendant que les deux familles se disputaient, Lorraine avait commencé à ressentir des crampes. Soucieuse de ne pas aggraver la situation, elle n'en avait rien dit à sa mère jusqu'à la fin du mois d'octobre. Quand Audrey l'avait appris, elle l'avait immédiatement emmenée à l'hôpital sur le continent, mais il était trop tard. Le lendemain matin, Lorraine perdait son enfant.

— Pourquoi Pru Hathaway a-t-elle prétendu que tu t'étais fait avorter? demanda Julia dans un brusque élan de colère.

— Probablement pour provoquer le dégoût de Cameron. Elle a admirablement réussi.

A cette pensée, Lorraine serra les poings. Son chagrin et sa révolte d'antan revenaient à la surface, et elle ne voulait pas que son attitude trahisse ses violentes émotions intérieures.

— ...Après lui avoir annoncé que j'attendais son enfant, je n'ai reparlé à Cameron qu'une seule fois. A Noël, quand il est revenu sur l'île pour les vacances.

Elle dut s'interrompre encore une fois pour avaler la boule qui lui obstruait la gorge.

— ...Il m'a craché son mépris au visage et m'a dit qu'il ne voulait plus avoir de contact avec moi. Après ça, il nous est arrivé de nous retrouver au même endroit, mais nous sommes restés à bonne distance l'un de l'autre.

Trois lourds soupirs ponctuèrent sa dernière phrase.

— Oh! Que je me sens déprimée! dit Julia.

Le silence s'étira durant une bonne minute, jusqu'à ce que Cathryn se lève et ouvre le congélateur d'un geste décidé.

— Voilà ce qu'il nous faut! dit-elle en posant un gros pot de glace sur la table.

— De la cerise ! J'adore ça ! dit Lorraine qui se sentait le devoir d'alléger l'atmosphère.

Cathryn passa bols et cuillères à la ronde. Le pot était presque vide quand Lorraine osa enfin poser la question qui lui brûlait les lèvres.

— Comment va-t-il ?

— Cameron ? demanda Cathryn sans cacher sa surprise. Bien. Il travaille toujours avec son père, mais il est maintenant un partenaire à part entière dans l'affaire.

— C'est le cours normal des choses pour un Hathaway.

— Et comme je te l'ai dit, il écrit aussi des articles et des livres.

— Oui, murmura Lorraine.

— Il a aussi une fiancée, dit Julia.

Lorraine crut qu'on venait de lui assener un coup de poing dans l'estomac.

— Elle s'appelle Erica Meade. C'est la fille d'un ex-sénateur. Elle fait partie de la bonne société du Connecticut. Ses parents possèdent ici une résidence secondaire et sont des amis des Hathaway. Quand Cameron et elle ont commencé à se fréquenter, il y a un an de cela, elle a pris un poste d'institutrice et s'est installée à demeure sur l'île.

— A l'école primaire ?

— Oui, je sais que ça paraît bizarre pour une fille de son statut, mais elle a cette année les élèves du cours élémentaire et semble avoir le sens des réalités.

— Vraiment ? dit Lorraine, en rajoutant dans son bol une grande cuillerée de glace à la cerise. Et ils se marient quand ?

— Pour autant que je le sache, aucune date n'a été fixée, mais les gens parlent de Noël.

— Eh bien, je leur souhaite tout le bonheur du monde, dit Lorraine en attaquant férocement sa glace.

Il lui fallut un moment pour réaliser que la pièce était retombée dans le silence. Elle leva la tête et surprit les regards de ses deux amies fixés sur elle.

— Quoi encore ?

— Tu ne l'as pas oublié, n'est-ce pas ? dit Cathryn.

— Pour l'amour du ciel ! Tout ça date de quinze ans. Nous étions des bébés. Bien sûr que j'ai oublié ce qui nous a unis. En revanche, si tu fais allusion à ce qui nous sépare, non, je n'ai rien oublié.

Cathryn poussa un énorme soupir.

— Alors je ferais bien de faire une croix sur mes espoirs de te revoir installée sur l'île.

Il n'y eut aucune joie dans le petit rire de Lorraine.

— A moins que les Hathaway ne décident d'abord de quitter Harmonie !... Tu voudrais vraiment que je revienne ici ?

— Bien sûr ! Surtout maintenant que Julia est mariée à Ben, songe un peu à la bonne vie que nous pourrions avoir toutes les trois ! Nous pourrions même faire en sorte d'être enceintes en même temps. Nous pourrions nous plaindre mutuellement de nos chevilles enflées.

Lorraine leva les yeux au ciel.

— Quelle perspective excitante !

— Et après la naissance des bébés, nous formerions une société d'entraide mutuelle, et aurions notre propre jardin d'enfants.

— Doucement ! intervint Julia. Il y a un petit problème.

— Mais non. Ben et toi, vous avez bien l'intention de fonder une famille ?

Julia recouvra l'air serein et rêveur que Lorraine lui avait déjà envié. Les Grant étaient heureux.

— Sans doute.

— Eh bien, voilà ! Quant à moi, j'aimerais bien avoir un petit quatrième.

Lorraine toussota avec exagération.

— Et moi, je figure où dans le tableau ?

— Il va simplement falloir te trouver un mari, dit Cathryn.

— Pourquoi ? Ne pas en avoir ne m'a pas gêné dans le passé.

Julia et Cathryn éclatèrent de rire.

— On pourrait peut-être demander à Cameron d'être encore une fois le mâle de service ! suggéra Cathryn.

— Oh ! Cathryn !

Le rire de Julia fit lentement place à un doux sourire.

— Il n'y a vraiment personne à l'horizon ?

— Je crains fort que non, dit Lorraine.

Elle était sortie avec plusieurs hommes, mais sans jamais s'engager sérieusement. Elle n'avait pas de temps à perdre dans ce genre de divertissement.

— Bon ! dit Cathryn avec philosophie. Au moins, avec ta mère sur l'île, nous aurons plus souvent l'occasion de te voir. Réjouissons-nous au moins de ça.

— Bien sûr que je reviendrai. Vous me manquez tellement toutes les deux...

Certes, elle avait rencontré des centaines et des centaines de gens depuis qu'elle avait quitté Harmonie, mais elle ne partageait la même intimité avec aucune de ses nouvelles relations. Rien au monde ne pouvait se comparer à ses deux plus vieilles amies. Avec qui d'autre aurait-elle pu rire d'événements qui la touchaient aussi profondément ?

A trois kilomètres de là, Prudence Hathaway était en train de raccrocher le téléphone. Son époux, appuyé contre la cheminée, lui jeta un regard interrogateur.

— Alors ?

— Elle cherche une maison familiale. Je me demande bien pourquoi. Personne ne semble savoir la raison. J'espère que ces gens ne songent pas à se réinstaller sur l'île.

— Détends-toi, Pru. Très probablement, elle ne s'intéresse qu'à un investissement immobilier. On dit que c'est son métier maintenant.

Les paupières de Pru se plissèrent de méfiance.

— Et si ce n'est pas le cas ?

— Eh bien, je trouverai à ce moment-là un moyen de remédier à la situation.

— Tu ferais bien de régler ce problème-là, parce que je refuse de vivre sur la même île qu'un DeStefano.

Clay resta pensif un moment, les yeux assombris par un voile de tristesse.

— Tu m'entends, Clayton ?

— Mais oui, Pru. Je t'entends très bien.

3.

Lorraine arriva au manoir Rockland sur le coup de 10 heures, largement à temps pour effectuer un tour des lieux.

— Si j'étais vraiment intéressée, dit-elle à Cathryn en remontant l'allée envahie par les mauvaises herbes, j'aurais demandé l'avis d'un expert connaissant le marché immobilier d'Harmonie, et mon avocat aurait vérifié qu'aucune charge financière ne pesait sur la propriété. Et, bien sûr, mon entrepreneur aurait inspecté la charpente et évalué le coût de la rénovation.

Lorraine scruta le bâtiment. Une des six cheminées menaçait de s'effondrer, l'herbe poussait dans les gouttières, et la peinture pelait de partout.

— Je vois des problèmes superficiels, mais le manoir est trop grand et trop ancien pour faire l'objet d'un pari. Trop de choses pourraient aller de travers.

Cathryn qui envisageait de travailler dès que sa fille entrerait au cours préparatoire, avait demandé à Lorraine de lui donner autant d'explications que possible, pour savoir si le secteur de l'immobilier lui plaisait. Lorraine doutait fort que Cathryn troque jamais son tablier contre un attaché-case, mais elle était toujours heureuse de parler de son métier.

— Avant une vente aux enchères, il est important de prendre tous ces éléments en considération afin de pouvoir se fixer une limite. Et respecter cette limite est crucial dans notre profession. Il est trop facile de se laisser emporter dans la chaleur des surenchères.

L'attention de Cathryn se déplaça soudain.

— Crois-tu que nous rencontrerons le fantôme d'Isabelle?

Lorraine ne lui répondit que par une tape amicale. Elle étudiait la façade surélevée à deux étages et aux grandes fenêtres rectangulaires, décorée de pilastres classiques et de colonnes engagées. Mais le revêtement extérieur était de bois et non en pierre. Il y avait des lucarnes tout en haut, de chaque côté du fronton orné d'un cartouche sculpté.

Lorraine grimpa les marches du perron et se retourna pour apprécier la vue.

Quel emplacement de rêve! songea-t-elle, séduite.

Le manoir avait été construit au sommet de la falaise, à l'ouest d'Harmonie. De là où elle se trouvait, Lorraine pouvait donc voir la plus grande partie de la ville, la quasi-totalité du port, et des kilomètres de collines et de vaux. Elle imaginait facilement la vue de l'autre côté. L'arrière de la demeure surplombait l'océan.

— Quelle situation! murmura Cathryn.

— Magnifique, approuva Lorraine.

Elles continuèrent leur visite et découvrirent en tournant l'angle de la maison, une longue véranda qui communiquait avec une vaste terrasse ensoleillée exposée plein sud.

Une sorte de jardin d'hiver bouchait le passage, mais Lorraine était sûre qu'une autre véranda faisait pendant à la première de l'autre côté de la maison, ou plus exactement aurait été le prolongement de la première sans le solarium. La pelouse avait été tondue, mais le reste du domaine n'avait pas vu la main d'un jardinier depuis bien longtemps.

Cathryn la rejoignit.

— Ma mère m'a raconté que, lorsqu'elle était petite, les Smith organisaient ici des chasses aux œufs de Pâques. Elle se souvient aussi de jardins magnifiques et d'un parterre de roses. Je me demande s'il en reste quoi que ce soit.

— Oh, regarde! On aperçoit l'émetteur de la station de radio de Julia.

46

— Et la zone protégée de la Ligue pour la préservation de l'île d'Harmonie ! Et le phare !

Lorraine fit un brusque demi-tour.

— Viens, allons nous inscrire pour la vente aux enchères.

— Mais pourquoi ?

— C'est nécessaire pour avoir le droit d'enchérir.

Cathryn écarquilla les yeux.

— Tu as l'intention de participer aux enchères ?

— Non, mais comme ça, tu verras comment ça se passe.

La table du commissaire-priseur se trouvait de l'autre côté de la maison. Plusieurs personnes avaient déjà pris place sur les chaises disposées à l'ombre de deux chênes énormes. D'autres visitaient les anciennes écuries à quatre battants où l'on servait des rafraîchissements.

Le commissaire était flanqué de deux hommes que Lorraine reconnut pour des représentants de banque.

— Bonjour ! Je désirerais m'inscrire.

— Certainement. Vous avez un chèque certifié de cinq mille dollars ?

Lorraine ouvrit son sac et lui tendit le document demandé. Cathryn sursauta de surprise.

— J'emporte toujours des chèques certifiés quand je voyage, Cath. La plupart des gens qui travaillent dans l'immobilier font de même, en prévision d'une bonne opportunité. Habituellement, j'en ai deux avec moi, l'un de mille et l'autre de cinq mille dollars. Ce sont les montants le plus souvent requis pour participer aux enchères.

Elle remplit un formulaire et présenta une pièce d'identité.

— Mais comment payes-tu le complément ?

— Comme je peux. Pour la plupart des gens, moi y compris, cela signifie prendre une hypothèque sur la maison.

Quand les formalités furent achevées, le commissaire tendit à Lorraine un dossier d'information sur la propriété.

— Vous avez le numéro 14. Au cas où vous l'oublieriez, il est imprimé sur l'enveloppe.

— Merci.

Elle rebroussa chemin en direction de la maison. La lourde porte de chêne était grande ouverte.

— Tu as vu ce hall d'entrée ! s'exclama Cathryn.

Il s'agissait en fait d'un atrium clair et spacieux qui permettait de voir le premier étage et s'étendait de l'avant à l'arrière de la maison. Quant aux boiseries, elles avaient beau être gâchées par des couches de vernis et de poussière, Lorraine aurait juré qu'il s'agissait de bois de cerisier. Un long escalier en spirale constituait le point de mire.

— Oh ! quelle merveille !

Cathryn visitait déjà le grand salon. Lorraine inspecta la vaste pièce vide, remarquant au passage la cheminée de marbre, les moulures du plafond, et l'abondance de la lumière. Le second salon était décevant, mais il possédait un beau parquet de chêne et communiquait avec l'étrange jardin d'hiver qu'elle avait remarqué de l'extérieur. Il y avait encore une salle de bains datant des années 1940, une pièce qui avait peut-être servi de chambre, et une sorte de débarras.

Lorraine retraversa le hall en prenant le temps cette fois-ci d'admirer la vue sur l'océan, belle à couper le souffle. Elle continua sa visite par la cuisine qui n'avait certainement pas été rénovée depuis cinquante ans.

— Beurk !

Cathryn renifla avec dégoût.

Lorraine se contenta de rire, sortit le dossier de son sac et en lut rapidement le contenu.

— Nous ferions bien de nous dépêcher si nous voulons assister à la vente. Cette maison a vingt-six pièces en comptant la cave et le grenier.

La cuisine donnait sur un office, lequel ouvrait sur un vestibule latéral d'où partait un escalier beaucoup moins original que le premier.

— Je n'ai jamais vu autant de placards et de tiroirs de ma vie ! s'exclama Cathryn.

Au-delà de l'office se trouvait une salle à manger d'apparat. Les deux jeunes femmes traversèrent ensuite la bibliothèque et se retrouvèrent de nouveau dans le hall.

— Alors ? Qu'en penses-tu ?

Le regard de Lorraine passa de la balustrade sculptée aux riches boiseries.

— Je crois que tu ferais mieux de visiter le premier étage sans moi.

— Mais pourquoi ?

— Parce que je suis entrée ici sans véritable curiosité, et que maintenant mon intérêt s'est éveillé, dit-elle. Je m'exaspère moi-même ! Tu ne vois pas le potentiel fantastique de cette demeure ? Je l'imagine déjà une fois rénovée.

Ce qui l'inquiétait encore davantage était le fait qu'elle voyait déjà sa mère descendant l'escalier avec une souriante gravité, drapée dans une robe élégante qui lui battait les chevilles. Il n'y avait plus trace de chagrin dans son regard. Elle accueillait ses invités avec sa grâce naturelle et les conduisait dans le jardin où le plateau de thé les attendait.

— Tu ne parles pas sérieusement ? dit Cathryn, partagée entre le ravissement et l'horreur.

— J'ai dit que mon intérêt était piqué, ce qui ne signifie pas que je sois prête à prendre des risques. Le manoir Rockland n'est pas exactement ce que je recherche. D'abord le style n'est pas victorien...

— Non, mais il y a des tas de détails qui le sont.

— Et puis c'est trop grand. Et c'est un désastre ! Le plâtre des murs se détache. Il y a des problèmes de fuite dans la salle de bains... et nous n'avons fait qu'un rapide tour d'horizon. Il faudra probablement refaire toute l'électricité et la plomberie, sans parler de la toiture, des bâtiments extérieurs, et des jardins à reconstituer entièrement. Des années de soins en perspective. Je ne me plaindrais pas de la dépense si je prévoyais une opération immobilière qui me permette de récupérer ma mise. Mais pour une résidence principale avec chambres d'hôtes ? Jamais de la vie.

— Qui essaies-tu de convaincre ? demanda Cathryn en riant. Je suis complètement d'accord avec toi.

— Qui donc, crois-tu ? Moi, bien sûr. C'est pourquoi je vais te laisser terminer seule la visite, et aller me calmer sur la terrasse. A tout de suite.

— D'accord, dit Cathryn qui grimpait déjà l'escalier. Ne t'inquiète pas. Je ne manquerai pas de transmettre tes amitiés à Isabelle.

— Cath ?

— Oui ?

— Il n'y a pas de fantôme.

Alors qu'elle regagnait la véranda arrière, la vue panoramique sur l'océan la captiva une fois encore. On voyait d'autres îles au loin. Tiny Cutty, à l'extrémité du chapelet des îles Elizabeth ; Martha's Vineyard, à quelques degrés vers le sud. Et puis, encore au-delà, Nantucket et l'océan Atlantique jusqu'à l'Espagne. La côte sud du Massachusetts se trouvait à quinze kilomètres au nord. Au sud-est, la mer à l'infini.

Les eaux paraissaient calmes et débonnaires. Pourtant des dizaines de navires s'étaient échoués sur les récifs dangereux, cachés parfois à moins de trois mètres sous la surface de l'eau. L'un de ces vaisseaux naufragés avait été la *Dame Grise*.

Les pensées de Lorraine s'envolèrent vers la première propriétaire des lieux. Combien de fois Isabelle Gray, la jeune veuve, s'était-elle perdue dans la même contemplation des flots ? Quelles pensées lui traversaient alors l'esprit ? Quel chagrin lui broyait le cœur ?

En temps ordinaire, Lorraine n'aurait guère ressenti de sympathie pour Isabelle. Elle considérait que la jeune femme aurait dû retourner à Rockland, sa ville natale du Maine, afin de s'y rebâtir une nouvelle existence. En choisissant de rester sur l'île, elle s'était complu dans son chagrin, et son désespoir l'avait peu à peu conduite vers la folie.

Mais alors qu'elle l'avait jusqu'ici jugée sévèrement, Lorraine ressentit soudain, debout sur cette balustrade, exposée au vent et au soleil, une étrange sympathie pour Isabelle. Pendant un bref instant, elle eut l'impression de la comprendre.

Et puis, quelques minutes plus tard, Lorraine se trouva en proie à une sensation plus étrange encore. Comme si quelqu'un l'avait rejointe sous la véranda. Mais c'était impossible. Elle n'avait entendu ni bruit de pas, ni froissement de tissu, ni aucun autre son. Un frisson la parcourut.

Se pouvait-il que l'émotion bizarre qui l'avait poussée vers Isabelle Gray ait suscité l'apparition de... son fantôme ? se demanda-t-elle avant de se moquer de ses divagations. Il lui suffisait de se retourner pour se prouver que son imagination galopante lui jouait des tours.

Elle se retourna donc et sursauta violemment. Cameron Hathaway était debout à trois mètres d'elle. Son pouls s'accéléra si fort qu'elle crut s'évanouir. Elle s'était attendue à rencontrer Cameron quelque part sur Harmonie, mais pas ce matin-là, et pas à cet endroit-là.

La réaction de Lorraine avait aussi une autre explication. La dernière fois qu'elle avait vu Cameron de près, il avait seize ans et n'avait pas tout à fait perdu les contours potelés de l'enfance.

Mais il n'y avait plus rien d'enfantin dans l'homme aux épaules larges et à la poitrine solide qui se tenait devant elle. Son jean moulait des jambes bien musclées, et ses manches relevées ne dissimulaient rien des tendons noueux de ses avant-bras. Et surtout, il avait grandi et la dépassait maintenant d'une bonne tête.

Il était superbe dans les rayons du soleil qui jouaient sur sa peau bronzée et sa chevelure brune. Il avait gardé tous les traits du visage qu'elle avait adoré. Le temps écoulé lui avait seulement ajouté du caractère.

Elle finit par s'apercevoir qu'elle restait plantée comme une statue de pierre sourde et muette. Mais, même si sa vie avait été en jeu, elle n'aurait rien trouvé à dire. Que pouvait-on dire à celui qui avait été non seulement votre premier amour, mais aussi votre premier amant ? Que pouvait-on dire au père de l'enfant que vous aviez porté ? Que pouvait-on dire à celui qui vous avait rejetée aussi cruellement ? « Bonjour ! Comment vas-tu ? » Non, ça n'aurait pas sonné juste.

— Lorraine, dit finalement Cameron avec un petit salut.

Elle fut agacée qu'il ait parlé le premier.

Ils se dévisagèrent avec d'autant plus de circonspection qu'ils s'étaient quittés sur des paroles blessantes et apparemment irrévocables.

Le vent du large soufflait, ébouriffant les cheveux de Cameron et soulevant la jupe de Lorraine. Les mouettes planaient au-dessus d'eux comme si elles guettaient la suite des événements.

— Comment vas-tu? demanda Cameron.

— Très bien. Et toi?

Il laissa échapper un petit rire cynique.

— J'irais mieux si je savais ce que tu fabriques ici.

Un moment interloquée, elle préféra ironiser.

— J'en suis convaincue.

Il arqua le sourcil.

— On dit que tu cherches une propriété foncière.

— Les bruits vont vite ici. Certaines choses ne changent jamais.

Elle refusait de lui donner une réponse directe, ce qui le rendit méfiant. De son côté, elle savait que seul son orgueil empêchait Cameron de lui demander tout simplement si le manoir Rockland l'intéressait.

Mais lui-même était-il intéressé? s'interrogea-t-elle en s'interdisant de lui poser la question.

Heureusement, l'arrivée de Cathryn les sortit de l'impasse.

— Ah, te voilà! Il est temps de...

Elle s'interrompit net en apercevant Cameron. Son regard passa de l'un à l'autre, et ses joues s'enflammèrent.

Lorraine jeta un coup d'œil tranquille à sa montre.

— Tu as raison, Cathryn. Il est temps d'y aller avant que tous les sièges soient occupés.

— Que s'est-il passé? murmura Cathryn à l'oreille de Lorraine alors qu'elles traversaient la pelouse.

— Rien. Nous avons à peine échangé trois mots.

— Et tu vas bien?

— Bien sûr. Pourquoi n'irais-je pas bien?

52

— Tu oublies que tu parles à l'une de tes plus vieilles amies. Il est devenu bel homme, n'est-ce pas ?

Elles arrivaient dans l'espace réservé à la vente aux enchères, ce qui permit à Lorraine de clore le sujet par un petit rire qui ne l'engageait à rien.

Presque toutes les chaises étaient déjà prises, et beaucoup de gens venus en curieux se tenaient debout sur les côtés ou à l'arrière. Lorraine et Cathryn s'installèrent rapidement sur deux chaises encore vides au troisième rang. En fait, Lorraine se laissa presque tomber sur son siège, tant ses jambes flageolaient d'émotion.

Furieuse de cette faiblesse, elle se rappela à l'ordre : « Oh ! Ne te conduis pas comme un bébé, DeStefano ! C'est de l'histoire ancienne, tout ça. Cameron représente si peu de chose dans ton existence actuelle que ta réaction en devient pathétique. »

Et, sur ce, elle se força à se tenir bien droite et à prendre des respirations profondes et régulières pour neutraliser les ondes négatives, inhaler toute la sérénité du monde, et exhaler le calme et l'assurance.

Deux femmes assises au premier rang se retournèrent pour la dévisager par-dessus leurs lunettes de presbyte. Elle ne les reconnut pas. Les commères reprirent leur position initiale et n'attendirent pas trois secondes avant de se mettre à cancaner avec avidité.

Mais cette fois elle ne se laisserait pas déstabiliser, décida-t-elle, avant de se concentrer sur la dignité qui désormais émanait d'elle. Elle s'était hissée au-dessus de son passé, au-dessus des Hathaway. Elle était allée à l'université et avait obtenu son diplôme avec les félicitations du jury. Elle avait choisi un métier difficile où la compétition faisait rage, et la corporation avait reconnu ses mérites en lui discernant plusieurs médailles professionnelles. Elle possédait sa propre entreprise et employait une demi-douzaine de personnes. Elle valait cinq millions de dollars !

Juste au moment où elle ressentait enfin une légitime fierté, Cameron traversa la pelouse d'un pas léger, et elle perdit de nouveau son calme intérieur. Il se déplaçait avec l'aisance d'un homme sûr de lui-même et de son territoire. Lorraine se demanda encore une fois la raison de sa présence à la vente.

Les têtes se tournaient sur le passage de Cameron. Plusieurs personnes le saluèrent. Il s'arrêta pour parler à l'un, pour tapoter l'épaule de l'autre et pour faire un signe de la main à un troisième.

On aurait dit un politicien en période électorale, se dit Lorraine, ironique. A moins qu'il ne fût tout simplement un membre apprécié d'une petite communauté. Quelqu'un qui avait mis une fille enceinte, mais qui avait été réintégré dans le groupe dès son retour de pension sans que nul ait songé à lui demander des comptes.

Heureusement, afin de satisfaire sa curiosité, elle n'eut qu'à se tourner avec naturel vers Cathryn pour inclure Cameron dans son champ de vision. Il se tenait debout en compagnie de quatre autres hommes. L'un d'entre eux était son père, Clayton Hathaway.

La vieille garde d'Harmonie était sans conteste bien représentée, songea Lorraine. Il y avait décidément anguille sous roche.

Elle ressentit un plaisir démesuré quand elle le vit jeter un regard anxieux dans sa direction.

Ha, ha! Il n'était pas aussi calme qu'il le prétendait, se dit-elle. Il ignorait la raison de sa présence et il était inquiet. Parfait!

Et ce fut en savourant sa satisfaction qu'elle se cala confortablement dans son siège.

Cameron s'en voulait de s'être laissé surprendre en train de la regarder. Son père se pencha vers lui.

— Tu as vu qui est là?

— Euh... oui.

Son père n'avait pas besoin d'être au courant de leur entrevue sous la véranda. Qu'aurait-il pu lui dire de toute façon? Que son cœur avait battu à se rompre?

54

— Justement ce que je craignais, dit Clayton.

Cameron hocha la tête. Il avait eu des échos du succès phénoménal de Lorraine dans l'immobilier. Elle s'était spécialisée dans la rénovation. Elle rachetait de grandes maisons individuelles et les transformait en appartements ou immeubles de bureaux.

Eh bien ! se dit-il, rageur, elle pouvait aller remporter ailleurs de nouveaux succès. Le manoir Rockland n'avait pas besoin d'elle !

Puis, il essaya de se raisonner.

Après tout, se dit-il, elle n'était peut-être qu'une spectatrice curieuse parmi beaucoup d'autres. Et même si elle avait des projets, il faudrait bien qu'elle l'affronte, lui, ainsi que les autres participants à la vente. S'il avait deux sous de jugement, il l'ignorerait purement et simplement.

Il s'en tint à sa résolution pendant un moment, mais son regard s'égara bientôt en direction de Lorraine. A trente ans, elle lui semblait la féminité incarnée. Lui qui avait pourtant toujours apprécié les longues chevelures féminines trouvait même que cette coupe de page, avec cette mèche assassine qui lui battait l'œil droit, la rendait encore plus intimidante.

Il s'attarda sur les hautes pommettes, la courbe de la mâchoire, le long cou gracieux, et détailla la tenue qu'elle portait. Le tissu léger de sa robe flottante frémissait dans le vent. Tout comme son ensemble pantalon de la veille, cette robe semblait toute simple et devait avoir coûté très cher. La teinte vert émeraude s'assortissait à la couleur de ses yeux.

Le marteau du commissaire-priseur sortit Cameron de sa rêverie.

Il était grand temps ! se dit-il, railleur, tant il était conscient de réagir d'une façon ridicule. Au lieu de songer à des yeux couleur de l'océan et à des jupes virevoltantes, il ferait mieux de se concentrer sur la tâche qui l'attendait. En dépit de sa féminité apparente, Lorraine était trop coriace pour qu'il puisse se leurrer sur ses chances de l'emporter facilement, si jamais elle décidait d'enchérir.

Le commissaire, un homme de haute taille au visage rougeaud, éleva la voix.

— Mesdames et messieurs, votre attention s'il vous plaît !

— Bonne chance ! s'exclama Fred Gardiner.

— A toi de jouer, dit Clayton Hathaway.

Les deux autres, qui travaillaient respectivement au musée de l'île et au cadastre, lui murmurèrent leurs encouragements. Cameron jeta un dernier coup d'œil en direction de Lorraine, et puis reporta son attention sur le commissaire.

Et que la fête commence !

Lorraine refusa à Cameron le plaisir de voir qu'elle réagissait à ses regards noirs ou à sa coterie d'amis. D'ailleurs, elle s'absorba bientôt complètement dans le déroulement de la vente. Le bourdonnement des conversations avait cessé, et le commissaire demandait une première enchère.

Quelqu'un au premier rang leva son enveloppe et annonça : « cinquante mille ». Après ça, les offres se succédèrent à un rythme régulier, par tranches de dix mille dollars. Quelques enchérisseurs avaient un téléphone portable vissé à l'oreille. Ce devait être des agents immobiliers ou des hommes de loi agissant pour des clients absents. Il ne fallut que quelques minutes pour atteindre la somme de deux cent vingt-cinq mille dollars.

Il y eut à ce moment-là comme un flottement. Le commissaire entreprit de ranimer l'enthousiasme du parterre. Cathryn se pencha à l'oreille de Lorraine.

— A combien crois-tu que le manoir partira ?

Lorraine haussa les épaules.

— L'issue de ce genre de vente est imprévisible. Il s'agit d'une superbe vieille maison, de grande taille, et située sur un terrain de premier choix. Cela dit, en prenant en considération le coût des travaux de rénovation... Si je devais participer aux enchères, je me fixerais probablement cinq cent mille dollars pour limite, tout en espérant l'emporter pour trois cent cinquante ou quatre cent mille. Cela dit, je ne suis pas intéressée, car je n'ai pas l'utilité de cette demeure

Les enchères avaient repris. Deux cent soixante. Tournée vers Cathryn, Lorraine vit soudain Cameron lever son enveloppe.

— Deux cent soixante-dix.

— Ce n'était pas la voix de Cameron ? murmura Cathryn en se tordant le cou pour mieux voir.

— Deux cent quatre-vingts.

C'était un homme devant elles dont le crâne chauve évoquait la tonsure d'un moine.

Lorraine compta sept enchérisseurs différents. A trois cent quarante mille dollars, quatre se retirèrent du jeu, et un cinquième se montrait de plus en plus réticent. Le jeu semblait circonscrit entre Cameron et l'homme à la tonsure. Ils se comportaient comme si la maison était le Taj Mahal et s'ils avaient à leurs disposition des fonds illimités.

— Ai-je entendu quatre cent mille ? demanda le commissaire.

Cameron hocha la tête affirmativement.

— Quatre cent dix, dit le moine.

Pour s'empêcher d'intervenir, Lorraine avait croisé les mains sous son sac. Ce n'était pas la beauté de la maison qui la taraudait, ni le désir d'installer sa mère dans cette demeure seigneuriale d'où les DeStefano feraient la nique à certaines personnes, mais tout simplement le fait que Cameron la convoitait avec un désir féroce qui se lisait dans son attitude, et cela suffisait à lui donner l'envie de se mettre en travers de sa route, et de prouver ainsi à toute la population de l'île qu'elle avait maintenant les moyens d'arriver à ses fins.

— Quatre cent quinze, dit Cameron.

— Quatre cent quinze pour monsieur ! L'enchère tient à quatre cent quinze mille !

Lorraine fixa la pointe de ses sandales et s'efforça de prendre de la distance. La voix du moine se faisait beaucoup moins assurée. Elle sentit ses craintes et sut qu'il était près d'abandonner la partie. Elle ferma les yeux.

— Quatre cent cinquante ! lança Cameron.

— Quatre cent cinquante, répéta le commissaire. Quelqu'un à quatre cent cinquante-cinq mille ?

Personne ne répondit. Plusieurs personnes se tournèrent vers le moine, puis vers Cameron pour lui adresser un sourire de connivence. Il fit comme s'il ne les voyait pas, mais une satisfaction de propriétaire lui sortait déjà par tous les pores de la peau, et cela suffit pour faire grincer les dents de Lorraine.

Inconsciente de la tempête qui faisait rage dans la poitrine de son amie, Cathryn se pencha vers elle.

— En plein dans le mille, Lorraine. Tu connais drôlement bien ton métier.

— Quatre cent cinquante ! répéta encore une fois le commissaire. Une fois !

Il fit une pause et scruta l'assemblée.

— Quatre cent cinquante mille, deux fois !

Avant d'avoir réalisé ce qu'elle faisait, Lorraine avait levé son carton.

— Quatre cent cinquante-cinq !

L'estomac de Cameron se convulsa. Une volée de jurons lui traversaient l'esprit. Il avait été si sûr que Lorraine n'était venue qu'en observatrice ! Jusqu'à ce point de la vente, elle était restée tranquillement assise dans son coin sans se manifester.

— Quoi ? Que se passe-t-il ? demanda Fred.

Le commissaire lui-même parut troublé, mais il reprit rapidement ses esprits.

— Quatre cent soixante ? Quelqu'un à quatre cent soixante mille ?

Cameron fut bien obligé d'opiner.

— Quatre cent soixante ! Qui est prêt à monter jusqu'à quatre cent soixante-dix ?

Lorraine leva de nouveau son enveloppe, sans se soucier des regards ni des murmures.

— Lorraine, que fais-tu ? murmura Cathryn, horrifiée.

58

Mais Lorraine l'ignora, elle aussi.

Le commissaire se redressa de toute sa taille. Une nouvelle bataille venait de commencer.

— Merci, madame. Monsieur?

— Quatre cent quatre-vingt mille, dit Cameron en foudroyant Lorraine du regard.

Lorraine le défiait ouvertement. Les murmures s'amplifiaient.

— Quatre cent quatre-vingt mille! Quatre cent quatre-vingt mille! Quatre vingt-dix?

Pendant une fraction de seconde, Lorraine considéra la situation avec objectivité, et puis elle se souvint de l'agonie vécue dix-sept ans plus tôt. Elle se rappela comment Pru Hathaway l'avait traitée de prostituée et de coureuse de dot. Elle s'était sentie salie à un point indescriptible. Pire que tout, Cameron l'avait rejetée et méprisée.

— Cinq cent mille dollars!

— Lorraine, la supplia Cathryn à mi-voix.

Le visage du commissaire-priseur s'arrondit de plaisir.

— Monsieur? dit-il en s'adressant directement à Cameron. Cinq cent vingt! Merci, monsieur.

— Cinq cent cinquante! lança Lorraine.

— Mais, Lorraine, tu avais dit...

— Cathryn, chut!

Cathryn s'enfonça sur son siège et enfouit son visage dans les mains.

Cameron hésita, surpris par le saut de trente mille dollars.

— C'est une demeure superbe, mesdames et messieurs, chantonnait le commissaire. Le terrain à lui seul vaut le prix de la dernière enchère!

— Cinq cent soixante-quinze, dit Cameron.

Le commissaire sourit et reporta son attention sur Lorraine.

— Six cents.

La foule était en effervescence. Cameron serra les dents. Qu'avait-il fait pour mériter ça?

— Six cent dix !

Cent dix mille dollars au-dessus de la limite qu'il s'était fixée ! Cent dix mille dollars qui ne se ramassaient pas sous les sabots d'un cheval !

Lorraine étant passée à six cent vingt-cinq, la balle se retrouvait dans son camp ! Son père se pencha vers lui.

— Continue, et ne te fais pas de souci.

Le message était clair. Cameron pourrait lui emprunter tout l'argent qu'il lui faudrait. La bataille était entre Lorraine et lui. Il enchérit à six cent cinquante.

Lorraine ne battit même pas des paupières.

— Six cent soixante-quinze.

— Vingt dieux ! murmura Fred. Elle ne plaisante pas.

— Sept cent mille ! lança Cameron.

— Sept cent vingt-cinq.

Fred posa la main sur l'épaule de Cameron.

— Que fabriques-tu ?

Cameron se dégagea d'un geste brusque, mais il se posait exactement la même question. Avait-il perdu la tête ?

Lorraine n'osait pas se retourner vers son adversaire. Elle avait entendu des murmures, probablement des amis lui offrant de l'argent pour qu'il puisse continuer. Si c'était le cas, elle ne risquait pas de l'emporter. Devant elle, le spectacle n'avait rien d'attrayant. Elle avait surpris des regards franchement amusés. Ils trouvaient tous la situation des plus divertissantes. Cameron Hathaway et Lorraine DeStefano s'affrontant en combat singulier dans une vente aux enchères, quinze ans après leur dernière débâcle.

Lorraine ignora son tremblement intérieur et releva le menton.

— Huit cent vingt-cinq.

Le commissaire-priseur était au septième ciel.

— Une magnifique demeure. Un monument historique. Un potentiel extraordinaire.

Cameron releva le gant à huit cent cinquante. Plus il

démontrait son désir d'obtenir le manoir, et plus Lorraine était déterminée à lui ôter ce plaisir. Comme elle comprenait son père maintenant! Les Hathaway ne pouvaient pas l'emporter toujours et partout!

— Huit cent soixante-quinze!

— Nous avons une enchère à huit cent soixante-quinze! Monsieur, vous désirez continuer?

Cameron ne voyait plus le commissaire qu'à travers un brouillard. La vente avait tourné au désastre.

— Je la lui laisse, murmura-t-il entre les dents. C'est de la folie pure.

Son père l'avait encouragé à la lutte, mais maintenant il semblait anxieux lui aussi.

— Tu as sans doute raison. Nous la rattraperons au tournant. Mais puisqu'elle est si décidée, continue encore un peu. Que ça lui coûte le maximum!

— Tu ne trouves pas la note assez douloureuse?

Clay l'encouragea du coude.

Les enchères reprirent.

— Neuf cent quatre-vingt mille dollars! claironna le commissaire qui ne se tenait plus de joie. Madame?

— Neuf cent quatre-vingt-cinq!

— Monsieur?

C'était la fin. Cameron eut soudain peur que le chiffre fatidique du million ne rende à Lorraine ses esprits. Les spectateurs poussaient des Oh! et des Ah! comme s'ils admiraient un feu d'artifice. Cameron adopta son attitude la plus tranquille et la plus fière.

— Monsieur, répéta le commissaire. Pourquoi ne pas conclure sur un million tout rond?

— Non, dit Cameron d'un ton ferme.

Un silence de plomb s'établit.

— Neuf cent quatre-vingt-dix, peut-être?

Cameron refusa d'un geste désinvolte de la main, comme si vraiment il se moquait de l'issue de la vente, alors qu'au fond de lui-même il en aurait pleuré.

Le commissaire prit une profonde inspiration.

— Neuf cent quatre-vingt-cinq, une fois... deux fois... trois fois. Adjugé ! Mes félicitations, madame.

Alors qu'elle aurait voulu sauter en l'air et pousser un rugissement de victoire, Lorraine se contenta de saisir le bras de Cathryn qui, assise comme une poupée de son, la regardait avec des yeux exorbités.

— Lorraine, que viens-tu de faire ? dit-elle d'une voix cassée par l'émotion.

Lorraine avait remporté sa revanche. Elle avait vaincu Cameron Hathaway. Certes, elle avait dépensé deux fois la somme qu'elle s'était fixée, mais c'était en réalité l'affaire de sa vie.

— Mais qu'est-ce que ta mère va faire d'un endroit pareil ?

Le sourire de Lorraine se figea quelque peu.

— Et tu m'avais dit qu'il fallait faire inspecter les lieux par un professionnel et ne jamais dépasser la limite fixée ?

Lorraine se leva. Elle ne voulait rien entendre. Mais Cathryn la suivit comme un essaim d'abeilles.

— Tu viens de dépenser près d'un million de dollars pour une maison dont tu ignores à peu près tout !

Lorraine était en train de recouvrer ses esprits. Qu'avait-elle fait ? Elle voulut donner à Cathryn une explication et n'en trouva aucune. Elle venait de faire l'achat le plus ridicule de sa carrière, par pur orgueil.

Cathryn parut la comprendre car elle lui sourit soudain avec sympathie.

— C'était bon ?

— De le battre ? Merveilleux ! Indescriptible !

Cathryn étouffa un petit rire.

— Eh bien, c'est le principal ! Tu veux que je te dise ? Je suis ravie que le manoir t'appartienne. Je le trouve fantastique.

— Merci !

— Je suppose que tu as des formalités à remplir, dit Cathryn en désignant d'un geste du menton les employés de banque. Appelle-moi tout à l'heure.

Lorraine se dirigea vers la maison qui lui appartenait désormais. Elle n'avait jamais payé une propriété un prix pareil. En fait, elle n'avait jamais dépensé plus d'un demi-million ! La plupart de ses maisons valaient entre deux et trois cent mille dollars.

Comment allait-elle s'y prendre pour financer cette opération-là ? se demanda-t-elle, à présent quelque peu affolée. Et l'endroit convenait-il vraiment à sa mère ?

Mais elle ne voulut pas céder à la panique qui la gagnait. Sa mère ne pourrait que se passionner pour l'exploitation de ce manoir. Elles exploreraient ensemble l'idée d'une maison d'hôtes. Cela deviendrait le relais le plus chic de toute la côte ! Les gens paieraient une fortune pour y loger. Le tout était de le vouloir.

Lorraine était quasiment prête à croire tout ce qu'elle se racontait quand Anne McDougal arriva à sa hauteur. Lorraine n'avait même pas remarqué sa présence dans l'assemblée.

— Mes félicitations, dit l'agent immobilier d'un ton de voix un peu étrange. J'ignorais complètement que l'endroit vous intéressait. Si seulement j'avais été au courant...

— En fait, ce fut une décision impromptue, dit Lorraine. Je suis navrée. Je n'ai plus besoin d'effectuer d'autres visites.

Anne McDougal haussa les épaules avec philosophie.

— Ne vous inquiétez pas pour moi.

— Mais si jamais je décide d'acheter une autre propriété sur Harmonie, je ne manquerai pas de faire appel à vous.

— Merci. Les choses ont tourné d'une drôle de façon. Dire que vous l'avez emporté sur Cameron Hathaway !...

A la pensée que cette femme était peut-être au courant de toute l'histoire, les joues de Lorraine s'enflammèrent.

— Que voulez-vous dire, exactement ?

— Vous savez que la maison fait partie de la zone historique de l'île, n'est-ce pas ?

Lorraine bluffa.

— Oui, bien sûr.

— Il y aura beaucoup de règles à respecter durant la période de rénovation.

Lorraine eut un mauvais pressentiment.

— ... Il faudra présenter vos plans à la commission culturelle, et, s'ils sont rejetés, vous devrez les modifier et recommencer une procédure qui se révèle parfois des plus fastidieuses.

Les craintes de Lorraine commençaient à prendre une forme plus concrète. Elle connaissait les tracas liés à la rénovation des demeures historiques. C'était la raison pour laquelle elle s'était jusqu'à ce jour bien gardée d'en acheter une.

— Et qui préside la commission ? J'aime toujours savoir à qui j'ai affaire.

— Oh, mon Dieu ! je croyais que vous étiez au courant.

Anne se tourna légèrement pour que Lorraine puisse suivre son regard.

— ... C'est lui.

Lorraine faillit s'effondrer sur place. La personne qu'Anne lui désignait n'était autre que Cameron Hathaway.

4.

Cameron savait qu'il aurait dû partir, ne serait-ce que pour sauvegarder sa fierté. Deux personnes étaient déjà venues lui offrir leurs condoléances.

— Inutile de rester et de lui donner l'occasion de triompher, grommela son père en essayant de l'entraîner.

Mais pour la protection de cette magnifique demeure, il se devait de rester.

— Va devant, papa. Je te rejoins dans un instant.

Clay pressentit le pire.

— Ne me dis pas que tu vas aller lui parler !

— Ce n'est pas impossible.

— Ce serait une erreur.

Epuisé sur le plan émotionnel, le fils allait rabrouer ce père qui se mêlait de ce qui ne le regardait pas, quand il prit conscience que sa colère était mal placée.

— Je m'en souviendrai.

Puis il attendit que son père eût disparu pour se diriger vers la pelouse.

— Lorraine ?

Il ne savait pas à quoi il s'attendait, mais certainement pas à lui voir un air si pâle, ni à déceler de la vulnérabilité dans ses grands yeux verts. Le puissant courant d'énergie qui l'avait soutenue durant les enchères était bien tari. L'ivresse de la victoire aussi.

— J'aimerais te parler un instant.

Elle hésita, tout en le jaugeant du regard.

— Vous voulez bien nous excuser ? dit-elle à Anne McDougal.

— Certainement, dit l'agent immobilier sans pouvoir cacher la curiosité qui la dévorait.

Heureusement, en quelques secondes, Lorraine reprit sa maîtrise d'elle-même.

— On est venu m'offrir ses félicitations, Hathaway ?

Cameron, le cœur plein de ressentiment, croisa les bras sur la poitrine.

— L'idée ne m'avait pas traversé l'esprit. Certes, je ne vais pas prétendre que je suis satisfait de la façon dont les choses ont tourné...

— Ah oui ? demanda-t-elle d'une voix faussement innocente.

— Arrête, Lorraine. Arrête ! Il faut que nous oubliions un instant nos sentiments personnels pour discuter de la C.C.H.

— Tu parles de la commission culturelle d'Harmonie ?

— Tu comprends donc de quoi il s'agit.

Il attendit une réaction, mais elle se contenta de le dévisager avec une insolence qui lui fit regretter de n'avoir pas jeté son dernier sou sur le tapis afin de l'emporter sur elle.

— Je suppose que tu connais l'existence des directives en vigueur dans le district et des procédures de soumission des plans de rénovation.

— Où veux-tu en venir exactement ?

— Avant de toucher à l'extérieur de la maison, je te conseille vivement d'obtenir ton permis de construire.

La brise faisait voler les mèches cuivrées de Lorraine. Elle avait la peau si claire qu'elle en paraissait presque translucide. Il songea à quel point la dureté d'un être pouvait contredire la délicatesse de son apparence extérieure.

Lorraine rejeta ses cheveux en arrière d'un mouvement de tête.

— C'est tout ?

Bien sûr, Cameron aurait dû s'arrêter là, mais il ne put s'empêcher de continuer.

— Si on n'a pas l'habitude de ce genre de procédure, on risque de ne pas s'y retrouver. Si tu désires discuter tes plans avant de les présenter à la commission, je suis prêt à m'asseoir avec toi pour t'expliquer en quoi consistent nos directives.

La proposition la dérouta tellement qu'elle écarquilla les yeux.

— Tu voudrais que je prenne rendez-vous avec toi pour discuter de mes plans?

— C'est ce que font la plupart des gens, et ça évite beaucoup d'ennuis.

Cameron se demandait combien de temps il allait continuer à se ridiculiser devant cette femme.

Les lèvres de Lorraine s'écartèrent lentement comme pour se préparer à décocher une repartie bien sentie, et, finalement, vibrèrent sur un rire railleur.

— ...Vraiment? Cameron!

Il en perdit presque la respiration.

— A ta guise! Une suggestion supplémentaire, pourtant...

— Oui? s'enquit-elle, insolente.

— ... L'intérieur des bâtiments n'est pas du ressort de la commission, mais ne commence pas à tout démolir avant d'en avoir appris davantage sur ce que tu viens d'acheter. En dépit de ses cent soixante ans, le manoir a gardé beaucoup de ses éléments d'origine. Fais attention. Autrement tu ne sais pas ce que tu risquerais de détruire.

Elle prit quelques secondes pour méditer ce qu'il venait de dire.

— Si l'intérieur de ma maison n'est pas du ressort de la commission, puis-je savoir pourquoi elle serait du tien?

— Pourquoi? dit-il en la toisant à son tour. Parce que, si tu t'imagines que cette maison va rester longtemps en ta possession, tu te trompes. Au cas où le coût des réparations ne te ruinerait pas, la méticulosité requise sera au-dessus de tes forces. Et quand tu me rendras le manoir Rockland, je le veux en parfaite condition.

— Tu as fini ?

— Non, dit-il, décidé à avoir le dernier mot. Garde bien tes arrières, Lorraine, parce que je vais te poursuivre comme un chien de meute. Et maintenant, j'ai terminé.

Et comme il s'éloignait à grandes enjambées, il songea, non sans mauvaise foi, que son père aurait dû l'empêcher de se rendre aussi ridicule.

Lorraine passa les deux heures suivantes à traiter d'affaires bancaires, puis à essayer de contrôler ses réactions physiologiques.

Aussi ne fut-elle vraiment soulagée que lorsqu'une nausée parvint à lui soulever l'estomac.

Il était près de 2 heures quand elle regagna enfin son hôtel. Elle se fit monter une soupe de poissons et passa l'heure suivante à essayer de l'avaler.

Stupide ! Elle avait été stupide de se laisser entraîner dans une guerre d'enchères. Elle, si calme et prudente d'ordinaire... Quel démon l'avait soudain possédée ? Et pourquoi ? parce qu'elle voulait battre Cameron.

« Oh, oui, tu as gagné ! se railla-t-elle. Tu as pris ta revanche. Et en public, encore ! »

Tout en fulminant contre sa stupidité, elle abandonna son bol de soupe, empila les oreillers contre la tête de lit, et s'installa confortablement.

Et maintenant, décida-t-elle, il était temps d'arrêter de ruminer ses erreurs et de dresser un plan de bataille. La première étape n'était pas difficile à prévoir. Elle rentrerait le lendemain à Boston comme prévu, et irait à sa banque pour lancer le financement de son prêt.

Et comme pour ne pas oublier cette résolution, elle prit son calepin posé sur la table de nuit et écrivit : « lundi — banque ». Mais sa main tremblait tellement qu'elle eut du mal à se relire.

Le financement allait lui poser des problèmes, c'était certain, estima-t-elle. Elle considérait qu'elle valait cinq millions de dollars, mais ce ne serait vraiment le cas que le jour où elle aurait remboursé tous ses emprunts. Or, elle allait devoir s'endetter davantage...

A condition de trouver un organisme de prêt susceptible de financer une folie pareille, s'objecta-t-elle avant de réfléchir à l'étape suivante.

Elle gribouilla un autre mot : « bureau ». Elle avait beaucoup de détails à régler avant que le Cabinet immobilier DeStefano puisse fonctionner sans elle. Or il le faudrait bien durant la période des travaux. Le manoir Rockland représentait un projet très spécial qui nécessiterait le plus souvent sa présence sur place, et pendant des périodes prolongées.

Heureusement, les ordinateurs portables facilitaient les communications, se dit-elle, et lui permettraient de garder une main ferme sur la gestion de sa société. Pourrait-elle déléguer certaines responsabilités à ses sœurs ? Ce n'était pas sûr. Michelle avait un petit garçon de deux ans. Quant à Kim, son bébé n'avait que six mois. Bon, elle réglerait ce problème-là. Quoi d'autre ?

« Maman », écrivit-elle.

Sur ce sujet, les questions abondaient. Comment allait-elle expliquer ses absences à sa mère ? Comment garderait-elle le secret durant plusieurs mois ?

Elle n'en avait pas la moindre idée, mais en y réfléchissant à tête reposée, elle trouverait sûrement une parade plausible.

— Ah Joe ! s'écria-t-elle avant de l'ajouter à sa liste.

Joe Giancomo était son entrepreneur attitré, mais il faudrait qu'elle se donne du mal pour le convaincre d'assumer la rénovation d'un manoir situé en plein océan. En admettant qu'il accepte, elle devrait revenir avec lui sur Harmonie, pour qu'il évalue les travaux à faire, lui fournisse un devis, et l'aide à rédiger son dossier pour le permis.

Avec un gémissement, Lorraine quitta sa position confortable et posa les pieds par terre. La première chose à faire était de passer à la mairie pour se procurer les fameuses directives de la commission. Elle les lirait méticuleusement, car elle ne voulait surtout pas que Cameron trouve quelque chose à redire à ses plans. Et, en même temps, elle passerait au cadastre. Le manoir étant certainement dans une zone résidentielle, elle aurait besoin d'une dispense pour ouvrir une maison d'hôtes.

A cette pensée, la migraine qui couvait depuis un moment se déclencha et l'obligea à se rendre dans la salle de bains, pour y prendre de l'aspirine.

Face au miroir, elle tenta de se raisonner pour recouvrer un peu de sérénité.

Certes, se dit-elle, elle se trouvait sur la défensive depuis la vente aux enchères, et avait adopté la mentalité d'une forteresse en état de siège. Mais quand tant de choses étaient en jeu, quelle autre attitude aurait-elle pu adopter ? Elle ne pouvait pas se permettre un échec. Pas sur Harmonie où sa famille avait déjà souffert de tant d'humiliations. Et certainement pas avec Cameron tapi en embuscade et prêt à lui sauter dessus à la première faiblesse.

« Si tu t'imagines que cette maison va rester longtemps en ta possession, tu te trompes », lui avait-il dit. Mais alors que d'habitude elle n'accordait pas la moindre pensée à ce genre de menaces, aujourd'hui les mots restaient ancrés dans son cerveau.

Etait-ce parce qu'elle était financièrement vulnérable ? se demanda-t-elle. Ou était-ce à cause de la nécessité où elle se trouvait de croiser de nouveau le chemin de Cameron à la commission culturelle ? Au demeurant, dans tous les cas de figures, la meilleure défense n'était-elle pas d'attaquer ?

Et sur cet encouragement à ne pas se laisser abattre, elle prit une dernière gorgée d'eau, se pinça les joues pour en raviver la couleur, et prit le chemin de la mairie.

Cameron passa le déjeuner chez ses parents dans un état d'agitation croissante. Il avait espéré trouver calme et repos sous le toit maternel, et s'était en fait retrouvé au milieu d'une autre tornade. L'ouragan Prudence.

70

— Comment as-tu pu la laisser te faire une chose pareille ? fulmina-t-elle tout en arpentant les pavés de sa terrasse. Qu'as-tu fait de ta fierté ?

Ce n'avait été que l'entrée en matière. Cameron essayait d'avaler sa salade, mais il avait l'impression de manger de la sciure de bois.

— Calme-toi, Pru, dit Clay. Cam a très bien réagi. Continuer à enchérir aurait été de la folie pure.

Cameron ne savait pas si son père était convaincu de ce qu'il disait, ou s'il essayait de prendre la situation du meilleur côté possible.

Pru Hathaway, incapable de rester assise, continuait à faire les cent pas, les bras serrés contre sa maigre poitrine. De haute taille, le teint buriné par le soleil et le grand vent, elle aimait trop la nature sauvage pour se préoccuper de son visage prématurément vieilli. Elle portait une jupe et un chemisier de bonne maison mais qui dataient d'au moins quinze ans.

Elle s'arrêta brusquement.

— A combien dis-tu qu'elle l'a emporté ?

— Près d'un million.

— Près d'un million, répéta Pru avec incrédulité. Ces gens-là sont plus résistants que des cafards !

Cameron considéra sa mère à travers ses paupières mi-closes. Il l'aimait tendrement. Elle soutenait son mari et son fils avec une loyauté féroce et sans faille, mais parfois... elle ne lui plaisait pas.

Clay finit par se lever. Il prit sa femme par le coude et la conduisit d'une main ferme vers la table.

— Assieds-toi.

Elle respirait trop vite et secouait la tête avec horreur.

— Quel toupet ! Quelle arrogance ! C'était une action délibérée, destinée à nous démontrer son mépris. Elle voulait nous humilier.

Cameron reposa sa fourchette en soupirant. D'ordinaire, quand sa mère réagissait d'une façon outrée, il gardait son calme et attendait que la bourrasque soit passée. Faute de résistance, la tempête s'éloignait plus vite et sans grands dégâts. Mais cette fois, il eut envie de se défouler lui aussi.

— Ecoute, maman. Je suis désolé que la vente ne se soit pas déroulée comme nous l'avions prévu. Je sais que les gens vont cancaner à propos du passé. Mais j'avais beau désirer ce manoir de toutes mes forces, je n'allais pas payer un million pour l'obtenir !

— Et tu as eu raison, répéta Clay.

Pru buvait son vin avec des lèvres si serrées que c'était à se demander comment le liquide pouvait passer.

— J'espère seulement qu'elle n'a pas l'intention de vivre ici avec le reste de sa famille !

— Ce n'est guère vraisemblable, dit Clay. Etant donné le prix, elle a certainement des projets de promotion immobilière.

Pru frissonna et jeta un regard perçant à son époux.

— Il va falloir que nous prenions des mesures, Clayton.

— Chaque chose en son temps, Pru. Entre la commission culturelle et le cadastre, Cameron et moi, nous tenons les choses en main. Nous pourrons l'obliger à revoir ses plans pendant des années. Mais je doute fort qu'il faille ce temps-là pour lui faire lâcher prise.

— J'espère bien que ça ira plus vite que ça. Quand je pense au chagrin que cette fille nous aura causé, à ces discussions sans fin, à l'humiliation...

— Elle n'était pas seule en cause, rappela Clayton.

— Non, nous ne pardonnerons jamais à son père, n'est-ce pas ? Il nous a nui au moins autant qu'elle.

— Ce salaud a nui à toute l'île !

Cameron se frotta le front des deux mains.

— Vous n'allez pas encore reparler de la taxe foncière, j'espère.

Ses parents le considérèrent d'un air ébahi.

— Tu ne comprends pas. Tu étais beaucoup trop jeune à l'époque. Tu n'as pas la moindre idée de ce que nous avons souffert.

Cameron comprenait fort bien. Il partageait même l'antipathie de ses parents pour Tom DeStefano. Mais il ne voulait pas en entendre parler en ce moment. Il ne désirait qu'une seule chose, que le poids qui lui écrasait la poitrine disparaisse enfin. Mais il ne se faisait pas d'illusions. Quand ses parents étaient dans cet état d'esprit-là, il ne pouvait que garder un profil bas.

Il connaissait l'histoire par cœur, mais on allait la lui ressasser encore une fois. Tom DeStefano avait trouvé injuste que quelques familles seulement monopolisent une si grande partie de l'île, sans être imposées en proportion de la superficie de leurs biens. Clayton s'était efforcé de défendre le *statu quo*, arguant qu'un nouveau calcul de la répartition risquait de contraindre à la vente certains grands propriétaires terriens incapables de s'acquitter de leurs taxes. Ce serait la porte ouverte aux promoteurs immobiliers, et la fin d'Harmonie telle qu'ils la connaissaient : une île préservée, tranquille, aux vieilles maisons pleines de charme, aux prés verts et aux plages immaculées.

Cam se retint pour ne pas rappeler à son père que la réforme fiscale tant redoutée avait au contraire permis l'adoption du principe d'un parc naturel et l'établissement d'une société chargée de sa gestion. Mais Clay ne l'aurait pas écouté. Il avait dû vendre à ladite société deux cents ares, et en gardait encore un goût amer à la bouche.

Oui, la haine de ses parents avait des racines profondes, se dit-il. L'argent perdu. L'honneur souillé. Un cadre de vie modifié, parce que l'île d'Harmonie avait bel et bien évolué. La question immobilière constituait effectivement son problème numéro un. Mais ses parents accusaient un seul homme, Tom DeStefano, de tous les maux, et englobaient toute la famille de celui-ci dans leur rancœur.

— Nous l'avions prévu depuis le début, et les événements nous ont donné raison, disait Clay.

— Nous n'aurions pas construit sur notre domaine, ajouta Pru. Nul n'aurait veillé mieux que nous à l'intégrité du paysage.

Cameron resta silencieux. Il était le premier à penser avec

nostalgie à l'immense domaine de son enfance. Il ne leur restait plus à présent que quelques champs où paissaient des moutons, tout autant pour préserver un élevage traditionnel que pour satisfaire la passion de Pru pour le tissage. Cameron aussi aimait cette terre de toute son âme. Onze générations de Hathaway s'y étaient succédé.

Il reporta son attention sur la demeure de style classique, bâtie en 1745, après l'incendie qui avait détruit la maison d'origine. Au cours des années, quelques améliorations y avaient été apportées, mais elle restait le joyau architectural de l'île, et la seule maison encore habitée par les descendants des premiers propriétaires.

Cameron émergea de ses pensées en entendant prononcer le nom de Lorraine.

— Elle a sans doute les traits de sa mère, mais elle tient bien de son père ! En plus maligne... Dieu seul sait les ravages qu'elle causera...

Cette fois, Cameron ne put en supporter davantage et se leva. Sa poitrine était si serrée qu'il pouvait à peine respirer.

— Merci pour ce bon déjeuner, maman. Mais il est grand temps que je regagne mes pénates.

Prudence considéra les plats à peine entamés.

— Je suis désolée, mon chéri. Ton père et moi, nous nous laissons parfois emporter. C'est que nous ne supportons pas de te voir souffrir. Et cette fille t'a déjà fait suffisamment de mal comme cela...

— Je comprends. Mais j'ai... des choses à faire.

Pru se leva pour l'embrasser.

— Ne t'inquiète pas. Les choses finiront par s'arranger.

Cameron serra les lèvres. Il avait appris à l'âge de quatorze ans que les choses ne « s'arrangeaient » pas toujours comme on le souhaitait.

Dès qu'il fut de retour chez lui, il se changea rapidement et prit la direction de la plage, déterminé à brûler sa colère et sa frustration dans une bonne foulée.

Il n'avait pas parcouru un kilomètre quand il se rendit compte que la perte du manoir Rockland n'était pas le principal de ses soucis. En fait, c'était la réaction de ses parents, leur colère, leur déception, qui le contrariait le plus.

Et sa culpabilité personnelle.

Il ne s'était pas senti aussi honteux depuis la grossesse de Lorraine.

Il ralentit le pas et s'arrêta, assailli par les souvenirs...

Cet après-midi-là, il était rentré à pied de l'école sans s'inquiéter le moins du monde de devoir affronter ses parents. Bien sûr, ils réagiraient d'abord avec colère, mais ensemble ils sauraient dénouer la situation, se disait-il, fort de son expérience d'enfant où il y avait une solution satisfaisante à tous les problèmes.

Il croyait donc aux contes de fées ? Que s'était-il imaginé ? Que Lorraine et lui allaient se marier et qu'ils couleraient des jours heureux durant le restant de leur vie sous le toit Hathaway ? Que sa propre mère s'occuperait du bébé pendant qu'ils seraient à l'école ? Oui, c'était précisément ce qu'il avait imaginé. Et davantage encore.

En fait, sa mère s'était évanouie en apprenant la nouvelle. Une femme capable de tenir seule la barre de son voilier par des vents de quinze ou vingt nœuds, et qui nettoyait comme un homme les paillasses de ses moutons. Elle s'était effondrée au beau milieu du dîner familial, et Cameron avait été si bouleversé qu'il l'avait à peine écoutée quand elle avait enfin recouvré ses esprits et sa voix. Il n'avait retenu qu'une seule chose : il avait jeté la honte et le déshonneur sur sa famille. Il avait sali le nom des Hathaway. Son père avait englouti trois whiskies d'affilée et l'avait conduit dans la bibliothèque.

Dans son innocence, il avait cru qu'ils allaient enfin discuter de la situation d'une façon rationnelle. Mais son père avait dénoué sa ceinture et lui avait ordonné de s'appuyer ferme sur les étagères. Le choc de cette correction avait été bien pire que la douleur physique. C'était la première fois que son père le frappait, et qu'il s'y fût résolu l'avait blessé plus que n'importe quelle autre punition.

La mâchoire serrée, le nez dans les livres poussiéreux,

Cameron avait enfin pris conscience de la réalité. Chaque coup de ceinture, ponctué par un sanglot qui s'échappait de la gorge de son père, l'avait convaincu de la gravité de la situation.

A ce souvenir, Cameron se redressa et reprit sa course sur la plage.

Après cette soirée, il avait plus ou moins perdu le contrôle de son existence. Ses parents, qui l'avaient empêché de retourner à l'école, avaient en outre renvoyé ceux de ses camarades qui avaient eu le courage de venir jusqu'à sa porte. Ils avaient analysé le problème sans jamais l'inclure dans leurs discussions. Il vivait un enfer, mais le pire de tout était d'ignorer le sort de Lorraine. Avait-elle trouvé le courage de parler à sa famille? Quelle tempête était-elle en train d'essuyer de son côté?

Quand ses parents lui avaient trouvé une place dans un pensionnat de Pennsylvanie, il avait protesté violemment, mais en vain. Sa mère ne cessait de lui répéter: « Cesse de faire le difficile », comme s'il refusait de manger des betteraves ou de cirer ses chaussures.

Cameron ralentit de nouveau sa course, oppressé par le souvenir de la douleur qu'il avait éprouvée en quittant l'île.

Quand le petit appareil avait décollé du terrain d'aviation d'Harmonie, le visage stoïque qu'il avait réussi à maintenir jusque-là s'était décomposé. Il avait sangloté, anéanti par la pensée qu'au-dessous de lui, hors de portée désormais, se trouvait tout ce qu'il aimait et désirait le plus au monde. Son foyer. Ses amis. Lorraine.

Même aujourd'hui, tant d'années après, Cameron considérait encore le jour de son départ comme le plus pénible de sa vie.

Avec le recul, il avait compris que ses parents aussi avaient souffert de son exil, d'autant plus qu'ils n'avaient qu'un fils et qu'ils l'adoraient. Il comprenait aussi qu'ils avaient cherché à le protéger, non pas seulement de Lorraine et des sentiments fous qu'il éprouvait pour elle à l'époque, mais aussi des commérages et des bagarres à venir.

Ses années de bannissement n'en avaient pas été moins difficiles. Il s'était retrouvé seul dans un lieu inconnu peuplé d'étrangers. Il avait eu quinze ans sans que personne lui souhaite son anniversaire. Il avait passé la fête de Thanksgiving avec le directeur du pensionnat. Il ne recevait pas d'autres lettres que celles de ses parents. Il lui était interdit d'utiliser le téléphone. Il avait vu les saisons passer sans pouvoir contempler l'océan et les reflets du soleil sur les ardoises grises des maisonnettes de l'île. Il ne respirait pas l'air salé du large. Il n'entendait ni le cri des mouettes, ni la corne de brume à l'extrémité de la falaise... Et il avait compris pourquoi, dans l'Antiquité, le bannissement constituait le châtiment suprême.

Cameron abandonna sa course sur le rivage mouillé et regagna la plage de sable chaud et doux. Il se laissa tomber avec un grognement douloureux et se recroquevilla, les genoux dans les bras.

L'automne avait été interminable. Dans leurs lettres, ses parents lui faisaient la morale et lui détaillaient sans fin sa mauvaise conduite. Mais il ne lui faisait pas porter tout le poids de son erreur. Ils étaient convaincus que Lorraine, plus âgée, savait exactement ce qu'elle faisait et l'avait détourné du droit chemin. Ils lui rappelèrent les nombreuses fois où ils l'avaient mis en garde et lui avaient conseillé de choisir soigneusement ses amis, car trop de gens ne s'intéressaient qu'à l'argent dont il hériterait un jour. Ils rajoutaient parfois des fascicules religieux vantant les mérites de la chasteté, ou des livrets de santé donnant la liste des maladies vénériennes et analysant les mérites de diverses méthodes de protection.

Son humiliation avait été complète.

Puis ils lui avaient appris quel genre d'homme était Tom DeStefano et pourquoi il n'était pas question que leurs familles se fréquentent. Tom était obsédé par le désir de faire fortune. Il avait tenté de leur extorquer de l'argent, soi-disant au profit du bébé de Lorraine. Ils lui avaient démontré que Lorraine elle-même était moralement le portrait craché de son père. Ce qui l'avait horrifié le plus avait été d'apprendre que Lorraine avait décidé de se faire avorter.

Aussi, quand était arrivé le jour de regagner l'île pour Noël, son amour pour la jeune femme s'était mué en haine.

Il n'était pas près d'oublier la messe de Noël, les deux familles dans l'église, et la congrégation tout entière aux aguets. Et ensuite ! Lorraine et lui avaient réussi à s'éclipser pendant que leurs parents respectifs saluaient leurs amis.

Cameron ressentait encore la douleur éprouvée pendant leur échange de mots blessants comme des couteaux. Quand il avait essayé de lui dire comment on l'avait empêché d'écrire ou de téléphoner, elle s'était déclarée ravie qu'il n'ait pas pu la joindre, et quand elle avait essayé de lui expliquer ce qui s'était passé avec le bébé, il lui avait coupé la parole en lui disant qu'il le savait déjà.

Alors, elle l'avait envoyé au diable, et il lui avait dit d'y aller elle-même.

Puis, elle avait clos l'entretien par un énorme juron.

A ce souvenir, Cameron se surprit à sourire. Il n'avait jamais connu personne qui puisse combiner l'attitude d'une reine et le langage d'un charretier avec autant de facilité que Lorraine. C'était une des choses qu'il avait adorées en elle.

Mais l'avait-il aimée, s'interrogea-t-il, tout sourire envolé. A quatorze ans, il était un grand romantique. Il était aussi un taurillon en rut depuis le printemps. Mais ce n'était pas de l'amour. C'était l'adolescence. Comment auraient-ils pu s'aimer vraiment, alors qu'ils avaient encore tant de chemin à parcourir avant d'atteindre leur maturité d'adultes ? Il était aujourd'hui un être différent. Et Lorraine l'était aussi, sans nul doute.

Et pourtant, durant leur rencontre du matin, il s'était retrouvé dans la peau du garçon qu'il avait été, et il avait reconnu en elle quelque chose que ni le temps ni l'éloignement n'avait pu altérer. Pouvait-on parler de l'essence d'un être ? Malgré sa colère, sa déception, son ressentiment, il avait perçu une étincelle de l'allégresse qu'il éprouvait toujours auprès d'elle, quinze ans plus tôt.

Bon sang ! il devenait grotesque ! se railla-t-il en se prenant la tête à deux mains. De l'allégresse ! Cette étincelle ne signifiait rien. Le cœur était comme une bibliothèque, pleine de livres poussiéreux et démodés : il conservait des tas de vieux sentiments qui ne correspondaient en rien au présent. Il était temps d'oublier le passé et de se concentrer sur l'essentiel. Lorraine possédait maintenant l'un des fleurons de l'île. Il ignorait ce qu'elle avait l'intention d'en faire mais, la connaissant, il devait se méfier d'elle.

Il protégerait le manoir par le biais de la commission culturelle. Son père s'occupait du cadastre. Fred Gardiner pouvait ameuter si nécessaire tous les membres de la Ligue pour la préservation de l'île. En combinant leurs forces, ils réussiraient facilement à chasser Lorraine avant qu'elle n'ait commis des dégâts irréparables. Et l'incident serait clos. Elle ressortirait de son existence, et c'était tout ce qu'il souhaitait.

Alors, pourquoi n'as-tu pas continué à enchérir ? Elle serait d'ores et déjà sortie de ton existence ! s'objecta-t-il.

Mais il n'avait pas voulu utiliser l'argent paternel pour ses combats personnels, et cela n'avait rien à voir avec l'irritante étincelle de joie qui refusait de s'éteindre.

Et sur cette explication qui, au demeurant, ne l'abusait pas, il se remit debout avant de s'aviser qu'il n'avait aucune envie de reprendre sa course.

En fait, il aurait pu courir toute la journée, qu'il se serait toujours retrouvé à son point de départ, songea-t-il. C'était le problème des îles. On tournait en rond et on finissait toujours par se retrouver face à face avec soi-même.

5.

Lorraine ne revint sur l'île qu'au début du mois d'août. Comme elle l'avait prévu, le financement du manoir n'avait pas été chose aisée. Les experts de la banque avaient rendu leur verdict : Lorraine avait payé la maison au-dessus de sa valeur, et leur politique était de ne pas prendre de risques dans des investissements douteux. D'autres organismes de prêts lui suggérèrent de présenter un plan à long terme incluant les revenus générés par la transformation du manoir en relais. Mais Lorraine ne savait pas si elle obtiendrait les permis nécessaires pour transformer une demeure privée en local commercial. Et elle ne savait pas non plus si sa mère voudrait diriger un relais.

Lorraine comprit rapidement qu'elle ne pouvait pas transférer purement et simplement le manoir à sa mère afin que celle-ci en dispose à sa guise. Il faudrait qu'elle reste la propriétaire en titre jusqu'à ce que l'affaire produise des revenus réguliers. Le volume d'habitation permettait certainement l'aménagement d'appartements dans les communs, au-dessus du garage, et dans les combles.

Elle avait fini par se procurer la somme nécessaire, mais elle avait dû renoncer à deux de ses petits immeubles afin d'ajouter le produit de leur vente à son apport personnel. Elle ne se faisait plus d'illusions sur les difficultés qui l'attendaient, ayant appris au cours de ses démarches que Clay Hathaway contrôlait la commission du cadastre.

En dépit de tous ses soucis, Lorraine avait hâte de se retrouver sur l'île. Cette fois-ci, elle était venue en voiture avec son ordinateur, son linge de maison et de quoi faire la cuisine. Plus important encore, elle était accompagnée de son entrepreneur, Joe Giancomo.

Joe avait cinquante et un ans et traitait Lorraine comme si elle avait été l'une de ses filles. Il était néanmoins bien fait de sa personne et divorcé. Alors, plutôt que de le loger au manoir, ce qui aurait immédiatement suscité des commérages sans fin, Lorraine lui avait réservé une chambre à l'hôtel du Vieux Port.

Joe avait accepté de se charger des travaux, mais Lorraine avait dû discuter ferme pour le convaincre.

Le chantier était trop loin, lui avait-il opposé. L'acheminement du matériel sur une île poserait des problèmes. Enfin, il s'agissait d'une maison historique, et il y avait des spécialistes pour ça.

Lorraine lui avait donc expliqué que les exigences de la commission ne concernaient que l'extérieur du bâtiment et se résumaient à l'emploi de matériaux nobles et au respect des plans d'origine. Il leur suffirait de renoncer au vinyle et de s'en tenir au bois, puisque, de toute façon, elle n'avait pas l'intention d'ajouter une aile moderne ni de surélever la maison.

Mais, arrivée sur place, Lorraine n'était plus aussi sûre d'elle. Tous les défauts de la façade ne ressortaient que trop clairement dans la lumière de ce début d'après-midi. Joe grommelait en italien, et ses réflexions ne semblaient guère entachées d'optimisme.

— Allons, Joe, ce n'est pas catastrophique à ce point-là !

— Hum ! ça dépend de ce que vous voulez en faire. Un feu de la Saint-Jean ?

En dépit de ses réticences initiales, Joe passa le reste de la journée à scruter la maison de fond en comble. Il commença par les revêtements des façades qui, à son avis, demandaient à être entièrement remplacés. Puis il inspecta l'intérieur de la cave au grenier, à la recherche de défauts de construction. Il n'en trouva aucun. Bien sûr, la plomberie et l'électricité ne valaient plus rien, et la cuisine et les salles de bains étaient à refaire, mais Lorraine savait déjà tout ça.

— Au bout du compte, dit Joe quand il eut fini son tour d'horizon, je dirais que vous vous êtes offert un joyau.

Lorraine n'en crut pas ses oreilles.

— J'ai bien entendu ? Un joyau ?

Ils étaient assis dans le petit salon. Le soleil couchant illuminait l'exemplaire déjà tout écorné du manuel de la commission historique, un calendrier couvert de notes, la liasse des croquis de Joe, et le calepin de notes noirci par Lorraine.

— Un joyau, répéta-t-il avec un sourire. Une architecture classique, une construction admirable par des artisans qui connaissaient leur métier, une solidité de roc.

Une vague de chaleur bienfaisante se répandit dans les veines de Lorraine.

— Bien sûr, il va y avoir des problèmes, continua Joe. Le transport du matériel coûtera plus cher, et je ne sais pas combien de mes gars vont accepter de travailler ici. Je devrais sans doute leur offrir une prime pour les convaincre, et au bout du compte vous en serez de votre poche. Et il faudra les loger.

Joe n'ignorait pas les problèmes financiers de Lorraine. Mais elle refusait de se laisser décourager.

— Nous pourrons embaucher des artisans locaux. Et vos ouvriers pourront habiter au manoir.

— Ici ?

— Vous avez vu le grenier. Je parierais que toutes les pièces aménagées sous les combles étaient les chambres du personnel. Nous les utiliserons comme dortoir.

— Et que se passera-t-il quand nous attaquerons l'intérieur, et qu'il faudra couper l'eau et l'électricité ?

Lorraine se mordilla la lèvre inférieure.

— On pourrait utiliser des lampes tempête, et installer des toilettes portables. Ou une caravane ?

— Commençons par le commencement. La première chose à obtenir, c'est le feu vert de cette stupide commission.

— Il ne s'agit pas d'un feu vert, mais d'un certificat de convenance.

— Rien que le nom me donne envie de vomir.

Lorraine l'assura en riant qu'elle s'occuperait des démarches.

— ...De toute façon, vous avez ce chantier à terminer à Wrentham. Voyons. Nous sommes aujourd'hui mardi. Si je veux que mon dossier soit inscrit à l'ordre du jour de la prochaine réunion...

La pointe de son crayon s'arrêta sur le troisième lundi du mois d'août.

— ...Oh non ! Il faut que je l'aie déposé samedi prochain au plus tard. Vous pouvez m'aider ? Est-ce que trois jours vous suffiront pour dresser les plans, établir la liste des matériaux et rédiger un devis ?

— Il faudra que je passe pas mal de temps au téléphone, mais c'est possible.

— Nous devrons aussi prendre des photos pour montrer à la commission l'état actuel du manoir.

— Pas de problèmes.

— Il faudrait peut-être rencontrer les gens de la commission d'abord, dit Joe en tapotant le manuel. Ils disent là-dedans qu'ils encouragent ce genre de sessions préparatoires.

Lorraine se souvint de la proposition faite par Cameron le jour de la vente aux enchères. Elle ne l'avait pas prise au sérieux à l'époque.

— Trop tard. Il aurait fallu prendre rendez-vous au moins une semaine à l'avance. Ce qui nous obligerait à attendre la réunion suivante. Nous ne pouvons pas nous permettre de repousser les travaux d'un mois. Déjà, dans les conditions présentes, nous aurons de la chance si nous pouvons obtenir les permis nécessaires, commander et recevoir le matériel, et réunir une équipe d'ouvriers avant le début septembre.

L'entrepreneur haussa les épaules.

— Alors, au travail !

Joe quitta Harmonie le vendredi après-midi, après avoir déposé son dossier auprès de la commission. Il essaya de convaincre Lorraine de rentrer avec lui, dans la mesure où il n'y avait rien qu'elle puisse faire avant l'audition. Mais elle ne fut pas de cet avis-là. Sa liste de choses à faire était si longue qu'elle ne savait par où commencer.

Par exemple, elle devait préparer les chambres du grenier pour les ouvriers, acheter des lits pliants pas chers, des fours à micro-ondes, et prévoir des provisions de gros. Elle voulait aussi étudier de plus près la possibilité d'aménager des appartements au-dessus du garage, ou sous les combles.

Par-dessus tout, elle désirait passer quelque temps seule au manoir. Elle avait appris par expérience que c'était la meilleure façon de se familiariser avec les lieux et de décider des détails de la rénovation. Joe et elle avaient déjà envisagé plusieurs alternatives, mais elle était sûre de découvrir de nouvelles possibilités dans les jours à venir.

Dès le samedi matin, elle quitta l'hôtel et s'installa au manoir pour entamer le nettoyage de la maison. Elle commença par la cuisine et la salle de bains du rez-de-chaussée. Ces deux pièces seraient constamment utilisées jusqu'au moment de leur démantèlement et reconstruction. Il fallait au moins les désinfecter.

Puis elle monta au premier étage, fit lentement le tour des six chambres et décida de s'attribuer celle du nord-est. Pourquoi celle-là, elle n'en savait rien elle-même. La vue sur l'océan ? La brise marine ? Peut-être l'odeur agréable de la pièce.

Lorraine balaya murs, planchers et placards. Elle nettoya l'intérieur d'une commode laissée sur place, et lava le parquet. Les fenêtres étaient ouvertes, et tout sécha en un clin d'œil. Elle put commencer à défaire ses valises, gonfler son matelas pneumatique, et faire son lit.

Elle mettait la dernière main à son coin bureau quand la sonnerie de son téléphone portable l'arracha à ses rangements.

— Lorraine ?

— Maman !

Elle tremblait déjà à l'idée que sa mère ait tout découvert quand elle s'avisa qu'en appelant sur son portable, Audrey n'avait pas la moindre idée de l'endroit où elle se trouvait. Avec la complicité de ses employés et de ses frères et sœurs, Lorraine avait expliqué à sa mère qu'elle venait d'acheter un terrain dans les Berkshires sur lequel se trouvaient plusieurs chalets à rénover, ce qui l'obligerait à passer sur place une grande partie de l'automne, avec son téléphone portable pour seul moyen de communication.

Au bout d'une dizaine de minutes, Lorraine raccrocha en étouffant un petit rire. Maudites mouettes ! Audrey avait entendu leurs cris et demandé s'il y avait des mouettes dans les montagnes, et Lorraine avait eu le toupet de répondre par l'affirmative.

A 5 h 30, Lorraine, sale et poussiéreuse, arrêta son nettoyage. Elle se fit un sandwich, ouvrit une canette de Coca-Cola et alla s'installer sous la véranda pour admirer le coucher du soleil sur les collines et les vallons d'Harmonie. Elle souriait d'une oreille à l'autre. Bien sûr, rien ne l'obligeait à nettoyer toute seule. Elle aurait pu engager une femme de ménage de l'île. Mais elle était heureuse de l'avoir fait. Elle avait maintenant le sentiment que la maison lui appartenait vraiment, avec ou sans fantômes.

Mis au courant de la légende de John et Isabelle Gray, Joe lui avait demandé en riant si elle ne craignait pas d'habiter seule cette grande maison. Mais après une telle journée, Lorraine ne ressentait aucune crainte.

En fait, elle savait posséder un sixième sens. Certes, elle ne pouvait se permettre de l'avouer sans ternir sa réputation de femme d'affaires, mais d'ordinaire, quand elle arpentait une propriété, elle était capable de discerner si l'atmosphère était hostile ou amicale.

Et maintenant, si elle avait la sensation qu'il y avait effectivement des esprits au manoir Rockland, elle savait aussi qu'ils étaient bienveillants et possédaient le sens de l'hospitalité.

Tout en se protégeant de la bruine qui arrosait l'île depuis la fin de l'après-midi, Lorraine grimpa rapidement les marches du collège d'Harmonie. Elle reconnut les odeurs familières de la cire des parquets, des craies et du beurre de cacahuète qui constituait l'ingrédient fondamental des sandwichs apportés par les élèves.

En d'autres circonstances, Lorraine se serait accordé un moment de nostalgie et aurait été tentée de partir explorer l'école dans laquelle elle avait passé une partie si importante de son existence. Mais ce soir-là, la commission historique allait étudier son dossier. L'important était donc de calmer les sursauts d'anxiété de son estomac. Elle emprunta le long corridor de l'aile est et se dirigea droit vers la cantine où, d'après la lettre de confirmation qu'elle avait reçue, se tenait la réunion.

Elle savait que son ensemble pantalon en lin lui seyait et que son maquillage avait la discrétion qui convenait. Ce n'était pas son apparence physique qui lui posait un problème, mais l'état de ses nerfs. La tension tirait les muscles de son visage et lui nouait la nuque et les épaules.

Elle tenta de se réconforter. Joe et elle avaient soigné les plus menus détails d'un dossier qui ne prévoyait pas de travaux sujets à controverse. Et puis, à force d'en référer aux commissions d'urbanisme, elle était devenue experte dans l'art de rédiger une demande de permis de construire. Une commission historique devait fonctionner selon des règles très similaires.

Mais, bien sûr, il ne s'agissait pas de n'importe quelle commission. Le président de celle-ci s'appelait Cameron Hathaway, lequel, depuis dix jours qu'elle était sur l'île, feignait de ne pas la reconnaître quand ils se croisaient.

Elle fut surprise de constater que la cafétéria était bondée. Le bourdonnement des conversations était assourdissant. Lorraine s'installa rapidement à l'une des tables et sortit un exemplaire de son dossier. Une table identique avait été installée sur une petite estrade à un bout de la salle. Les sept membres de la commission bavardaient entre eux. Elle en reconnut trois : Mme Landry, son professeur de sixième, dont elle n'avait guère gardé un souvenir agréable, Millie Machin-quelque-chose, qui tenait la boutique de fleuriste en ville, et Cameron, assis au centre. Il tenait à la main un crayon avec lequel il annotait les dossiers. Ses cheveux sombres lui retombaient sur le front et lui donnaient l'apparence séduisante du négligé.

Lorraine s'était souvent demandé ce qui l'avait attirée vers le Cameron de quatorze ans. Maintenant elle le savait. C'était l'homme qu'il était devenu, car, physiquement, il possédait tout ce qu'elle avait recherché chez ses amants. L'un avait eu sa carrure, mais pas ses yeux. L'autre avait les yeux, mais pas la chevelure, etc.

Cameron leva les yeux et se mit à scruter la salle. Lorraine attendit qu'il la découvre. Leurs regards se croisèrent. Incapables de s'arracher à la contemplation l'un de l'autre, ils se dévisagèrent pendant quelques secondes d'éternité, jusqu'à ce que l'une des collègues de Cameron se penche vers lui pour lui parler.

Soulagée de ce répit, Lorraine se passa une main sur le visage et se réprimanda amèrement. C'était une chose de classer Cameron avec objectivité parmi les représentants séduisants de la population masculine, et une autre de réagir à cette séduction. L'apparence physique ne signifiait rien, et elle ferait bien de s'en souvenir si elle voulait obtenir quoi que ce soit durant la soirée.

Quelques minutes plus tard, Cameron ouvrit la séance.

Le premier cas à l'ordre du jour concernait les membres du Comité de développement d'Harmonie qui désiraient construire un ensemble à deux étages, le rez-de-chaussée réservé à des boutiques, et les étages à des duplex d'habitation. C'était apparemment la troisième fois qu'ils se présentaient devant la commission. Ils apportaient avec eux de nouveaux plans tenant compte des modifications suggérées par la commission lors d'une réunion de travail qui avait eu lieu quelques jours plus tôt. Ils étaient accompagnés d'une nuée d'architectes, d'entrepreneurs et d'avocats.

Lorraine avait cru la commission constituée d'une bande de villageois sans aucune formation, mais elle comprit vite son erreur. Les membres de la commission qu'elle ne connaissait pas étaient respectivement deux architectes, un ingénieur du bâtiment et un homme de loi.

Celui qui la dérouta le plus, toutefois, fut Cameron. Il était compétent, efficace... adulte ! Certes, elle n'aurait pas dû en être étonnée, puisque les années, bien évidemment, avaient forcément mûri l'adolescent qu'elle avait connu, mais cette métamorphose la déstabilisait.

La discussion se poursuivit. Plusieurs membres de la commission continuaient à émettre des réserves sur les plans modifiés. L'architecte le plus âgé se montrait particulièrement caustique dans ses commentaires.

Cameron, lui, gardait un calme imperturbable et tempérait les commentaires les plus virulents avec bon sens et humour.

Ces traits n'étaient pas nouveaux chez lui, songea Lorraine qui l'observait avec un intérêt grandissant. Il avait toujours eu cette tranquille assurance et cet air raisonnable qui inspirait la confiance aux gens.

Tout à coup, elle le revit dans cette même salle, lorsqu'elle lui avait annoncé qu'elle attendait un bébé. Sans le vouloir, ses yeux fixèrent l'endroit exact où ils s'étaient isolés après le déjeuner, alors que tous les autres élèves s'étaient déjà éparpillés.

Les joues rosies d'émotion à ce souvenir, Lorraine jeta un coup d'œil en direction de Cameron. Il semblait trop absorbé par les débats pour être sensible à l'ironie du sort qui voulait que les séances de la commission historique se tiennent précisément dans cette salle.

Emportée par le tourbillon des réminiscences qui l'assaillaient, Lorraine oublia les débats qui se déroulaient sous ses yeux...

Elle se souvenait d'une répétition pour le concert de décembre quand elle avait treize ans, le professeur de musique agitant frénétiquement les bras tandis que les garçons regardaient la neige tomber. Il avait fallu en arriver au morceau final pour qu'ils se mettent enfin de la partie et entonnent « Mon beau sapin, roi des forêts », avec toute la lourdeur et la puissance d'un chœur de bûcherons. Lorraine entendait encore la voix de Mme Moss : « Les garçons ! Les garçons ! Modérez votre enthousiasme... »

Et ensuite, il y avait eu une mémorable partie de boules de neige, les garçons d'un côté et les filles de l'autre. Oh ! l'ivresse de ces jeux à la sortie de l'enfance quand tous commençaient à pressentir qu'il y avait d'autres joies à partager avec l'autre sexe, mais se contentaient de brèves échappées dans le domaine de l'imagination...

Jamais elle n'oublierait l'instant qui les avait rendus inséparables. Elle s'était aventurée dans le camp ennemi. Cameron l'avait fait basculer dans le fossé plein de neige et lui avait cloué les bras au sol. Elle se souvenait encore de la buée qui s'échappait de la bouche de Cameron alors que leurs regards devenaient captifs l'un de l'autre durant d'interminables secondes. La bataille enfantine continuait son cours à quelques mètres d'eux, mais ils ne s'en souciaient plus. Ils avaient fini par se relever et s'aider mutuellement à se brosser, et ils étaient partis main dans la main.

Lorraine souriait aux anges quand elle intercepta le regard de Cameron posé sur elle. Mortifiée d'avoir été surprise durant ses rêveries, elle se leva pour aller boire à la fontaine située à l'entrée de la cafétéria. Quand elle regagna sa place, un accord avait été passé avec la Société de développement. La foule diminua de moitié.

— Passons au point suivant, dit Cameron. Monsieur et madame Anderson ?

Lorraine écouta sagement les discussions qui suivirent et qui concernaient aussi bien la nouvelle vitrine d'une boutique que la construction d'une maison neuve. Apparemment, tout tombait sous la coupe de la commission, même l'architecture du paysage. Elle fut stupéfaite des critères ou arguments évoqués. Par exemple, si les membres de la commission considéraient qu'une aile ajoutée à une maison obstruait la vue, le projet était aussitôt enterré. En fait, ils interprétaient leurs propres directives d'une manière très lâche qui leur permettait de se montrer aussi accommodants ou aussi rigoureux qu'il leur plaisait de l'être.

Et, bien entendu, ils avaient programmé son dossier en fin d'ordre du jour pour lui mettre les nerfs en boule, songea Lorraine qui, enfin, s'entendit appeler.

Cinq tables vides la séparaient maintenant de la commission.

— Rapprochez-vous, dit Cameron d'un ton aimable. Cela nous évitera de nous égosiller.

Lorraine ne baissa pas sa garde pour autant. Il s'agissait de Cameron, de l'homme qui voulait la maison qu'elle venait d'acheter, et l'expérience lui avait appris à quel point il pouvait la faire souffrir. Elle s'efforcerait d'être polie, mais s'il se permettait la moindre remarque personnelle, elle se rebifferait aussitôt. Elle prit une chaise, s'installa à l'avant et posa son dossier bien à plat devant elle. Elle était prête à répondre aux questions quand elle vit Cameron se lever.

— Compte tenu du fait que j'ai voulu moi-même acquérir le manoir Rockland, je préfère, pour que les débats ne soient pas entachés d'impartialité, abandonner la direction de la commission à Béatrice, notre vice-présidente.

Et sur cette déclaration, il alla s'installer sur le rebord d'une fenêtre et laissa sa place à son vieux professeur, Mme Landry.

A la pensée qu'il ne saisissait pas l'occasion de la questionner, de l'insulter et de rejeter sa requête, Lorraine resta sidérée.

Mais quand elle regarda le reste de ses juges, elle s'aperçut que Cameron n'avait pas besoin de l'affronter lui-même. Ces gens-là allaient s'en charger pour lui.

6.

— Bonjour, Lorraine, dit aussitôt Mme Landry. C'est un plaisir de vous revoir après tant d'années.

— Un grand plaisir pour moi aussi, madame.

— Vous avez acheté un domaine exceptionnel, et nous attendons tous sa restauration avec impatience.

Quelques-uns des membres de la commission, les épaules crispées et le regard incertain, visiblement écartelés entre leur loyauté envers leur président et l'objectivité requise par leur charge, ne pouvaient s'empêcher de jeter des coups d'œil en direction de Cameron.

— Et moi aussi, je suis impatiente de me mettre à l'œuvre, dit Lorraine. Comme je l'ai indiqué dans mon dossier, je prévois de conserver les façades extérieures et je ne demande pas de surélévation ni d'agrandissement...

Mme Landry leva la main pour l'interrompre.

— Oui, nous avons lu le dossier. Et nous avons plusieurs questions à vous poser.

— Je vous écoute.

— Commençons par l'un des plus gros problèmes... Le toit.

Lorraine fit un effort pour conserver le sourire.

Tous les membres de la commission avaient reçu une copie du dossier. Ils tournèrent les pages avec un ensemble parfait.

— Je vois, reprit Mme Landry, que vous avez prévu une couverture de bardeaux ?

— Oui, d'une belle teinte gris foncé. Mon entrepreneur vous a fourni, je crois, la provenance et le poids du matériel. Grande qualité. Garantie de quarante ans.

Lorraine avait demandé à Joe de choisir des matériaux de haut de gamme.

— Oui, bien sûr, répondit Mme Landry, mais vous avez à l'heure actuelle un toit d'ardoises.

Ah ! ce n'était que cela, se dit Lorraine, qui sourit et secoua la tête.

— C'est l'impression qu'on a de loin, c'est vrai, mais moins de la moitié de la couverture est en ardoises. Le reste est en bardeaux.

Charles Gordon, le plus âgé des deux architectes, intervint.

— Un philistin a ôté les ardoises durant la Dépression et les a vendues à l'encan !

Lorraine eut envie de protester. A l'époque, le « philistin » en question mourait sans doute de faim. Mais elle décida de garder ses pensées pour elle.

— Vous ne voulez tout de même pas que je reconstitue un toit d'ardoises ?

Ils ne parlaient pas sérieusement.

Mme Landry la regarda par-dessus les montures roses de ses lunettes.

— C'était effectivement l'idée. Le toit d'origine était en ardoises. Il en reste une partie appréciable et, par conséquent, aucun autre matériel ne saurait convenir.

Lorraine avait envisagé des modifications à ses projets, mais rien d'une ampleur pareille.

— Il n'y a pas un seul autre toit d'ardoises sur l'île.

— Nous ne sommes pas ici pour faire en sorte que la ville adopte un style unique, mais pour préserver l'intégrité de l'architecture.

Lorraine s'humecta les lèvres du bout de la langue. Un toit en ardoises ! Cela allait lui coûter une fortune et demander deux fois plus de travail. Elle jeta un coup d'œil en direction de Cameron. Il s'imaginait sans doute que son visage était impassible, mais il buvait du petit lait, et cela crevait les yeux.

Fouettée dans son orgueil, elle prit sa décision.

— Eh bien, nous utiliserons de l'ardoise. Ma parole vous suffit-elle, ou faut-il que je vous fournisse un nouveau devis accompagné de la liste des fournitures nécessaires ?

— Nous aurons besoin des chiffres, et aussi d'un échantillon des ardoises en place et de celles que vous prévoyez d'utiliser. Et maintenant, passons au fenêtrage.

Elle articula le mot avec un plaisir tout particulier.

— ...Vous voulez remplacer les fenêtres d'origine ?

— Oui. Elles sont dans un état déplorable. Certaines ne ferment même plus.

— Il est sans doute aisé de les réparer, dit le constructeur. Et il est toujours préférable de conserver les châssis d'origine.

— Mais des fenêtres modernes dans le même style permettent une bien meilleure isolation.

— Exact. Mais les maisons de cette époque avaient souvent des volets intérieurs qu'on pouvait fermer durant les grosses chaleurs et les grands froids. Ce système fonctionnait probablement aussi bien que tout ce qu'on a inventé depuis lors.

Lorraine s'efforça de conserver une respiration égale. Ils parlaient d'un élément intérieur qui n'était pas de leur juridiction. Elle faillit le leur faire remarquer, au risque de s'aliéner plusieurs membres de la commission.

— Je prends note de votre remarque afin d'en discuter avec mon entrepreneur.

— Passons au point suivant, dit Mme Landry. La reconstruction des vérandas.

— Comme vous le voyez sur les photos, plusieurs piliers de soutien sont fendus ou pourris, et les planchers...

— C'est la corniche décorative qui nous intéresse.

Lorraine eut soudain l'impression d'avoir été réprimandée pour avoir parlé à voix haute en classe.

— Je ne vois pas les dessins des nouvelles corniches, continua l'ancien professeur.

Il était évident que la commission faisait de son mieux pour contrecarrer ses plans, et Lorraine savait pourquoi. Elle jeta un regard noir à Cameron, et tourna les pages de son dossier jusqu'à ce qu'elle trouve les croquis fournis par Joe.

— Oui, mais ce dessin ne montre rien des détails. Nous préférons toujours un agrandissement de ce genre d'élément architectural. Votre entrepreneur pourrait sans doute nous en fournir un ?

— Certainement.

— Merci. Maintenant...

— Excusez-moi, Béatrice, intervint Charles Gordon. Madame DeStefano, puisque nous parlons de véranda, quelles sont ces baies vitrées ?

— Mon entrepreneur a sondé les fondations avec soin. La maison supportera ces baies sans problèmes.

— Moi pas, dit Gordon sèchement.

— Mais ces portes seraient à l'arrière de la maison, invisibles de la route. En revanche, de l'intérieur, elles dégageraient la vue sur l'océan. En tant qu'architecte, le concept devrait vous séduire.

— Elles ne correspondent absolument pas au style de la maison.

Lorraine vit que les autres membres opinaient de la tête, et n'insista plus.

— Je me passerai donc de cette ouverture sur l'océan.

Puis, elle aborda d'elle-même une question dont elle savait qu'il n'y avait rien à redire.

— Que pensez-vous du revêtement des murs extérieurs ? Mon entrepreneur pense pouvoir sauver la plupart des planches de bois actuellement en place. Si jamais il y est obligé, il prévoit un remplacement à l'identique.

Des hochements de tête approbateurs lui répondirent, et pourtant quelque chose clochait encore. Les membres de la commission épluchaient son dossier comme s'ils étaient à la recherche d'une page égarée ou d'un code secret dissimulé entre les lignes.

— En ce qui concerne les moulures, pierres d'angle et saillies, elles seront préservées ou remplacées également ? s'enquit la présidente.

— Bien sûr. La maison est jaune, mais j'ai indiqué mon intention de la repeindre dans un bleu-gris très clair, avec les moulures en blanc et les volets anthracite.

— Quelles étaient les couleurs d'origine ? demanda la fleuriste.

— Je l'ignore, mais je pensais que ces teintes conviendraient à une maison à l'attique.

— Vous avez raison sur ce point, concéda Charles Gordon, mais il y a un fort mouvement d'opinion sur l'île en faveur d'une restauration parfaitement fidèle à l'original. Nous avions espéré que vous vous joindriez au mouvement.

Lorraine jeta un nouveau coup d'œil en direction de Cameron. Il était toujours assis sur son rebord de fenêtre, un sourire suffisant accroché aux lèvres. Elle se faisait étriller, et ça le mettait au comble du bonheur !

— Puis-je vous demander ce que vous comptez faire du solarium ? demanda Gordon.

— Le solarium ? Je ne suis pas sûre de vous comprendre.

— Le jardin d'hiver, si vous préférez. C'est une addition des années 1950, une erreur abominable qui déséquilibre l'architecture de l'ensemble. Mais je ne vois rien dans le dossier à propos de sa démolition.

— Je ne pensais pas...

Qu'avait-elle pensé ? Qu'ils s'opposeraient à une modification aussi importante ?

L'architecte aux cheveux blancs semblait prêt à continuer la discussion, mais Mme Landry consulta sa montre.

— Nous clôturons habituellement la séance à 10 heures, et le quart est déjà passé.

Lorraine jeta un coup d'œil navré à l'horloge murale. Elle n'avait pas avancé d'un pas !

— Au nom de la commission, permettez-moi de vous dire le plaisir que nous avons eu à bavarder avec vous, Lorraine. Et nous attendons avec impatience de poursuivre notre échange de vues. Je demanderais un vote maintenant s'il n'était pas si évident que nous avons tout juste commencé à travailler sur votre projet. Je vais donc vous inscrire immédiatement à l'ordre du jour de notre prochaine séance. Entre-temps, je vais vous mettre en contact avec quelques personnes qui pourront vous être utiles.

Elle retourna le dossier de Lorraine et se mit à écrire comme s'il s'agissait d'un bloc de papier brouillon. Elle donnait des explications à Lorraine au fur et à mesure : le président de la société d'histoire... le conservateur du musée de l'île... divers habitants qui venaient d'achever la rénovation de leur propre demeure.

Elle parlait sur un ton amical auquel Lorraine n'aurait rien pu trouver à redire. Les autres se mirent de la partie, lui conseillant des livres qu'elle aimerait lire, des documents qu'elle pourrait consulter. Plus ils parlaient, et plus Lorraine se sentait diminuée. De la condescendance à l'état pur, voilà en quoi consistait leur attitude. Ils la traitaient comme l'idiote du village, et lui suggéraient de s'adresser à ceux qui sauraient la tirer hors des sentiers de l'ignorance et la mettre sur le droit chemin.

Lorraine reprit son dossier.

— Merci, dit-elle en le glissant dans son sac.

— Nous essayons de satisfaire tout le monde, Lorraine, dit le professeur. Je suis navrée que nous n'ayons pas eu plus de temps à vous consacrer...

Lorraine était convaincue que cela faisait partie du plan concocté par Cameron.

— ...Mais vous aurez tout le temps voulu à notre séance du mois prochain. Vous avez des questions ?

Lorraine était étonnée que ses frémissements intérieurs ne se traduisent pas par un tremblement incontrôlé.

— Parmi les travaux de gros œuvre, il y en a certainement que mon entrepreneur pourrait commencer ?

— Sans doute...

— Je pensais aux fondations. Le mortier de certaines pierres est à refaire. Et puis il faudrait aussi commencer à nettoyer et poncer le bois de la façade.

Mme Landry se tourna vers Cameron qui répondit par un hochement de tête à peine perceptible.

— Oui, je pense que nous pourrions voter là-dessus.

Ainsi, songea Lorraine, Cameron avait beau s'être récusé, c'était quand même lui qui tirait les ficelles!

Et, comme pour prouver son honnêteté, il sortit de la pièce.

Le vote fut en faveur de Lorraine. Mme Landry sourit.

— Nous enverrons nos recommandations au service de la Construction à la première heure demain matin.

— Merci, dit Lorraine qui rassembla ses affaires et se dirigea vers la sortie, la gorge nouée par les larmes qu'elle retenait.

Elle ne songeait qu'à rentrer se terrer chez elle pour y lécher ses blessures. Elle enfila le long corridor à toute allure, poussa la porte des deux mains... et faillit assommer Cameron.

Cameron rétrograda de deux marches avant de recouvrer l'équilibre.

— Hé! Ce n'est pas la peine de recourir à la violence!

Il était de trop bonne humeur pour se fâcher. Une fois sur le trottoir, il cligna des yeux pour mieux étudier l'expression de Lorraine, mais le lampadaire placé juste derrière elle la laissait dans l'ombre.

En revanche, se sachant éclairé par le faisceau, il lui montra une mine triomphale.

— Alors, Lorraine? Comment as-tu trouvé ta première réunion avec la commission? demanda-t-il, insolent.

Elle rassembla tout son dédain pour répliquer:

— Comme si tu ne le savais pas!

— Ils n'ont pas voté en ta faveur?

— Ne fais pas l'innocent.

Et sur ce, elle essaya de passer.

Aussitôt, il lui barra le passage... et remarqua qu'elle retenait ses larmes.

Un instant honteux de constater qu'il venait de tirer sur une ambulance, il dut se rappeler à l'ordre. Il ne voulait pas savoir qu'elle était vulnérable, il ne voulait pas lire sa souffrance dans ses yeux.

— Qu'est-ce qui ne va pas ? demanda-t-il d'un ton qui avait perdu toute nuance d'agressivité.

— Rien. Tout va très bien.

Elle raffermit sa lèvre inférieure et ravala les sanglots qui lui obstruaient la gorge.

— ...La séance s'est déroulée exactement comme tu l'avais prévu.

Il fronça les sourcils.

— Que veux-tu dire ?

— Encore une fois, ne joue pas à l'innocent. Cela sent la machination à trois kilomètres.

Le ton acerbe rendit à Cameron toute son agressivité.

Ainsi, se dit-il, elle n'avait pas perdu sa superbe. Elle avait simplement été déséquilibrée un moment.

— Attends une minute ! Si je comprends bien tes insinuations, tu m'accuses d'avoir tiré des ficelles ? Mais c'est de la diffamation !

— Alors comment se fait-il que je n'aie jamais de ma vie rencontrer une telle obstruction de la part d'une commission ?

Cameron soutint difficilement le regard qui le toisait, parce que la vérité l'obligeait à reconnaître qu'elle avait raison. Les membres de la commission avaient pris un peu trop à cœur les intérêts de leur président.

— Ecoute, je ne leur ai pas demandé de te créer des difficultés. Ce n'est pas dans mes habitudes.

Mais, pensa-t-il, si ses collègues avaient interprété son désir d'acquérir le manoir Rockland comme un mandat silencieux, c'était leur affaire.

— Et je suppose que tu ne leur as pas fait la plus petite suggestion ?

— Pas vraiment. Evidemment nous avons parlé de la maison, mais d'une façon très générale, sans esprit de parti, comme toujours avant une audition.

Et s'ils avaient appris de sa bouche ce qui concernait le toit d'ardoises et le solarium, il n'avait fait que leur communiquer les informations qu'il possédait, se dit-il pour garder bonne conscience.

— D'ailleurs, reprit-il, j'ai préféré quitter la salle pour leur permettre de voter en toute liberté quand tu as demandé l'autorisation de commencer le gros œuvre. Finalement, ils te l'ont accordée ou non ?

— Oui.

— Tu vois bien...

— Le reste du dossier aurait dû être accepté de la même façon. Il n'y avait rien à redire à mes plans.

— Non, s'ils concernaient une maison ordinaire. Mais ce n'est pas le cas.

Lorraine croisa les bras d'un air ironique.

— Ben voyons ! railla-t-elle. L'audition était une farce, mais ma maison est très spéciale. C'est ça ta ligne de défense ?

— Précisément.

— Mais c'est la porte ouverte à tous les abus de pouvoir ! Je ne pense pas que tout cela soit légal, et vous allez entendre parler de mon avocat.

Cameron ne se laissa pas démonter.

— Il y a quelque chose de particulier qui te chagrine ?

— Le toit, par exemple. Peut-on savoir pourquoi il faut des ardoises ? Des bardeaux feraient exactement le même effet.

— Mais ils ne seraient pas authentiques.

— Vous voulez me faire financer une restauration exacte ?

— C'est ce que j'aurais fait, moi.

Cette fois, les yeux verts de Lorraine lancèrent des éclairs.

— Grand bien te fasse ! Tu sais combien ça coûte, l'ardoise ? Bien sûr que tu le sais ! C'est l'idée de base, n'est-ce pas ? Rendre le projet si coûteux qu'il me faille l'abandonner ? Eh bien ! J'ai les reins solides, Cameron Hathaway.

100

Elle se rapprocha d'un pas, le menton dressé et le ton définitif.

— ...Je suis ici pour longtemps !

Cameron lutta pour ne pas sourire d'attendrissement. Il avait toujours admiré en elle son entêtement et sa force. Mais il ne pouvait la laisser mettre en doute son intégrité, et un sourire n'aurait pas plus convenu à la situation que les rêves éveillés qui l'avaient assailli plusieurs fois durant la séance. Pourquoi diable les réunions se tenaient-elles à l'école, dans un lieu rempli de tant de souvenirs ?

— Les membres de la commission fondent leurs décisions sur des principes et non sur des idées de revanche, dit-il, sur la défensive. Ils veulent seulement que justice soit rendue à cette demeure.

Lorraine leva les bras de colère.

— Justice ? La justice a si peu à voir avec le problème que...

— Holà !

Il avait crié si fort qu'elle en sursauta.

— ...descends de tes grands chevaux, Lorraine, et considère la situation avec un peu d'honnêteté.

— Je me suis fait blackbouler !

— Tu as récolté ce que tu avais semé. J'ai offert de t'aider, on se demande bien pourquoi, et tu as rejeté ma proposition. Tu aurais aussi pu rencontrer les membres de la commission en privé. Mais non ! Tu préférerais mourir plutôt que de reconnaître que tu n'as pas la science infuse.

— Je suis arrivée à cette audition aussi préparée qu'il était possible de l'être.

— Tu es arrivée avec arrogance. Regarde-toi ! Même maintenant, tu refuses de reconnaître tes erreurs. Tu veux mon avis ? Je trouve qu'ils ont été trop gentils avec toi.

Lorraine était livide. Elle en bégayait presque.

— Comment... comment oses-tu dire une chose pareille ? Mon dossier...

— Manquait de fonds. Tu n'avais fait aucune recherche préalable.

— Recherche ?

— Oui. Nulle part tu n'as donné l'impression d'avoir étudié l'histoire de ta maison, et d'apprécier la valeur de ton acquisition. Je considère sérieusement que tu ne mérites pas cette maison. C'est comme donner du whisky de douze ans d'âge à un ivrogne des rues.

— Comment oses-tu ? Espèce d'âne pompeux et élitiste !

— Lorraine ! c'est toi qui te promènes le nez en l'air, et ne crois pas que les gens ne l'aient pas remarqué.

Contre toute attente, il la vit rester muette de longues secondes, les yeux brillant de larmes, et se demanda pourquoi ses paroles avaient pu autant la blesser.

Quand elle réussit à parler, son menton tremblait.

— Peut-être que j'ai de bonnes raisons pour garder la tête droite, et si tu ne t'en souviens pas...

Elle détourna brusquement la tête et ne termina pas sa phrase.

Alors, profitant du silence qui s'installait, le passé refit surface pour les envelopper de sa lourde chape, comme le brouillard salé qui émanait de l'océan...

Cameron scrutait l'obscurité sans rien voir, tandis que Lorraine fusillait du regard un des buissons de marguerites qui ornaient les abords de l'école.

Elle tentait de se raccrocher à sa colère, car on lui avait fait grand tort. Mais elle était trop épuisée. Il y avait trop de choses entre Cameron et elle, à part le manoir Rockland et la commission culturelle. Et les questions non résolues depuis quinze ans empoisonnaient le présent, alors qu'elle aurait voulu guérir de ces vieilles blessures et clore ce chapitre ancien de son existence. Mais comment vaincre l'amertume et les rivalités de clan ?

Elle jeta un regard hésitant en direction de Cameron.

Il voulait lui aussi rester dans des sentiments de colère et de revanche. Lorraine n'aurait jamais dû posséder cette maison, se répétait-il. Pourtant sa colère cédait sous le poids de la culpabilité. Malgré tout ce qui s'était passé entre eux, il était désolé d'avoir engrossé Lorraine. Quelle horrible expérience pour une fille de quinze ans ! Il s'était dit souvent qu'il aurait dû s'excuser auprès d'elle. Mais comment ? Comment aborder un sujet aussi délicat, surtout après la séance qui venait de se terminer ?

La porte de l'école se rouvrit à ce moment-là. Le jeune architecte et la fleuriste rentraient chez eux. Cameron et Lorraine détournèrent la tête et s'écartèrent pour les laisser passer.

— Bonne nuit, dirent les sortants en leur jetant des regards curieux.

Cameron et Lorraine murmurèrent une réponse indistincte.

Ils allaient se rapprocher quand Charles Gordon sortit, grommela quelque chose et disparut dans le brouillard.

Cameron poussa un soupir.

— Je ferais bien, sans doute, de rentrer vérifier que tout est bien fermé.

— Sans doute. D'ailleurs, cette conversation ne nous mène à rien.

Cameron fit demi-tour pour remonter les marches. La frustration lui pesait sur la poitrine.

— Cam ?

Il pivota sur lui-même.

— Oui ?

— Tu voulais dire quoi en parlant de ce que les gens avaient remarqué ?

— Ce n'est pas grand-chose. Quelques personnes se sont plaintes que tu faisais des cachotteries, à propos de ce que tu comptais faire de la maison.

— Oh !

Il attendit quelques instants comme pour lui permettre de méditer l'information, et, finalement, se résigna à partir.

— Bonne nuit, Lorraine. Je suis navré que l'audition t'ait mise à si rude épreuve.

Elle fit un petit signe de tête, et se hâta de regagner sa voiture.

**

Lorraine appela Joe à la première heure le lendemain matin et lui rapporta les derniers événements. Elle dut ensuite écarter le récepteur de son oreille jusqu'à ce que la tempête soit passée. Une fois calmé, Joe reconnut qu'il avait craint des problèmes de ce genre.

— Je pense que vous devriez plutôt choisir un entrepreneur spécialisé dans les restaurations historiques.

— Non, Joe. J'ai pleine confiance en vous.

Et comme elle ne lui avait jamais parlé de Cameron, et qu'elle ne voulait pas qu'il se crût responsable de l'échec, elle se résigna à quelques confidences.

— En fait, vous n'êtes absolument pas en cause, et je m'en veux de ne pas vous avoir expliqué le contexte. Voyez-vous, le président de la commission est... l'homme que j'ai battu aux enchères.

— Eh bien ! Nous sommes dans de beaux draps !

— Mais je garde bon moral.

— Tant mieux ! Vous voulez une bonne nouvelle pour vous aider ?

— Vous en avez ?

— Oui. Mon chantier de Wrentham est presque terminé, ce qui signifie qu'à partir du week-end prochain je suis tout à votre disposition.

— Fantastique ! Amenez quelques ouvriers avec vous pour la réfection de la façade. Et aussi Brian King, si c'est possible.

Brian King était un jeune architecte avec lequel ils avaient travaillé à plusieurs reprises.

— J'avais déjà sorti son numéro, ainsi que celui du plombier et de l'électricien. Entre-temps, vous pourriez peut-être prendre contact avec les gens recommandés par la commission.

— Peut-être, dit Lorraine avec un énorme soupir.

— Pas « peut-être ». Sûrement. A moins que vous n'ayez l'intention de jouer au chat et à la souris pendant des mois avec ce président.

Après avoir raccroché, Lorraine alla s'installer sur la terrasse avec sa tasse de café pour admirer l'océan et fulminer à son aise. Elle haïssait la situation dans laquelle elle se trouvait. La maison aurait été superbe, si seulement elle avait pu l'aménager à sa guise. Elle n'aurait sans doute pas été au goût de Cameron, mais autrement elle aurait été parfaite. Elégante. Dans le style d'origine. Il lui faisait perdre son temps et l'obligeait à des numéros de cirque. Malheureusement il avait l'autorité pour lui, et il fallait bien qu'elle en passe par ce qu'il voulait.

Le scintillement de la lumière à la surface de l'océan avait un pouvoir hypnotique, et focalisa soudain en elle la gêne qu'elle éprouvait à la pensée qu'elle s'était plusieurs fois ridiculisée, alors qu'elle aurait voulu paraître à son avantage aux yeux de Cameron.

Je dois être en train de perdre la tête, pensa-t-elle, consciente qu'elle avait déjà eu cette attitude dans des temps très lointains et des circonstances entièrement différentes.

En fait, la faute en revenait à Cameron qui usait de son pouvoir pour l'acculer aux réactions les plus idiotes.

Mais elle allait se ressaisir et ne plus tomber dans le piège, décida-t-elle.

Deux minutes plus tard, elle était sur le chemin du musée.

Elle n'y avait pas mis les pieds depuis son enfance. Il y avait eu des agrandissements et embellissements, mais elle reconnaissait encore la plupart des vitrines d'exposition. Elle dépassa le diorama d'un village indien de la tribu des Wampanoag, et traversa la pièce consacrée aux meubles et ustensiles des XVIIIe et XIXe siècles. Malgré la foule estivale, elle explora chaque recoin du musée à la recherche d'un indice se rapportant au manoir Rockland ou au style néoclassique, et n'en trouva aucun.

Le conservateur avait laissé ouverte la porte de son bureau. Agé d'une soixantaine d'années, il arborait un nœud papillon rouge et des lunettes cerclées de métal. Il occupait déjà ses fonctions à l'époque où Lorraine était encore écolière. Malheureusement, il faisait aussi partie du groupe de mousquetaires qui se tenaient avec Cameron durant la vente aux enchères.

Elle fut tentée de rebrousser chemin. Comment aurait-elle pu demander de l'aide à un ami de Cameron? Et puis elle se souvint de la raison de sa présence au musée. Grâce à la commission, elle se trouvait maintenant engagée dans une lutte serrée contre la montre.

Alors, ravalant son orgueil, elle frappa à la porte.

— Monsieur Cote?

Le conservateur était plongé dans une caisse de vieux livres, ses mains et sa chemise étaient déjà pleines de poussière. Il leva la tête, et son sourire se figea quand il la reconnut.

— Oui?

— Bonjour! Je suis à la recherche d'informations relatives à une maison que je viens d'acheter, et on m'a assurée que vous seriez en mesure de m'aider.

— Le manoir Rockland?

Il ne tournait pas autour du pot, et Lorraine apprécia cette franchise.

— Oui, tout ce qui pourrait m'aider dans la restauration extérieure m'intéresse : photographies, dessins, documents, tout.

— Seulement l'extérieur?

Les gens s'attendaient donc à ce qu'elle restaure aussi l'intérieur à l'identique?

— Dans une première phase, oui. Puis-je consulter vos archives?

— En temps habituel, je vous dirais oui. Nos archives contiennent beaucoup d'informations très intéressantes, mais ce lot a fait l'objet d'un prêt spécial.

— Oh! Et quand le prêt expire-t-il?

Elle eut l'impression que le conservateur grimaçait.

— C'est difficile à dire.

— Alors, vous pouvez sans doute m'indiquer qui est le

bénéficiaire de ce prêt? S'il s'agit d'un habitant de l'île, je le contacterai pour lui exposer mon cas.

L'homme était soudain la proie de tics nerveux.

— Oui, bien sûr, c'est une possibilité... mais vous trouveriez aussi de la documentation à la bibliothèque.

— Oui, la commission m'a déjà recommandé quelques titres.

— La commission vous a recommandé...

— Oui. Mais je préférerais obtenir un accès direct à vos archives. Ce serait l'approche la plus pratique.

— Sans doute, sans doute.

Il se pencha pour ramasser quelques livres et se tourna pour les déposer sur son bureau.

— La personne qui détient le matériel est Cameron Hathaway, dit-il en s'affairant pour faire de sa pile de livres une colonne parfaite. Je crois que vous vous connaissez, non?

Lorraine contrôla ses réactions.

— Oui. Je vous remercie de votre aide.

— Je vous en prie...

Et tout en lui rendant son salut, M. Cote continua à tapoter ses livres.

Du musée, Lorraine alla droit chez Nancy Otis qui avait restauré avec son époux une ferme du xviiie siècle. Elle l'avait pratiquement reconstruite, et en fit les honneurs avec une fierté non dissimulée.

Au bout de quelques minutes, Lorraine regretta de ne pas avoir barré le nom de sa liste. La femme était une puriste fanatique qui avait même entamé des recherches archéologiques autour de sa maison. Sa demeure était un chef-d'œuvre qui n'avait que fort peu à voir avec les soucis immédiats de Lorraine.

— Combien de temps avez-vous consacré à cette restauration? demanda-t-elle alors qu'elle prenait une tasse de thé dans la cuisine avec son hôtesse.

Le visage de Nancy Otis s'épanouit.

— Huit ans, et nous n'avons pas fini.

— Huit ans! Et comment avez-vous appris à faire ça? demanda Lorraine en désignant le four que Nancy avait entièrement reconstruit elle-même.

— J'ai lu des tonnes de documents, et fouillé des montagnes d'archives. Beaucoup de gens nous ont aidés, mais l'un d'entre eux nous a fourni un soutien inappréciable. Vous connaissez un homme qui s'appelle Cameron Hathaway?

Lorraine faillit s'étrangler au-dessus de sa tasse et se contenta d'un hochement de tête.

— Il nous a prêté de vieux documents en provenance de la bibliothèque ancestrale. Sa famille ne jette jamais rien. Ils possèdent une mine de trésors sur l'histoire locale. Même quand les documents ne concernaient pas directement la restauration de cette ferme, ce fut un plaisir de les lire et d'y puiser une connaissance inestimable de nos prédécesseurs. Nos vies sont maintenant inextricablement liées aux leurs.

Le femme en pleurait presque d'attendrissement.

— ...Oui, vous devriez parler à Cameron. Je suis sûre qu'il serait en mesure de vous aider.

Lorraine alla ensuite à la Ligue pour la sauvegarde d'Harmonie. Mais, tandis qu'elle se garait, elle remarqua que Fred Gardiner, qui raccompagnait quelqu'un sur le pas de la porte, venait de recevoir un autre des amis de Cameron. Elle redémarra, moins par orgueil mal placé que pour éviter à une personne de plus de se sentir écartelée.

Elle arriva enfin à la bibliothèque qui aurait sans doute dû constituer son premier arrêt. Elle prit une carte et choisit autant de livres qu'elle avait le droit d'emprunter. L'un d'entre eux était *Harmonie retrouvée*, de Cameron. En le feuilletant, elle avait d'emblée trouvé l'ouvrage intéressant parce que très documenté sur l'histoire des demeures locales avec photos à l'appui et précis architectural.

Lorraine rentra chez elle plus déterminée que jamais à réussir. Cameron ne l'en croyait pas capable. Il allait être surpris. Si d'autres avaient appris la restauration, elle apprendrait aussi. Et cela ne lui prendrait pas huit ans.

Elle monta les livres dans sa chambre, s'allongea sur son matelas et se plongea dans sa lecture pendant deux jours d'affilée.

Le troisième matin, les yeux fatigués et la tête en feu, elle alla voir Cameron.

7.

Cameron vivait au bord d'une route étroite, en graviers, qui ne menait nulle part, sauf à la plage des Groseilliers. Sa maison était un bungalow typique de la Nouvelle-Angleterre, au toit de bardeaux en cèdre devenus gris avec l'âge. Un setter sommeillait sous le porche, et des buissons de roses grimpaient le long des murs.

Lorraine, assise dans sa voiture, observait la maisonnette en se demandant si ce n'était pas de la folie d'aller ainsi à Canossa.

Mais avait-elle le choix ? se dit-elle, résignée à la pensée de l'humiliation qui l'attendait.

La veille, Cathryn, qui était passée pour lui apporter un plat de lasagnes confectionnées de ses blanches mains, lui avait dit :

— Je crois vraiment que tu exagères quand tu transformes Cameron en traître de mélodrame. C'est un type bien. Il adore ce qu'il fait, et quand les gens lui demandent son avis, il est ravi de les aider. Je suis sûre qu'il t'aiderait aussi, si ce n'est pour toi, tout au moins pour la sauvegarde de la maison.

Mais elle avait trouvé son amie bien naïve de croire que tout s'arrangerait ainsi.

Quand elle approcha du portail, elle aperçut Cameron qui était en train de réparer un muret de pierres au bas d'une pelouse en pente. Son T-shirt noir et son jean moulait un corps qu'elle continuait à trouver un peu trop suggestif. Il ne s'était pas encore rasé. Son cou bronzé et ses bras étaient boueux, et des filets de transpiration coulaient le long de ses tempes.

Lorraine hésita une fois de plus, non à cause de la faveur qu'elle était venue lui demander, mais parce que, à chaque fois qu'elle le voyait, Cameron lui semblait encore plus séduisant.

Des outils gisaient sur le sol autour de lui, ainsi qu'une bouteille d'un produit destiné à détruire le sumac vénéneux.

Ostensiblement, il attendit que l'ombre de sa visiteuse croise la sienne avant de lui prêter attention.

Lorraine en déduisit qu'il était encore irrité par leur conversation devant l'école.

— Bonjour, dit-elle. Que fais-tu ?

— Exactement ce que je parais faire.

Il s'essuya la figure avec le pan de son T-shirt, et la vue de son estomac musclé ôta momentanément à Lorraine la faculté de raisonner.

— Cameron, pouvons-nous parler ?

— Peut-être. A propos de quoi ?

Elle croisa les bras. Dieu ! qu'elle détestait la position dans laquelle elle se trouvait !

— Le manoir Rockland. De quoi d'autre ?

Il fit semblant d'être stupéfait.

— Tu veux parler du manoir ? Avec moi ?

Elle tapota du pied. Son regard erra vers l'étang où un vol de canards sauvages prenait domicile. Elle se jeta à l'eau.

— Il semble que tu aies toute la documentation entre les mains. A qui d'autre veux-tu que je m'adresse ?

Elle crut mourir quand il éclata de rire, mais essaya de donner le change en regardant le ballet des canards.

Soudain, elle sentit une main se poser sur ses reins.

— Accompagne-moi à la maison.

Elle fut paralysée non de surprise devant une attitude si coopérative, mais parce que c'était leur premier contact physique depuis quinze ans.

— Viens, dit-il avec douceur.

Lorraine eut le sentiment qu'il comprenait ce que ça lui coûtait. Ainsi encouragée, elle surmonta sa paralysie et lui emboîta le pas.

— C'est ta maison ?

— Je l'ai achetée il y a quatre ans avec l'intention de la retaper et de la revendre, et puis je m'y suis plu et j'y suis resté.

— L'endroit est superbe.

— Oui, mais la maison est petite, dit-il en la faisant passer devant lui pour monter les quelques marches menant à la terrasse arrière.

Ils entrèrent par la cuisine.

— Je vais prendre une douche, annonça-t-il. La salle de séjour est là. Installe-toi. Je ne serai pas long.

Et il disparut dans l'escalier.

Heureuse de ce répit, Lorraine poussa un soupir de soulagement à la pensée que l'entrevue se passerait peut-être mieux que prévu.

L'intérieur de la demeure de Cameron était aussi simple que l'extérieur — simple et masculine. Il y avait du bois partout. Les murs, les poutres apparentes, les lattes du plancher. Les bibliothèques et étagères disparaissaient sous les collections de coquillages et de pierres, les instruments de navigation, les mâchoires de poissons... et les livres. Des tonnes de livres.

Des gravures marines et une horloge de vaisseau ornaient les murs. Les fenêtres sans rideaux offraient une vue spectaculaire. Un poêle en fonte assurait le chauffage d'hiver. Le coffre de pin patiné par les ans qui servait de table basse disparaissait presque sous un large cendrier en forme de palourde, un annuaire des marées, une timbale d'argent, un appareil enregistreur et une cassette étiquetée « interviews », un exemplaire de *L'Ile au Trésor*, et un carnet de notes à spirale.

Lorraine, assise sur le rebord du canapé de cuir, luttait contre la curiosité. C'était là que Cameron vivait, dormait, recevait ses amis et écrivait ses livres. Là aussi probablement qu'il faisait l'amour. Cathryn avait dit que sa fiancée vivait dans le bungalow d'été de ses parents. Lorraine regarda autour d'elle à la recherche d'un indice suggérant une présence féminine, et fut horrifiée de ressentir un tel plaisir quand elle n'en trouva aucun.

Cameron descendit dans un jean propre. Il avait remonté les manches de sa chemise bleue sans en fermer les boutons. Il était pieds nus. De toute évidence, il s'était séché les cheveux en les frottant avec une serviette mais il avait omis d'y passer un peigne. Des gouttelettes d'eau brillaient dans la toison de sa poitrine, et Lorraine aurait pu l'accuser de vouloir exhiber sa musculature s'il n'avait paru aussi naturel.

— Tu veux boire quelque chose ? demanda-t-il en boutonnant sa chemise par le milieu.

— Non merci.

Il se dirigea vers la cuisine, et Lorraine le vit ouvrir le réfrigérateur et vider la moitié d'une bouteille d'eau en quelques gorgées.

— Ta maison me plaît.

Il eut l'air surpris.

— Vraiment ? La plupart des femmes jettent un coup d'œil à mon capharnaüm et s'enfuient en criant.

— Cette horloge est ancienne ?

— Relativement. Elle date du milieu du XIXe siècle, dit-il en revenant dans la salle de séjour. Viens au premier. C'est là que se trouve mon bureau.

L'étage mansardé ne comprenait qu'une chambre et un bureau, séparés par une salle de bains. Le bureau était étrangement clair et aéré, en dépit du nombre de livres, journaux, dossiers et documents.

— Un nouvel ordinateur ? demanda Lorraine en s'installant dans un fauteuil d'osier.

— Oui. Je ne m'en suis pas encore vraiment servi. Je déteste ce genre de trucs, dit-il en s'asseyant à sa table de travail. Alors, que puis-je faire pour toi ?

Alors que l'odeur du savon qu'il avait utilisé ajoutait à

son trouble, Lorraine dut tourner la tête vers le paysage de dunes et d'océan pour se soustraire au charme qui opérait.

Elle savait depuis la réunion de la commission qu'elle était toujours sensible à la présence physique de Cameron, mais elle se demandait encore s'il s'agissait d'une nouvelle réaction face à l'homme qu'il était devenu ou si c'était seulement une réminiscence des sensations qu'elle avait éprouvées auprès de l'adolescent qui lui avait fait découvrir l'amour.

En tout état de cause, se dit-elle, il fallait qu'elle ignore l'attraction qu'il exerçait sur elle. Il se passait trop de choses dans son existence. Elle n'avait pas besoin d'un élément de trouble et de déséquilibre. Il fallait qu'elle garde sa concentration. Chaque minute, chaque once d'énergie comptait.

Elle serra les mains sur ses genoux.

— Voilà! J'ai lu comme une folle depuis la réunion de l'autre soir. Nuit et jour. Pour trouver tout ce qui concerne ma maison...

— Je me demandais d'où venaient ces cernes sous tes yeux...

Oh, charmant! ironisa-t-elle intérieurement, d'autant plus vexée qu'elle croyait les avoir cachés sous un maquillage discret.

— En bref, j'ai décidé de demander de l'aide. Je pourrais sans doute y arriver seule, mais je ne veux pas perdre de temps. Je ne peux pas me permettre de participer à une séance après l'autre, à un mois d'intervalle, en abordant un aspect différent de mes plans chaque fois. Je veux donc présenter un plan cohérent pour la réfection extérieure qui soit susceptible d'être accepté.

Cameron se renfonça dans son siège, le sourcil froncé.

— Qu'attends-tu exactement de moi?

— Peu de chose en fait. J'ai cru comprendre que tu disposais d'un matériel important concernant ma maison et je voudrais l'emprunter. Je ne peux pas effectuer de recherches si la documentation n'est pas disponible...

Elle l'aurait volontiers accusé de lui avoir sciemment

114

soustrait le matériel prêté par la bibliothèque, mais ce n'était pas le meilleur moyen d'obtenir sa coopération.

— ...En fait, je te demande un combat loyal, Cameron. Comment pourrais-tu être fier d'être sorti vainqueur d'une lutte inégale ?

Cameron resta silencieux un long moment à la considérer. Lorraine eut du mal à soutenir le regard qui la sondait, non parce qu'elle craignait un refus, mais parce qu'elle luttait contre l'envie de faire l'amour avec lui dans les dunes qu'on apercevait par la fenêtre.

Ils avaient découvert l'amour dans ces dunes-là, et c'était peut-être là qu'ils avaient conçu leur enfant, songea-t-elle. Cameron avait emporté un préservatif qu'il avait subtilisé à la marina, mais ils ne s'en étaient pas servi. La passion leur avait ôté trop vite la faculté de raisonner. Dès la première fois, ils avaient atteint le paroxysme d'une jouissance partagée. Et après quelques minutes de repos, Cameron l'avait reprise une seconde fois en lui procurant le même plaisir exquis. Elle avait tout oublié des précautions à prendre dans l'éblouissement de la découverte. C'était donc cela la vie, cette excitation délicieuse, cet emportement tempétueux, et cette indicible conflagration ! Comme ils avaient eu de la chance de se rencontrer si jeunes...

Cameron changea de position, et ce mouvement ramena Lorraine dans le présent.

— Avant d'accepter quoi que ce soit, dit Cameron, j'ai une question.

— Oui ?

— Qu'as-tu l'intention de faire de cette maison ?

— Pourquoi faudrait-il que tu le saches ?

— Lorraine ! Ce n'est un secret pour personne que tu as fait ta fortune en rachetant de grandes demeures privées pour les transformer en appartements ou en bureaux. Est-ce ainsi que tu prévois d'aménager le manoir Rockland ?

— Grands dieux, non !

— Non ?

— Non.

— Alors, pourquoi l'as-tu acheté ?

Elle soupira.

— Tu ne m'aideras pas si je ne te le dis pas ?

— Non.

Elle se passa une main dans les cheveux avec un nouveau soupir.

— Bon ! Je ne vois pas d'inconvénient à ce que tu sois au courant, mais ne le dis à personne. J'ai acheté le manoir pour ma mère.

Elle attendit une réaction, mais Cameron s'était transformé en statue de bronze.

— ...L'île lui manque terriblement, et j'ai pensé qu'il était temps qu'elle se réinstalle ici. Elle ne va pas bien depuis la mort de mon père, mais ça c'est une autre histoire. J'espère pouvoir lui offrir cette maison comme cadeau de Noël, et c'est la raison pour laquelle je suis à la fois si pressée par le temps et si cachottière. Je veux que ce soit une surprise. Si la nouvelle se répand ici, quelque bonne âme ne résistera pas à l'envie de lui téléphoner.

Cameron reprit vie.

— Tu as acheté le manoir Rockland pour ta mère ?

— Oui.

— Tu vas le lui donner ?

— C'était mon intention initiale, mais étant donné le prix, j'ai dû emprunter, sans parler de ce qu'une maison pareille coûtera à entretenir. Je suis donc obligée de rester la propriétaire légale, mais autrement cette demeure sera la sienne.

— Ce n'est pas un peu extravagant ?

Lorraine sentit le rouge lui monter aux joues.

— A l'origine, je pensais acheter une maison plus modeste, mais cette vente aux enchères m'a tourné la tête. Quand je suis entrée dans la salle, je n'avais même pas l'intention de me porter acquéreur...

Cameron ne trouva pas ça drôle.

— Tu as encore le temps de revendre le manoir, et d'acheter quelque chose qui convienne mieux.

— Si ce n'est que, au prix où je l'ai acheté, je ne rentrerais pas dans mes fonds.

Soulagée autant qu'épuisée par cet aveu, Lorraine s'obligea à déglutir pour dénouer le nœud d'émotion qui s'était formé dans sa gorge.

— Et tu penses que le manoir sera habitable pour Noël ?

— C'était mon plan.

— Le manoir ? Ce Noël-ci ?

— Oui.

— L'intérieur comme l'extérieur ?

— Oui.

— Tu as perdu la tête, Lorraine. Il faudrait un miracle.

Elle haussa les épaules.

— Il faut parfois croire aux miracles.

Cameron se redressa soudain, terrifié.

— J'espère que tu ne vas pas tout arracher, pour remonter des cloisons de plâtre.

— Mais si. J'ai horreur des vieilles boiseries et des moulures.

Cameron devint blanc comme un linge, et Lorraine eut pitié de lui.

— Je plaisantais, Cam. Je plaisantais. Tu me prends vraiment pour une idiote pareille ?

Les épaules de Cameron reprirent leur place normale, mais il restait tendu. Il continuait à ne pas lui faire confiance, et il n'avait peut-être pas tort. En matière de restauration, elle n'avait rien d'une puriste.

— Je voudrais te poser une autre question. Qu'est-ce que ta mère va faire d'une aussi grande maison ?

— Y vivre, et s'y plaire, j'espère. Nous sommes une grande famille, et quand nous viendrons lui rendre visite, chaque chambre sera occupée, je t'assure.

— Donc, Rockland restera une demeure particulière ?

— Combien de fois faudra-t-il que je te le répète ? Oui. Yes, sir. Si, Senor.

Un sourire finit par apparaître sur le visage de Cameron, si séduisant qu'elle aurait presque souhaité qu'il garde sa mine sombre. Autrefois, elle aimait le faire rire, surtout après qu'il lui avait avoué qu'on ne s'amusait guère chez lui.

— Je ne suis toujours pas sûr que tu n'aies pas quelque plan sous le coude, qui te permette de rendre l'opération rentable.

— Je n'ai jamais dit que je n'en avais pas.

— Ah! Nous y sommes enfin.

— Calme-toi, Hathaway. Je vais simplement suggérer à ma mère de recevoir des hôtes, comme dans les relais et châteaux.

Il restait sceptique.

— Cela ne couvrira même pas les dépenses courantes.

— Mais si, surtout si nous tirons parti de la légende de la *Dame Grise*. Nous pourrions créer une suite à son nom, et aussi louer les lieux pour des réceptions. Ce ne serait pas un endroit merveilleux pour y célébrer un mariage? Il y a place pour de larges cuisines au sous-sol. En fait, il y en avait une autrefois. J'en ai repéré les restes.

— La cuisine d'été! C'est un élément historique de la plus haute importance...

— Nous pourrions aussi installer une boutique dans la bibliothèque. On y vendrait des cartes postales, mais aussi des T-shirts à la *Dame Grise*, des cuillères et des bols à la *Dame Grise*...

Elle ne put s'empêcher de rire en voyant l'expression horrifiée de Cameron.

— Je te signale que de grands musées font maintenant la même chose. Mais si tu n'aimes pas ces idées-là, j'en ai d'autres.

— Par exemple?

— Il y a beaucoup de recoins inutilisés sur le domaine. On pourrait y construire des appartements.

— J'en étais sûr! Tu ne saurais résister à des appartements de location.

— Je pensais à des cottages de luxe. A t'entendre, on croirait que je veux ouvrir un cabaret de strip-tease dans une église abandonnée.

— C'est la même chose.

— Eh bien, monsieur le plus-que-parfait, que ferais-tu si la maison était à toi ?

— Moi ?

Cameron se renfonça dans son siège et adopta une attitude de chanoine.

— ...Je la restaurerais dans son état original, ce qui, soit dit en passant, prendrait des années, et non des mois. Je la meublerais de meubles et d'objets d'époque, et j'en ferais un musée ouvert au public. Il y aurait des activités conçues spécialement pour les enfants, des conférences pour les adultes, des expositions spéciales, des soirées de bienfaisance au bénéfice de la Ligue de préservation de l'île.

— Ce n'est pas ça qui te fera gagner de l'argent.

Il lui jeta un regard exaspéré.

— Mais je ne l'habiterais pas pour y gagner de l'argent.

— ...dit le monsieur qui roule déjà sur l'or. Mais tu y habiterais vraiment ?

— Bien sûr.

— Et pour y habiter, tu ne changerais rien à ce qui existait ?

— Evidemment.

— Alors, tu comptes faire la cuisine dans un bâtiment extérieur et te laver dans des cuves ?

— Quoi ?

— Si tu veux faire une restauration parfaitement fidèle à l'original...

— Pas à ce point-là.

— Ho, ho ! Il y a donc une échelle mobile pour mesurer ce qui est acceptable et ce qui ne l'est pas.

Cameron reconnut par une ombre de sourire la valeur de l'argument.

— Si tu cherches à en revenir à ton dossier...

— Précisément.

— Alors, je suggère qu'on en revienne à la question première.

— Laquelle ?

— Celle qui concerne la documentation.

— Alors, tu me la prêteras?

Lorraine eut soudain l'impression que le regard perçant de Cameron la fouillait jusqu'au tréfonds de son cerveau et de son cœur.

— Ecoute, Lorraine, je t'offre un million de dollars pour le manoir, à cet instant même. Un profit de quinze mille dollars, alors que tu admets toi-même que tu ne rentrerais pas dans tes fonds si tu remettais cette maison sur le marché. Tu n'aurais plus à te soucier de la rénovation, et ça te laisserait amplement le temps de trouver ce que tu cherchais au départ. Un million, Lorraine. Qu'en dis-tu?

Lorraine n'hésita pas.

— Tu rêves tout éveillé, Hathaway. J'aime cette maison, et jamais, de ma vie entière, je n'ai fui les difficultés.

Il soupira.

— Dans ce cas...

Il se leva, traversa la pièce, et revint avec une boîte qu'il posa sur le bureau.

— ...Je ne peux pas te laisser emporter ce matériel...

— Mais?

— Tu es la bienvenue si tu veux consulter ces documents ici, et utiliser ma photocopieuse.

De soulagement, Lorraine en ferma les yeux.

— Merci.

— Ne me remercie pas. Plus tôt tu entameras les travaux de rénovation, plus tôt tu épuiseras tes fonds et plus tôt j'hériterai de la maison.

— N'espère pas trop, Hathaway. Tu vas être déçu!

— J'en doute.

Alors que l'échange s'échauffait dans le sarcasme, Lorraine comprit qu'ils n'étaient pas en train de se combattre. Il y avait trop d'esprit dans leurs reparties, trop d'humour sous-jacent. Sans le vouloir, ils avaient baissé leur garde, et s'aventuraient dans un domaine qui restait à définir. Mais peut-être s'entendaient-ils uniquement dans le bien du manoir, ainsi que Cathryn l'avait prédit.

120

— Pour tout t'avouer, Cameron, je suis venue ici en espérant un peu plus que l'accès à la documentation...

— J'aurais dû m'en douter, dit-il avec un sourire en coin. Vas-y. De quoi s'agit-il ?

— Y a-t-il quoi que ce soit que je puisse faire pour hâter le processus, pour obtenir par exemple une séance spéciale qui m'évite d'avoir à attendre un mois ?

— Je ne me souviens pas du moindre précédent.

— Peux-tu faire une exception ?

— Je crains fort que non. C'est pour le coup que les commérages iraient bon train.

— Alors, passons à ma seconde requête.

— Il y en a une seconde ?

— Oui. Pouvons-nous nous rencontrer pour une séance de travail ?

— Nous ? Tu veux dire toi et moi ?

— Oui, dit-elle d'une voix suffisamment neutre pour ne pas lui donner à penser qu'elle était en train de ramper à ses pieds.

— Tu ne préférerais pas rencontrer les autres membres de la commission ?

— Y compris madame le professeur Je-parle-du-haut-de-mon-estrade et monsieur l'architecte Je-pète-sec ? Merci bien !

Cette fois-ci, Cameron éclata franchement de rire, et le cœur de Lorraine chavira de plaisir. Ils reprirent lentement leur sérieux, mais sans pouvoir détacher leurs regards l'un de l'autre.

— Je pense que nous pourrions trouver un terrain d'entente, murmura Cameron.

La sensation soudain que les murs se resserraient et que l'oxygène s'évaporait fut telle que Lorraine, oppressée, préféra écourter l'entrevue.

— Merci, Cameron, dit-elle en se penchant pour ramasser son sac. Eh bien, je ne voudrais pas te retarder, je te laisse à tes activités...

Cameron jeta un coup d'œil à sa montre.

— Oui, j'ai rendez-vous avec mon père dans une demi-heure, pour vérifier les comptes de la semaine...

Mais alors qu'il se soulevait de son siège, il se pencha au-dessus de son bureau pour retenir la jeune femme par le poignet et l'inciter à se rasseoir.

— Attends.

Le cœur de Lorraine battit soudain la chamade. Cameron rapprocha sa chaise, parut réfléchir profondément et reprit enfin la parole, le regard fixé sur ses mains qu'il avait croisées sur ses genoux.

— Lorraine, je sais que j'aurais dû te le dire depuis longtemps, mais mieux vaut tard que jamais. Je suis navré de ce qui s'est passé entre nous quand nous sortions à peine de l'enfance. Je suis désolé de t'avoir fait un enfant. Je sais que tu en as souffert, et que cela a gâché ta vie.

Lorraine était abasourdie au point d'en perdre l'usage de la parole. Elle ne savait que répondre. Et puis, Cameron releva les yeux et ce qu'elle y lut, de la tristesse, de la culpabilité et du regret, lui alla droit au cœur. Et elle sut immédiatement ce qu'elle devait dire.

— Il a fallu que nous soyons deux pour concevoir cet enfant, Cameron, et je suis navrée, moi aussi. Cela n'a pas dû être facile pour toi.

— Ce n'était pas ta faute.

— Ni la tienne. Je ne t'ai jamais blâmé.

Ils restèrent silencieux un moment. Lorraine était frappée par l'ironie de la situation. L'expérience traumatique qui les avait séparés quinze ans plus tôt était précisément ce qui les rapprochait aujourd'hui. Et c'était Cameron qui avait su le comprendre et avait eu la générosité de faire le premier pas. Elle sentit son menton trembler d'émotion et son cœur fondre de gratitude.

— Je ne sais pas trop quoi ajouter, dit alors Cameron. Aller au-delà risquerait de réveiller de vieilles rancunes.

— Je comprends. Tu as ta vision des choses, et tu es loyal envers ta famille comme je le suis envers la mienne. Ce serait une erreur de croire que nos divisions peuvent disparaître par enchantement.

122

Cameron se rapprocha encore et lui prit les mains.

— Je suis navré. Tu étais si jeune...

— Trop jeunes. Des enfants ne devraient pas être soumis aux épreuves qu'on nous a fait traverser.

— Nos vies ont pris un tour catastrophique.

— Oui, dit Lorraine en baissant le regard vers leurs mains enlacées.

Les siennes paraissaient pâles et fragiles à côté de celles de Cameron, larges, tannées par le soleil et endommagées par les gros travaux.

— ...Cam? Crois-tu que nous soyons capables d'en parler un peu plus? Si jamais nous nous aventurons sur un terrain mouvant, nous pourrons toujours prendre le temps de la réflexion, ou même abandonner le sujet.

Cameron surmonta son anxiété.

— Par où voudrais-tu commencer?

— Revenons au jour où je t'ai dit que j'attendais un bébé... C'est à ce moment-là que nous avons perdu le contact.

Au début, la conversation fut ardue. La colère et la souffrance menaçaient de percer sous leurs efforts de civilité. Mais bientôt ils retrouvèrent leur confiance mutuelle d'antan. Cameron lui raconta comment il avait été forcé de quitter l'île et combien il avait haï ses années d'exil. Lorraine lui dit à quel point il lui avait été pénible de rester sur place.

— Je t'en ai désespérément voulu de ne pas passer par ce qu'on me faisait subir, dit Lorraine en prenant soin d'omettre toute allusion au rôle que les parents de Cameron avaient joué.

— Et moi je t'en voulais tout autant parce que tu étais la cause de mon bannissement... Et je te demande pardon de ne pas t'avoir écrit ni téléphoné, mais mon courrier était surveillé, et on me refusait l'accès au téléphone.

— Tu as essayé de me l'expliquer ce premier Noël, reconnut Lorraine, mais je n'ai pas voulu t'écouter.

— Moi non plus, je n'ai pas voulu t'entendre. Quand tu as commencé à me dire comment tu avais perdu le bébé...

Le visage de Cameron était tout fripé par le souvenir de sa culpabilité.

— Je sais que tu crois encore qu'il s'agissait d'un avortement, dit Lorraine.

Il l'interrompit en lui posant deux doigts sur les lèvres.

— N'en parlons pas. C'est un terrain miné par trop de rancœurs.

Lorraine se recula.

— Mais ce n'était pas un avortement !

— Ce n'est pas la question, Lorraine. C'était ton choix et ta prérogative.

Lorraine le regarda droit dans les yeux.

— Je peux te le prouver quand tu veux, car j'ai conservé mon dossier médical. Il est chez moi, à Boston...

Cameron semblait s'être pétrifié sur place.

— Tu veux dire que c'était une fausse couche ?

— Ni plus ni moins. Et que tu m'aies crue capable d'un avortement m'a beaucoup blessée.

— Tu as raison, j'aurais dû savoir que tu n'aurais jamais supprimé notre enfant...

Cette reconnaissance de leurs erreurs respectives les rendit soudain plus sereins, et ce fut sur un ton de pleine confiance que Cameron poursuivit son analyse de la situation.

— ...Tu sais, il n'y a pas eu que des conséquences malheureuses. Cette expérience de la vie dans un pensionnat a élargi mon champ de vision. Je suis devenu plus tolérant, plus sociable, aussi. Et puis c'est là-bas que j'ai commencé à m'intéresser à l'histoire locale...

Quand il revenait sur Harmonie durant les périodes de vacances, il avait l'impression de ne plus faire partie de la jeunesse de l'île. Alors il se plongeait dans les archives familiales, et lisait tout ce qui lui tombait sous la main.

A présent, parler lui faisait tellement de bien qu'il prit le temps de se caler plus confortablement dans son siège, avant de continuer ses confidences.

— ... Il y a eu un autre effet positif. Je me suis endurci, et j'ai appris à me défendre. Il y a eu un moment pendant lequel un des types de la pompe à essence... tu te souviens de Kenny Dawson? Il n'arrêtait pas de m'appeler « petit gigolo ». Il m'a poussé à bout et, un jour, je l'ai pris par le fond du pantalon pour le secouer comme un panier à salade.

Lorraine se mit à rire, et Cameron aussi.

— Oh, que ça fait du bien! C'est vraiment la première fois que je trouve quoi que ce soit de drôle à ce Kenny Dawson.

— Tu veux savoir ce que, moi, j'ai trouvé le plus difficile? enchaîna Lorraine en reprenant son sérieux.

— Quoi donc?

— Renouer des liens sentimentaux.

— Ah, ne m'en parle pas!

— Comment? Toi aussi? Il n'y a eu personne dans ma vie jusqu'à ce que je quitte Harmonie, et même plus tard, à l'université, je suis toujours restée sur mes gardes. Comme si on avait gravé en moi une circonspection énorme.

— Mais du moins es-tu allée à l'université.

— Et pas toi. Quand on m'a dit ça, j'avoue avoir été stupéfaite. Pourquoi pas?

— La colère! Quand je suis revenu sur Harmonie, je me suis juré que nul, jamais, ne m'en ferait repartir. En fait, j'ai passé deux ans sur le continent, mais à mon heure et à mes conditions. Je n'ai pris que les cours qui me passionnaient vraiment. Le savoir m'intéressait, pas les diplômes... Mais il paraît que tu as fait des études brillantes...

Elle écarta le compliment d'un haussement d'épaules.

— Alors, toi aussi, tu as trouvé difficile de faire confiance?

— Oui. J'invitais quelqu'un au cinéma ou à dîner, et je passais mon temps à me demander si les gens se posaient des questions à notre sujet. Au bout d'un certain temps, j'ai fini par me blinder. Il le faut bien, n'est-ce pas?

— Absolument. Nos affaires ne regardent personne. Mais je sais ce que tu veux dire. Tu sais... j'avais pris l'habitude de rompre toute relation dès que ça devenait un peu sérieux.

— Tu ne t'es donc jamais fiancée ?

— Non. Je souffrais trop d'un sentiment de culpabilité à l'égard de mon père pour me sentir capable d'être aimée par un homme. Alors, je restais circonspecte...

— Ma mère a tout fait pour me culpabiliser et variait les pamphlets religieux pour me sermonner. Tant et si bien que la position des théologiens sur le péché de la chair n'a plus de secret pour moi...

— Cela a dû être insupportable ! Et moi, pendant ce temps-là, je pleurais la perte de notre enfant ! Oh, j'aurais tant voulu que nous puissions parler de tout cela il y a des années. Mais j'évitais de revenir sur l'île... pour beaucoup de raisons, l'une d'elles étant la crainte de te rencontrer.

— Et moi, je disparaissais à ces moments-là. J'ai préféré ne pas assister au mariage de Ben et Julia, et pourtant, ce sont de grands amis.

— C'est fascinant de voir comment les conséquences de certains événements semblent sans fin.

— L'important, c'est que nous avons survécu, et que nous sommes retombés sur nos pieds.

— Oui, nous nous débrouillons assez bien, apparemment...

Elle hésita une fraction de seconde.

— ...On dit que tu es fiancé.

Cameron détourna le regard.

— Euh... oui. Tu ne la connais pas... Erica Meade ?

— Non, je ne crois pas l'avoir jamais rencontrée.

— Elle s'est inscrite dans une université d'été, et ne revient sur l'île que le week-end. Ses cours de pédagogie finissent la semaine prochaine.

A la confirmation de ces fiançailles, le désappointement de Lorraine fut tel qu'elle s'étonna de la violence de sa réaction.

— Oui ? En tout cas, tu as eu de la chance de trouver quelqu'un qui soit prêt à habiter sur l'île.

— Sans doute. Et toi ?

— Oh ! rien de sérieux. Je ne trouve pas le temps nécessaire pour m'investir dans ce genre de relations. Un jour, peut-être...

Ils ressentaient tous les deux un malaise certain et s'empressèrent de changer l'orientation de leur conversation. Ils parlèrent de leurs carrières respectives. Ils évoquèrent certains de leurs amis d'enfance. La plupart étaient mariés, avec ou sans enfants. Ils essayèrent de combler les blancs, mais, malgré leurs efforts, Lorraine eut l'impression qu'ils essayaient de remplir d'eau un trou de sable.

— Il faut que je parte maintenant, dit-elle enfin. Oh! Tu as une heure de retard. Ton père doit se demander où tu es passé.

Elle se leva et se dirigea vers l'escalier.

— ... Eh bien, quand tu auras un moment, je reviendrai pour étudier tes documents.

— Inutile de perdre du temps. Je vais prendre des photocopies et te les apporterai demain dans la journée.

— Ne te donne pas tout ce mal.

— Ce ne sera rien. Je connais le matériel à fond, et je sais exactement ce qui t'intéresse.

Elle s'arrêta un instant sur le seuil de la maison.

— Merci, Cameron. Pour tout. Je me sens beaucoup plus légère.

Cameron opina d'un geste de la tête et la considéra d'un regard aussi doux que serein pour lui signifier :

— Tu sais, je n'ai pas changé d'avis au sujet du manoir : j'ai toujours l'intention d'en être un jour le propriétaire.

— Je sais, mais je suis heureuse que nous ayons pu surmonter cet obstacle et parler comme nous venons de le faire.

— Nos relations seront désormais beaucoup moins tendues, et je m'en réjouis.

Lorraine s'engagea dans le sentier qui menait à sa voiture, tout en contemplant les dunes et l'océan bleu-argent qui scintillait en arrière-fond. Elle trouvait curieux que Cameron et elle aient pu parler de sa grossesse et des conséquences, sans jamais faire allusion à ce qui s'était passé entre eux avant. La précocité de leur passion d'adolescents. L'éblouissement de...

Bah! cela valait sans doute mieux ainsi, se dit-elle en ouvrant la portière de sa voiture. Comment auraient-ils pu évoquer leurs ébats amoureux sans ressentir gêne et embarras? A quoi cela aurait-il servi?

Après avoir mis le moteur en route, elle se retourna pour agiter le bras en signe d'au revoir. Cameron était toujours debout sur le seuil, la chemise retenue par un seul bouton découvrant à moitié sa poitrine.

Lorraine le détailla lentement, depuis la chevelure embroussaillée jusqu'à la pointe des pieds nus, troublée de le voir devenu aussi bel homme.

Et c'était sans doute la raison pour laquelle elle avait évité le sujet de leurs relations sexuelles. Il avait déjà une telle sensualité à quatorze ans qu'elle continuait à se demander s'il pourrait encore lui inspirer la même extase...

Oui, il valait beaucoup mieux qu'ils se tiennent à prudente distance d'un sujet aussi explosif.

8.

Le lendemain matin, Cameron se rendit chez Lorraine, déterminé à déposer le matériel promis et à prendre aussitôt congé.

Bien sûr, il se sentait, comme elle, beaucoup plus léger après leur conversation de la veille. L'effet de quelques mots de regret et de pardon était vraiment étonnant. Mais, se disait-il, il ne gagnerait rien à renouer leurs relations. Ils risquaient de redevenir amis, et c'était ce qu'il ne pouvait se permettre.

D'abord, il continuait à convoiter le manoir et espérait le posséder bientôt. Ensuite, il ne voulait pas contrarier ses parents. Et puis, il y avait Erica. Comment expliquer une situation aussi bizarre à sa fiancée ? Lui dire : « Erica, je voudrais que tu connaisses mon amie Lorraine. Oh, à ce propos, elle a porté le fruit de mes œuvres autrefois. Mais ça ne t'ennuie pas si nous sortons tous ensemble, n'est-ce pas ? »

Non c'était impensable ! décida-t-il en descendant de voiture.

Au demeurant, il sentait déjà son cœur qui battait la chamade à l'idée de revoir ce premier amour.

Une raison de plus pour s'imposer une visite minimum, se dit-il.

Il avait passé la moitié de la nuit à ressasser des souvenirs plus excitants les uns que les autres. La maladresse de leur premier baiser. La première fois où il lui avait caressé la pointe des seins. L'après-midi où il avait roulé sur elle alors qu'ils étaient tous les deux allongés dans les dunes, et où leurs corps avaient si naturellement fusionné jusqu'au paroxysme du plaisir.

Ils n'étaient que des gamins! Des gamins ignorants et maladroits, saisis d'une folie hormonale. Voilà ce que Cameron se disait maintenant, mais ça ne l'avait pas empêché de rester éveillé de longues heures à évoquer leurs moments d'ivresse...

Oui, il allait déposer les documents promis, et repartir aussitôt.

Il grimpa les marches et souleva le marteau. Nul ne répondit, mais il entendit des voix à l'intérieur. Il finit par entrer et découvrit Lorraine dans la cuisine, en grande conversation avec un plombier de l'île, Todd Cory.

— Hé! que fais-tu là? demanda Todd.

— J'apporte des documents dont Mme DeStefano a besoin pour son dossier auprès de la commission culturelle.

Il était venu en visite officielle, et désirait que ce point soit particulièrement clair aux yeux de la population locale.

— Merci! dit Lorraine, en posant le précieux carton sur le buffet. Vous m'évitez de bien longues recherches.

— Eh bien, je vois que vous êtes occupés..., dit Cameron en battant en retraite.

— Nous avions fini, dit Todd. C'est moi qui partais.

Lorraine raccompagna le plombier à la porte. Resté dans la cuisine, Cameron entendit ce dernier promettre à Lorraine de lui envoyer son devis le plus tôt possible.

— Tu vas employer des artisans locaux? s'enquit-il, étonné.

— Peut-être. Mon entrepreneur a du mal à convaincre notre plombier habituel de venir jusqu'ici.

Lorraine portait un T-shirt bleu échancré qui laissait voir un décolleté séduisant.

— ... Que penses-tu de Cory ?

Honteux de se laisser troubler, Cameron releva précipitamment les yeux.

— Il est... correct.

— A qui t'adresserais-tu si tu voulais refaire la plomberie de ta maison ?

— Euh... ça dépend de tes projets. Que prévois-tu de refaire ?

— Tout. Remplacer la tuyauterie existante, installer un nouveau système de chauffage, rénover les salles de bains existantes et en ajouter trois de plus.

— Trois !

— Si ma mère décide de recevoir des hôtes, les gens voudront une salle de bains particulière. Et même si elle décide le contraire, ça ajoutera une note de luxe.

— Cela risque de changer la configuration du manoir...

Il avait l'impression qu'on voulait changer de place son cœur et ses entrailles.

— Très légèrement. J'ai passé la semaine à étudier les plans au sol. Bien sûr, je laisserai le travail sérieux à mon architecte, mais j'ai un bon œil, et de bons professionnels peuvent faire des choses étonnantes.

Elle s'arrêta un instant, et pencha la tête de côté pour examiner Cameron.

— Tu parais ennuyé, Cam. En fait, j'aimerais bien avoir ta réaction à certaines de mes idées. Tu voudrais bien m'accompagner là-haut ?

— Oui, naturellement, répondit-il, curieux d'évaluer les dégâts qu'elle prévoyait d'infliger au manoir.

Mais dès qu'elle le précéda dans l'escalier, il fut au supplice. Elle portait un short qui lui moulait les reins, et à chaque pas, l'ondulation de ses hanches l'hypnotisait et lui donnait le vertige.

Heureusement, le charme cessa d'opérer tandis qu'ils traversaient les pièces vides et que Lorraine expliquait ses projets à l'aide de ruban adhésif qu'elle collait au sol pour représenter des portes imaginaires et des murs de salles de bains.

— Qui est ton architecte ? grommela Cameron en entrant dans une salle de bains qui semblait être celle utilisée par Lorraine.

— Il s'appelle Brian King. Pourquoi ?

— Il est spécialisé dans les demeures historiques ?

— Il est remarquable, et j'ai toujours été très satisfaite de son travail.

— Tu n'as pas répondu à ma question.

Lorraine planta les poings sur les hanches. Sa mèche assassine lui retombait sur l'œil.

— Pourquoi ne viens-tu pas faire sa connaissance ? Il sera ici lundi. Et Joe aussi. Tu pourras même leur donner ton avis, si ça te chante.

— C'est ta façon de m'inviter à apporter à ce projet ma contribution d'expert ?

Les yeux de Lorraine s'arrondirent. L'idée de toute évidence ne lui était pas venue à l'esprit.

— Peut-être.

Cam n'aurait rien aimé davantage, mais sa conscience lui disait qu'il s'agissait là d'une ligne à ne pas franchir. Donner son avis sur un dossier destiné à la commission culturelle était une chose, mais aider à la rénovation intérieure... On aurait pu croire à un intérêt personnel. Ce qui ne l'empêcha pas de répondre par l'affirmative.

— Parfait, dit Lorraine. N'oublie pas de m'envoyer ta note d'honoraires.

— Ne sois pas ridicule.

Lorraine fronça les sourcils d'un air soupçonneux.

— Tu es bien obligeant tout à coup.

— Je veux simplement limiter les dommages, et cette coopération n'aura rien de personnel.

— Je m'en serais doutée.

Ils revinrent dans la chambre où Lorraine avait déposé le carton d'archives. Elle en souleva le couvercle.

— Oh ! tu m'as apporté plus de documents que je ne l'espérais.

Elle prit un album de photos et commença à le compulser. Cameron savait que c'était le moment parfait pour prendre congé. Il avait fait le nécessaire. Mais sa curiosité était piquée. C'était donc dans cette pièce que Lorraine dormait et avait aménagé une sorte de bureau. C'était là qu'elle lisait, rêvait et dessinait la nouvelle configuration du manoir. A en juger par les dossiers et le matériel électronique, c'était aussi de là qu'elle continuait à diriger ses affaires immobilières.

— Oh! murmura Lorraine, ça c'est extraordinaire.

Cameron se rapprocha. Lorraine étudiait une photographie soigneusement conservée sous plastique, et portant la marque « Juillet 1897 ».

— ...Il y avait une coupole sur le toit?

— Oui. Elle a été détruite durant la tornade de 1938.

— Je suis étonnée qu'aucun membre de la commission n'en ait parlé.

— Ils ont été gentils avec toi, je te l'ai déjà dit.

Elle tourna la page.

— Et voilà la façade sud sans le solarium. Je dois reconnaître que l'effet est bien meilleur.

— Tu réalises que, si tu démolis le solarium, il te faudra aussi rebâtir la cheminée.

— Bien sûr.

Bien sûr?

— L'équilibre de la maison l'exige.

L'air préoccupé, Lorraine alla s'asseoir sur le matelas qui lui servait de lit, et, du coup, Cameron remarqua la pile de livres posée à côté de l'oreiller.

— Tu les as lus, ou tu te contentes de t'en servir comme table de nuit? s'enquit-il, ironique.

Il souleva celui du dessus, un manuel de restauration, et découvrit en dessous l'un de ses propres ouvrages.

— Sache que je les ai tous lus, y compris le tien. Mais ça, dit-elle en soulevant l'album, c'est ce dont j'ai vraiment besoin!

Elle en riait presque de plaisir.

— Tu veux dire quoi avec ton « Y compris le tien »?

Elle lui jeta un regard malicieux, et puis son regard s'adoucit.

— En fait, je l'ai trouvé très bon, Cam. Une mine d'informations, et pourtant facile à lire, avec des pointes d'humour, et des illustrations. J'ai remarqué que tu avais pris les photos toi-même. Mes compliments... vraiment.

Soudain prise de timidité, elle se pencha de nouveau sur son album, les yeux dissimulés sous une frange cuivrée.

Hormis le plaisir que ces commentaires lui procuraient, Cameron était agréablement étonné par le comportement de Lorraine. Déjà la veille, il avait été ému et étonné d'apprendre qu'elle avait l'intention d'offrir le manoir à sa mère, et avait été carrément impressionné quand elle avait refusé son offre d'un million de dollars.

Bien sûr, il n'oubliait pas que la même femme parlait de vendre des T-shirts et des torchons à l'effigie de la *Dame Grise*, et de remplir les combles et les dépendances de locataires. Pourtant, en la regardant feuilleter l'album, il voyait bien que le profit ne constituait pas sa seule motivation dans l'existence.

— Cam ?

— Oui ?

— Combien de propriétaires se sont succédé ici ?

— Six ou sept. Pourquoi ?

— Simple curiosité. Je me souviens de Doc et Addie Smith, bien sûr.

— Tu sais que le manoir a servi de clinique entre 1930 et 1960 ?

— Non !

— Si. Malheureusement, cette affectation a conduit à la vente d'une grande partie des meubles d'origine qui avaient appartenu à Isabelle.

— Quelle pitié !... Qui était alors propriétaire ?

— Sophronia Peavy. C'est de son père qu'elle a hérité ce domaine en 1912. C'est elle qui a fait installer l'électricité, et le premier téléphone de l'île. Elle a aussi été la première femme à conduire une voiture sur Harmonie.

134

Le sourire de Lorraine s'élargit.

— Je crois qu'elle m'aurait plu.

— Je le crois aussi.

Cameron n'ajouta pas que Sophronia avait tenu une maison d'hôtes dans les années 20. Lorraine n'avait pas besoin d'encouragement.

— Son père avait une sacrée personnalité, lui aussi. Il y a eu une vague touristique sur l'île à la fin du XIXe siècle, et il en a profité en construisant un petit train de ceinture qui faisait le tour de l'île.

— Un train ? Sur Harmonie ?

— Absolument. Le succès fut immense. On a compté trois mille passagers le jour de la fête nationale. Le vieux renard a gagné beaucoup d'argent. Heureusement, parce qu'il savait aussi le dépenser. Il avait des goûts ostentatoires, et tous les embellissements de l'époque victorienne lui sont dus. Les parquets de chêne du rez-de-chaussée, par exemple. Et aussi les cheminées de marbre.

Le regard de Lorraine se porta sur la cheminée de sa chambre, au manteau de bois peint en gris.

— Non, non. Ce manteau de cheminée-là date de la construction du manoir. Isabelle voulait que sa chambre reste en l'état. Quand son homme de loi a vendu le domaine à Peavy, il a inscrit une clause spéciale dans le contrat. Quelqu'un a ajouté un placard encastré. Mais à part ça, rien n'a changé.

Lorraine s'anima soudain.

— Tu veux dire que nous sommes ici dans la chambre d'Isabelle ?

Cameron acquiesça d'un sourire, attendri de voir Lorraine s'enthousiasmer à ce point.

— ...Je savais bien qu'il y avait quelque chose de spécial dans cette pièce... Mais pourquoi son homme de loi a-t-il vendu la maison ?

— Pourquoi ? mais parce qu'elle était morte.

— Bonne raison ! dit Lorraine avec un petit rire.

— Ce que je veux dire, c'est qu'Isabelle a vécu ici jusqu'à sa mort.

— C'est ce que j'avais compris, et je m'étais demandé pourquoi elle n'était jamais retournée à Rockland, dans le Maine.

— Avec son mari et son bébé enterrés sur l'île, elle...

— Son bébé?

— Oui. Tu ne le savais pas? Elle attendait un enfant quand le navire a fait naufrage. Sous le choc, elle a fait une fausse couche, quand les sauveteurs l'ont ramenée sur l'île.

— Maintenant je comprends mieux, dit Lorraine en regardant tout autour d'elle. Et cette pièce était sa chambre...

— Oui, dit Cameron en se dirigeant vers la fenêtre qui donnait sur le nord. Elle aimait avoir la vue sur le port, et aussi sur l'océan. Et on voit les deux d'ici. Un mauvais choix à mon avis, pourtant, ce coin nord-est. Froid et plein de courants d'air durant l'hiver.

— Mais magnifique durant l'été, dit Lorraine en abandonnant l'album sur son lit et en se dirigeant vers l'une des deux fenêtres qui donnaient sur l'océan. Viens par ici, et dis-moi si tu trouves toujours que son choix n'était pas le bon.

Cameron traversa la pièce et se tint à un pas derrière Lorraine. Il émanait d'elle une odeur délicieuse de savon au muguet, et de chaleur féminine.

Alors que, spontanément, il se penchait pour enfouir le visage dans la belle chevelure cuivrée, il réalisa brusquement ce qu'il faisait et se rejeta en arrière.

Il était grand temps de prendre congé, décida-t-il, agacé par son accès de faiblesse.

Mais tandis qu'il cherchait une excuse, Lorraine repoussa la vieille moustiquaire et se prépara à enjamber le rebord de la fenêtre.

— Viens, sortons.

— Quoi? Où?

— Sur le toit du porche.

Elle passa une longue jambe dehors, et puis l'autre.

136

— Lorraine, pour l'amour du ciel, fais attention. Le toit est probablement très glissant.

— Il l'est. Surtout du côté gauche. J'y étais ce matin pour prendre des photos des détails du fronton pour ta satanée commission.

Elle fit deux pas plus ou moins assurés, et s'assit au faîtage du toit. Cameron enjamba le rebord à son tour et vint la rejoindre.

— Splendide, n'est-ce pas ?

Cameron dut reconnaître qu'elle avait raison. Gonflées par la brise, les vagues venaient se briser sur les rochers du rivage au pied de la falaise avec une régularité hypnotisante. La journée était claire et ensoleillée. Les petites îles dans le lointain semblaient flotter à la surface de l'eau.

— Si seulement je pouvais construire ici une petite terrasse à laquelle accéder par une porte-fenêtre ! J'y mettrais une chaise longue...

— J'ai une idée, Lorraine. Pourquoi ne vas-tu pas t'acheter une autre maison...

— Et te laisser celle-ci ? dit Lorraine avec un rire de gorge. Bel effort, Hathaway. Aussi inutile que les précédents.

D'un mouvement de tête, elle rejeta ses mèches en arrière et s'offrit à la caresse du soleil.

Fasciné, Cameron la contempla.

— Tu sais, tu ressembles tellement à Isabelle que ça en devient terrifiant.

Lorraine protesta vigoureusement.

— Je ne lui ressemble absolument pas. Elle délirait et avait des visions. C'était une romantique qui vivait dans ses rêves.

— Elle était l'orgueil incarné. Et elle était aussi forte et entêtée.

— Vraiment ?

— Cette maison traduit son caractère à la perfection.

— Comment ça ?

Cameron appréciait de plus en plus la curiosité que montrait la jeune femme à l'égard du manoir et de ses anciens propriétaires.

— Peu de gens sont au courant, mais Isabelle accusait les habitants de l'île d'avoir provoqué le naufrage en allumant des feux sur le rivage.

— J'ai entendu parler de cas de ce genre. Des boucaniers qui brandissaient des lanternes sur les falaises pour faire croire aux navires égarés qu'il s'agissait d'un phare indiquant l'entrée du port. Et puis il leur suffisait d'attendre que la marée rejette les débris d'épave sur le rivage. En Irlande, on les appelait même des naufrageurs.

— Exactement. A l'époque, il y avait énormément de petits navires de commerce dans les parages. Par beau temps, on pouvait apercevoir les voiles de dizaines de bateaux, tous surchargés de marchandises.

Alors que Lorraine reportait son regard sur l'océan, Cameron lui trouva le plus beau profil du monde.

— C'est une pratique honteuse, dit-elle en frissonnant. Je n'aurais jamais pensé que les gens d'ici se livraient à des actes aussi méprisables.

— Nul n'a jamais rien prouvé. Bien sûr, une légende persistante veut qu'un nommé Will Sloan ait fixé des lanternes sur l'encolure de son cheval, et l'ait conduit durant les tempêtes à la pointe du Sable. Une nuit, la marée l'a surpris. Encerclé par l'océan, le cheval s'est affolé et s'est noyé avec son maître. Aujourd'hui encore, les marins qui font le tour de la pointe dans la tempête affirment voir un cheval blanc galopant à la crête des vagues.

— J'ai rarement entendu des bobards pareils, dit Lorraine en riant.

— Oh, j'en connais des dizaines d'autres. En ce qui concerne la *Dame Grise*, il ne semble pas que les soupçons d'Isabelle aient été fondés. En fait, à l'époque, les gens d'Harmonie étaient réputés pour leur bravoure en tant que sauveteurs. Ce qui ne veut pas dire qu'ils n'appréciaient pas les petits bénéfices des naufrages quand il en survenait un. La récupération était une pratique habituelle, et les gens s'appropriaient sans le moindre scrupule ce que l'océan rejetait sur le rivage, rhum, huile de baleine, balles de coton, tout leur était bon. Mais je ne crois pas qu'ils aient, ici, jamais causé volontairement la perte d'un navire.

— Isabelle le croyait, elle?

— Elle a passé le reste de son existence dans une relation d'amour et de haine avec Harmonie. Des citoyens de l'île étaient venus à son secours, l'avaient ramenée à bon port et soignée jusqu'à ce qu'elle recouvre ses forces. Elle les aimait pour ça, mais elle se méfiait de certains éléments peu recommandables du pays. A la fin, elle est restée pour ne pas quitter la tombe de son époux et de son enfant, mais aussi pour créer un malaise dans cette fraction-là de la population. Elle voulait qu'ils la voient, la connaissent, et comprennent qu'ils n'avaient pas seulement causé la perte d'un bâtiment, mais qu'ils avaient provoqué la mort de personnes bien réelles, et notamment de son époux.

— Elle s'est donc fait construire une maison afin de s'installer sur place.

— Oui, mais pas n'importe quelle maison. Ce manoir. Dans un style en vogue ailleurs, dans les villes d'armateurs prospères comme Nantucket ou New Bedford, mais pas sur Harmonie. Un style grandiose, bien éloigné de la discrétion de l'architecture coloniale. Un luxe hors de la portée des fermiers et des pêcheurs locaux.

— Et tu crois que je lui ressemble?

— Oh oui! Dis-moi bien en face que tu n'as pas acheté cette maison pour nous en flanquer plein la vue.

Lorraine détourna le regard.

— Je l'ai achetée pour ma mère.

— Oui, bien sûr... Tu vois, ce que je trouve le plus poignant dans l'histoire, c'est que la charpente du manoir ait été construite avec le bois que transportait la *Dame Grise*.

— Oh!

— Oui, les gens ressentaient tant de sympathie pour Isabelle qu'ils lui ont rapporté tous les rondins qui avaient flotté jusqu'à l'île, alors qu'ils la savaient déjà riche à millions. Et pour que tu comprennes vraiment la valeur de leur geste, il faut que tu te représentes Harmonie en cette première moitié du XIXᵉ siècle. On n'y voyait quasiment aucun arbre. Les premiers colons avaient tout coupé pour bâtir leurs maisons et défricher le terrain pour leurs champs. Le bois était un matériau aussi précieux que l'or. Mais ils n'ont rien gardé pour eux.

— Mais comment sais-tu tout ça ?

— Les gens écrivaient des lettres, tenaient leur journal, publiaient des articles.

— Isabelle a laissé un journal ?

— Non, mais mon arrière-arrière-arrière-grand-mère, oui.

Lorraine était fascinée par le scintillement de l'océan sur lequel voguaient des douzaines de petits bateaux de pêche et voiliers de plaisance. Une étrange langueur l'envahissait. Les histoires de Cameron l'avaient transportée dans le temps, dans un monde différent. Elle aimait entendre raconter des histoires, et encore plus quand le narrateur possédait la voix profonde et douce de Cameron.

— Que penses-tu des visions d'Isabelle, quand elle croyait voir le navire de son époux ? Tu crois que le chagrin lui avait fait perdre l'esprit ?

— Ce n'est pas impossible, mais elle semblait avoir la tête solidement sur les épaules dans tous les autres domaines. Son intérieur était charmant, elle avait des amis qu'elle recevait fréquemment. Et il y a des douzaines d'autres personnes qui ont affirmé avoir vu la *Dame Grise*. Alors, qui sait ?

— Tu aimes vraiment l'histoire, n'est-ce pas ?

— Oui, reconnut Cameron. Le passé me fascine, surtout ici. Non seulement j'y ai mes racines, mais une île a une qualité très spéciale. L'autonomie. L'isolement. Les événements prennent davantage de coloration. Les gens deviennent des personnages. Et les lieux témoignent des générations passées.

Cameron continuait à parler, mais Lorraine ne l'écoutait plus. Les yeux rivés sur l'horizon, le cœur battant, elle se demandait si ce qu'elle apercevait était l'effet de la chaleur, un autre mirage dû à la chaleur, comme celui des petites îles paraissant flotter à la surface de l'eau...

Interdite, elle ferma les yeux, les rouvrit, mais continua à voir la même chose au loin. A plusieurs kilomètres sans doute, mais distinct tout de même, un énorme schooner à deux mâts, toutes voiles dehors, d'une blancheur éclatante dans le soleil, voguait, immobile sur les flots !

D'une main moite, elle se raccrocha au poignet de Cameron. Elle ouvrit la bouche mais seul un râle sortit de sa gorge.

— Quoi ? Lorrie ! Que se passe-t-il ?

— Regarde !

Il se tourna dans la direction qu'elle indiquait... et faillit perdre l'équilibre tellement il riait.

— Qu'est-ce qu'il y a de drôle ? demanda Lorraine, aussi blessée par cette réaction que bouleversée.

— C'est le *Shenandoh*, Lorraine ! Un des grands voiliers de Martha's Vineyard.

Elle leva le menton.

— Evidemment ! je le savais.

— Mais bien sûr !

Lorraine, furieuse de la raillerie qui perçait sous le ton, leva le bras pour le frapper, mais il l'attrapa par le coude et la plaqua contre la toiture.

— Aïe !

— Je t'ai fait mal ? Je suis désolé.

Cameron se souleva sur le coude, pour s'assurer qu'elle n'était pas blessée. Il se souvint soudain d'une autre circonstance où ils s'étaient retrouvés dans une position identique. Il y avait de la neige ce jour-là, et le corps qu'il écrasait sous lui avait des courbes beaucoup moins féminines. Il avait treize ans et sentait la morsure du froid sur ses joues...

La puissance du souvenir était telle qu'il n'était plus sur un toit écrasé de chaleur, mais au beau milieu d'une bataille de boules de neige au cœur de l'hiver...

Il avait perdu ses repères.

Lorraine s'apprêtait à protester vigoureusement quand elle remarqua le changement qui s'opérait sur le visage de Cameron. Il la regardait avec une intensité étrange. Avec nostalgie. Et désir. Lorraine sut instantanément qu'il lisait en elle les mêmes émotions. Il pencha vers elle des lèvres suggestivement entrouvertes, et elle ne fit rien pour se détourner. Au contraire, elle se souleva pour l'enlacer par la nuque et lui offrir sa bouche.

Ah ! leur premier baiser depuis quinze ans ! Aussi léger qu'un flocon de neige. Aussi doux qu'une brise estivale. Un baiser qui disait : « Bonjour, tu m'as manqué », et répondait « Je ne suis jamais vraiment parti. »

Ni Cameron ni Lorraine n'eurent conscience du temps tant que dura ce baiser, mais le sens commun finit par leur revenir, et ils s'écartèrent, horrifiés.

Cameron se rassit, les genoux repliés devant lui, consterné.

— La curiosité, rien de plus, dit-il en répondant à une question que nul ne lui avait posée.

Lorraine se rassit, elle aussi, les yeux fixés sans les voir sur quelques ardoises, cherchant ce qu'elle pourrait dire pour dédramatiser la situation.

— C'est si naturel de notre part de fantasmer.

— Je suis navré.

— Moi aussi.

Cameron soupira.

— Te revoir après tant d'années a ravivé quelques-uns de mes souvenirs, tu comprends ?

— Oh oui, très bien.

— Et puis, reconnaissons-le...

— Nous étions plutôt avancés pour notre âge.

Un petit sourire flotta sur les lèvres de Cameron.

— Il n'y a aucun doute là-dessus.

— On est si impressionnable durant l'adolescence. Il n'est pas étonnant que nos souvenirs soient encore si vivaces.

— Et nos émotions aussi.

— Oui. Souvenirs. Emotions. Tout ça va de pair. On ne peut pas les séparer. Mais on peut faire en sorte de ne pas les prendre pour la réalité.

— Ni les laisser interférer avec notre vie actuelle.

Elle comprit l'allusion et crut bon de le rassurer.

— Ne t'inquiète pas. Je n'en soufflerai mot à personne.

Les épaules de Cameron s'affaissèrent de soulagement.

— Merci de ta compréhension.

Puis il se redressa avec précaution.

— Je dois partir à présent. Erica est là pour le week-end, et je suis censé déjeuner avec elle.

— Oui, bien sûr, approuva-t-elle, malgré la sensation d'avoir reçu une douche glacée.

Ils enjambèrent dans l'autre sens le rebord de la fenêtre, retraversèrent la chambre d'Isabelle qui était aussi celle de Lorraine, et descendirent l'escalier.

Soucieuse d'alléger la tension qui s'installait entre eux, Lorraine parla de l'activité qui régnerait dans la maison quand les ouvriers seraient à l'ouvrage. A la porte, elle rappela à Cameron leur rendez-vous du lundi avec l'architecte et l'entrepreneur, et réussit à le raccompagner jusqu'à son véhicule sans lui montrer sa déception.

— De la curiosité, rien de plus, se répéta-t-elle en remontant les marches, sans pour autant interdire à ses pensées de caresser le souvenir du moment d'éternité qu'ils avaient connu sur le toit.

Cameron n'avait pas vraiment rendez-vous avec Erica. Cette excuse lui était venue à l'esprit dans un élan d'auto-défense. Ils devaient néanmoins se rencontrer pour le dîner.

Ses parents les rejoignirent, comme ils le faisaient parfois. Prudence Hathaway était folle d'Erica. Avant même qu'ils aient fini leurs entrées, elle avait déjà fait trois allusions à la possibilité d'un mariage à Noël.

En fait, Càmeron lui-même avait envisagé cette éventualité. Erica et lui se voyaient depuis un an. Ils se connaissaient. Ils s'entendaient bien au lit comme en société. Ils venaient de familles au passé similaire, et ils partageaient des intérêts communs. Elle était « charmante », comme disaient la plupart des gens. Elle se rendait facilement aux suggestions de Cameron, et il ne se souvenait pas de l'avoir entendue argumenter. Avec ses boucles blondes et son visage en cœur, elle avait physiquement la douceur d'une institutrice de cours élémentaire. Ce qu'elle était dans la réalité.

Elle faisait bien la cuisine, et elle aimait les enfants. Pru n'arrêta pas de répéter qu'elle ferait une épouse admirable. Cameron ne cherchait pas à la contredire. Il en était convaincu.

Alors, pourquoi n'abondait-il pas dans le même sens ? s'étonna-t-il.

Tout en l'écoutant parler d'une nouvelle méthode d'apprentissage de la lecture, Cameron fut surpris et alarmé de s'apercevoir que son intérêt pour Erica avait faibli. Oui, elle était charmante, un peu trop peut-être. Elle était malléable, et c'était sans doute la raison pour laquelle elle plaisait tant à Pru. Une autre chose inquiétait Cameron : il n'arrivait pas à l'imaginer au manoir Rockland. Les deux n'allaient pas ensemble.

— Que se passe-t-il ? demanda Clayton quand les deux femmes se furent excusées pour aller se refaire une beauté à la fin du repas. Tu étais distrait au point de traiter Erica comme un pot de fougères.

— Désolé. J'avais l'esprit ailleurs. Je ferais mieux de te le dire tout de suite, parce que la rumeur publique te l'apprendra de toute façon. Je vais aller au manoir Rockland lundi, afin d'y rencontrer l'architecte et l'entrepreneur de Lorraine.

Clayton abandonna sa fourchette à dessert.

— J'espère que c'est en qualité de président de la commission culturelle... ?

Une réponse affirmative aurait clos la conversation, mais seulement d'une façon temporaire. Sur Harmonie, tout finissait par se savoir.

— Non. Ils vont discuter des aménagements intérieurs, et j'ai pensé que je pourrais peut-être les influencer par ma présence.

Cameron vit son père tourner au cramoisi, une couleur qui apparaissait sur le visage de Clay chaque fois que Lorraine ou sa famille était mentionnée dans la conversation. Comme la veille, par exemple, quand Cameron lui avait appris que Lorraine comptait donner le manoir à sa mère.

— Tu as accepté de l'aider ? demanda Clay d'une voix étranglée par l'incrédulité.

— Je vois ça comme un moyen de protéger le manoir et d'imposer mes vues, le tout avec son argent.

Clay laissa échapper un juron.

— Je n'aime pas ça.

— J'en suis conscient, et c'est la raison pour laquelle j'ai été si préoccupé toute la soirée.

Ce n'était pas un mensonge. Après Erica, la réaction de son père constituait vraiment le second souci de Cameron.

— J'espère que tu n'oublieras pas qui tu es. Sois prudent.

— Bien sûr.

— Et entre-temps, tu pourrais t'occuper un peu plus de ta jeune fiancée. Elle a passé la semaine à l'université, à travailler dur en attendant le moment de te rejoindre...

A ces mots, la culpabilité enroula ses tentacules autour du cœur de Cameron. Oui, il avait négligé Erica, et cela depuis des mois. La vente aux enchères, ses activités à la commission culturelle, ses recherches personnelles et la rédaction de son prochain livre avaient occupé son esprit et relégué Erica au second rang. C'était sa faute à lui, si leurs relations s'étaient desséchées.

— Je vais essayer.

Il fit des efforts méritoires jusqu'à la fin de la soirée, et raccompagna Erica jusqu'au seuil de chez elle.

— Tu veux entrer ? lui demanda-t-elle.

La proposition le tenta d'autant plus qu'il y avait un certain temps qu'il ne s'était rien passé entre eux, et qu'il y voyait sans doute la raison pour laquelle ses sentiments avaient évolué.

— Bien sûr.

Une fois dans le salon, il la prit dans ses bras et l'embrassa. Erica réagit avec ardeur. C'était un des traits de caractère qui l'avaient attiré au début : sous ses dehors éthérés, elle possédait un solide appétit sexuel.

Mais quand leur baiser s'acheva, Cameron était toujours de marbre. Il n'avait rien ressenti, pas le plus petit désir. Il essaya de nouveau. Erica, la respiration courte, l'entraîna vers le canapé. Quelques instants plus tard, elle haletait et tentait de lui déboucler sa ceinture.

— Attends, dit-il en se dégageant le plus doucement possible. Je ne peux pas.

— Quoi ?

Elle semblait plus étonnée qu'affectée par ce refus.

— Je suis désolé. Je suis vanné.

— Oh, mon chaton ! dit-elle en lui caressant les cheveux. Nous pouvons prendre notre temps.

Il s'écarta un peu plus.

— Ce ne serait pas très satisfaisant.

Cameron essayait de se convaincre qu'il ne mentait pas. En fait, il s'était épuisé à feindre un appétit qu'il ne ressentait pas.

— ...Je suis désolé. Je te revaudrai ça le week-end prochain.

— Et demain ?

Cameron s'efforça de tordre le cou à la pieuvre du remords.

— J'ai promis ma journée à Fred. Il a des meubles à récupérer sur le continent, et nous prenons mon bateau, dit-il en se relevant et en rajustant sa tenue. Je suis vraiment navré.

Erica sourit en dépit de sa déception évidente. Elle se releva à son tour et le raccompagna à la porte.

— Maintenant, tu rentres chez toi, et tu passes une longue nuit de repos.

— Oui.

— Rêve à moi ! lui lança-t-elle avec bonne humeur tandis qu'il regagnait sa voiture.

— Oui.

Mais il eut beau s'appliquer, Cameron ne parvint ni à passer une bonne nuit ni à rêver d'Erica. Il était près de 3 heures du matin, quand il finit par glisser dans un sommeil orageux, et la seule personne qu'il rencontra dans ses rêves avait la chevelure cuivrée et vivait dans une maison ouverte sur l'océan.

9.

Joe Giancomo gagna Harmonie par le dernier ferry du dimanche. Il conduisait un camion plein d'outils et de matériel, et il était accompagné par trois de ses ouvriers. Brian King arriva par avion. Les cinq hommes dressèrent leurs lits de camp dans le grenier, et une longue table à tréteaux dans la salle à manger. Le manoir Rockland, un havre de paix jusque-là, devint une ruche d'activité.

Cameron les rejoignit le lundi matin. Lorraine l'avait attendu avec une anxiété grandissante.

Aurait-il des préjugés insurmontables? se demandait-elle, regrettant presque de lui avoir proposé de venir. Apparaîtrait-il un dilettante aux yeux des professionnels? Il avait sûrement ses propres plans. Elle ne se faisait aucune illusion. Il servait ses intérêts personnels, c'était indubitable. Comme il le lui avait dit lui-même, plus tôt elle entamerait les travaux, plus tôt elle épuiserait ses réserves financières. En les aidant, il accélérait le processus. Dans le pire des cas, il leur donnerait des avis mal fondés, ce qui provoquerait des dépenses et délais supplémentaires.

— Bonjour, dit-elle en lui ouvrant la porte.

Cameron pénétra dans le grand hall d'entrée. Il portait un jean qui lui moulait les hanches et un polo qui soulignait la largeur de sa poitrine. Il s'était rasé et peigné, mais sa simple présence rappela à Lorraine la véritable raison de son anxiété : leur baiser sur le toit et la renaissance de leurs liens.

Elle se détendit pourtant en voyant qu'il adoptait une attitude impersonnelle. Il n'y aurait pas de gêne entre eux. Leur baiser n'avait pas eu pour lui la moindre signification.

— Installe-toi. Joe et Brian sont dehors en train d'examiner le porche à l'arrière. Je vais les appeler.

Il apparut vite à Lorraine que ses autres craintes n'étaient pas mieux fondées. Cameron aborda les Bostoniens sans préjugés ni arrogance intellectuelle. Assis à la table sur laquelle Lorraine avait préparé café et brioches, il se montrait poli et discret, tandis que Joe et Brian l'observaient avec circonspection et scepticisme.

Quand elle considéra que l'échange de banalités avait duré assez longtemps, Lorraine suggéra de passer aux choses sérieuses.

— Avant de commencer, je pense que ce serait une bonne idée de déterminer notre cadre de réflexion. En gros, j'aimerais débarrasser le manoir de ses éléments les plus modernes, et je choisis les années 1890 comme référence. J'espère que tu n'aies pas trop déçu, Cameron. Tu aurais sans doute choisi une date antérieure, mais ça me fendrait le cœur de démanteler ce parquet de chêne.

Cameron secoua la tête. En fait, il était étonné que Lorraine remonte si loin dans le temps, et n'était pas sûr de pouvoir, sur ce point, se fier à ses déclarations d'intention.

Lorraine prit son calepin de notes et se leva.

— Nous commençons par la porte d'entrée ?

Quatre heures plus tard, ils se retrouvèrent autour de la grande table pour déjeuner. Le changement d'humeur était perceptible. Les ouvriers qui avaient passé la matinée à nettoyer la façade les avaient rejoints, et la pièce résonnait de voix masculines pleines d'enthousiasme et d'énergie. D'un côté de la table, les uns parlaient de faire le tour des entreprises de récupération afin de se procurer des matériaux de l'époque. Plus près de Lorraine, il s'agissait des accessoires décoratifs découverts dans le vieil office, et de la meilleure façon de les incorporer dans les plans de la nouvelle cuisine.

Lorraine ne put s'empêcher de sourire en observant Cameron. Il était dans son élément, et elle savait exactement quand il avait commencé à se sentir véritablement à l'aise. C'était quand elle avait demandé à Joe s'il pourrait reproduire à l'identique un volet intérieur qu'elle avait découvert dans la cave. Elle était très fière de sa trouvaille dont l'authenticité était prouvée par l'emplacement des charnières qui correspondait exactement aux marques sur le côté des fenêtres du salon d'apparat.

Bien sûr, il y avait eu des sujets de dispute. Par exemple, Cameron s'était opposé vigoureusement à l'idée d'ouvrir la cuisine sur la pièce voisine, afin de créer un large espace familial pour les repas quotidiens.

— Tu as déjà une énorme salle à manger, avait-il rétorqué. Et pourquoi un espace de vie supplémentaire alors qu'il y a deux salons de l'autre côté du hall ?

— Si elle reçoit des hôtes, fit valoir l'architecte, elle aura besoin d'un espace personnel. Et puis l'atmosphère sera plus familiale dans la vie de tous les jours.

— Mais il faudra abattre des murs, dit-il, partagé entre l'horreur et l'incrédulité.

— Oui, avait répondu Lorraine, encouragée par la lueur d'intérêt qu'elle lisait dans le regard de son architecte. Les maisons sont faites pour leurs habitants, Cam. La disposition actuelle ne correspond pas à la vie moderne !

— Mais ces murs constituent un élément important du hall d'entrée !

— Où veux-tu en venir ?

— C'est de cette façon-là que la maison a été bâtie !

— Tu devrais avoir compris que je ne suis pas une esclave du passé. D'ailleurs, Isabelle ne s'en soucie pas. En fait, je suis sûre qu'elle aime mon idée.

— Vraiment, dit Cameron qui eut envie de sourire malgré lui. Tu lui parles souvent ?

— Non. C'est elle qui me parle, rectifia Lorraine en se réjouissant de trouver dans l'humour un terrain d'entente, même quand ils se disputaient.

Finalement, les vues de Lorraine avaient prévalu, car Joe et Brian les trouvaient fantastiques. Et, une fois convaincu, Cameron s'était révélé une source inépuisable d'idées et de suggestions relatives à la façon d'intégrer le nouvel espace dans le reste de la demeure.

Lorraine, de son côté, avait appris à respecter le manoir Rockland, et entendait bien, pour le restaurer, s'entourer des meilleurs professionnels. Elle voulait que Cameron en fasse partie. Certes, il espérait la voir échouer, mais comme le destin du manoir passait avant ses rancunes personnelles, elle pouvait lui faire confiance.

— L'homme a une patience de saint, disait Cameron juste à ce moment, à propos d'un ébéniste qu'il venait de recommander à Joe. C'est la personne qu'il vous faut pour un travail aussi minutieux que fastidieux, comme la rénovation de l'office.

— Parfait, dit Joe en tapotant le calepin sur lequel il avait noté le nom et le numéro de téléphone de l'artisan.

Puis Cameron se leva pour prendre congé.

— Brian, si vous voulez jeter un coup d'œil au yacht *Alden* que nous sommes en train de rénover, passez à la marina. J'y serai durant le reste de l'après-midi.

— Merci. A tout à l'heure.

Lorraine le raccompagna à la porte.

— Merci à toi d'être venu.

— Ce fut un plaisir. Un vrai.

— C'est le meilleur moment, quand les idées fusent et l'énergie créatrice étincelle.

— Ils semblent tous sympathiques et compétents.

— Ils le sont, les meilleurs dans leur profession, dit Lorraine en se mordillant légèrement la lèvre inférieure. Tu ne m'en veux pas pour la cuisine ?

Il haussa les épaules.

— Tu as compensé de beaucoup d'autres façons.

— Je t'ai surpris, n'est-ce pas ? dit Lorraine en lui tapotant la poitrine du bout de l'index.

Cameron sourit et lui emprisonna la main.

— Si ça ne t'ennuie pas, je préférerais réserver mon jugement pendant quelque temps encore.

Vaguement consciente qu'elle aurait dû répondre par une plaisanterie, Lorraine ne pouvait que penser à la main qui emprisonnait la sienne, à sa force, sa chaleur...

Mais Cameron la libéra d'un air si détendu qu'elle comprit qu'il ne ressentait rien de ce qui la troublait.

— Nous te revoyons demain? s'enquit-elle pour donner le change.

—. Oui. Joe voudrait que nous discutions de la façade.

— Et ensuite?

— Si ce n'est pas abuser de ton hospitalité, je voudrais prendre Brian au mot. Il a toujours son ordinateur portable avec lui, et il m'a proposé de compulser ses logiciels d'architecture.

Aussitôt, Lorraine vit là pour elle aussi une occasion de le revoir.

— A propos d'ordinateur, puis-je à mon tour t'offrir mon expertise? Je pourrais passer chez toi cette semaine et te montrer comment te servir de ton nouveau matériel. Je crois que ça t'éviterait des journées entières de tâtonnements.

— J'avoue que je n'ai pas encore découvert la bonne méthode pour mettre lesdits logiciels à la mémoire !

— Ce n'est pas un problème pour moi, Cam. En fait, c'est toi qui me feras une faveur. Je déteste être en position de débitrice. C'est le moyen idéal de te remercier de l'aide que tu m'apportes ici.

Cameron laissa échapper un petit rire.

— Qu'y a-t-il de si drôle dans ce que je viens de dire?

— Il y a une semaine à peine, nous étions comme deux lutteurs sur un ring, et nous en sommes maintenant à un échange de bons procédés.

Lorraine sourit à son tour.

— Oui, et ce genre de civilités fatigue à la longue.

— Oui, ça ne s'arrête jamais. Une faveur en entraîne une autre. Bon ! Que dirais-tu de mercredi matin?

— Entendu.

152

⁂

Un déluge d'occupations accapara Lorraine dans les jours suivants. Son électricien de chantier vint sur place évaluer l'ampleur de la tâche qui l'attendait. Un plombier local recommandé par Cameron lui succéda. Brian commença à présenter des esquisses pour les salles de bains et la cuisine. Les ouvriers de Joe montèrent un échafaudage pour commencer le ponçage des boiseries de façade. Et, pour couronner la pagaille, l'inspecteur du département de la construction prolongea sa visite durant trois heures sous le prétexte de « faire connaissance ».

Si elle avait su à quel point elle serait occupée, elle n'aurait probablement pas offert de donner à Cameron une leçon d'informatique. Cela dit, elle s'amusa beaucoup. Après avoir mis les logiciels en place et appris à Cameron comment s'en servir, ils étaient allés se baigner sur la plage des Groseilliers, Cameron dans son maillot, et elle en short et T-shirt. La côte sud possédait les plus belles vagues de l'île. Elle avait nagé vers le large, pour se laisser ensuite porter vers le rivage à la crête des flots, et elle s'était sentie plus heureuse et insouciante qu'une gamine.

Ce répit avait été de courte durée. A peine de retour au manoir, elle avait dû de nouveau s'épuiser à la tâche.

Puis, la visite de Cathryn le jeudi soir lui donna une nouvelle occasion de souffler un peu. Elles s'installèrent dehors, devant un verre de sherry et admirèrent le soleil couchant.

— Alors, ta vie sur Harmonie ? demanda Cathryn.

— Exténuante ! Diriger mes affaires par fax, téléphone et l'électronique me prend plus de temps que je ne le pensais. Mais pour l'instant ça va. Mes sœurs font un travail formidable.

— Et ta mère ?

— Elle croit toujours que je me trouve au fin fond du Massachusetts.

— Et ici, au manoir ?

— Nous en sommes encore aux devis, esquisses et dossiers administratifs pour obtenir les permis nécessaires. Je suis impatiente de commencer véritablement les travaux. L'attente est trop frustrante !

Cathryn lui jeta un regard de côté.

— Tu m'as l'air d'éprouver plus que de la frustration.

— Que veux-tu dire ?

— La ride qui te barre le front n'était pas là la semaine dernière.

— Ce sont les devis qui arrivent, et les dépenses imprévues. Ce projet va coûter une fortune.

— Je ne voudrais pas me montrer indiscrète mais... tu pourras t'en sortir ?

— Je n'ai pas le choix.

Devant elles, les fenêtres de la façade ouest reflétaient les rayons orangés du soleil couchant.

— La situation serait sans doute moins tendue si tu ne t'étais pas fixé Noël comme date limite.

— Oh, j'en ai changé. C'est Thanksgiving maintenant.

— Le dernier jeudi de novembre ? Mais c'est de la folie !

— Non. Réfléchis un peu. C'est juste avant Noël que toutes les choses amusantes se passent : la parade, les maisons portes ouvertes, les concerts. Je voudrais que ma mère puisse en profiter.

— Ce serait en effet génial pour elle. Dans ce cas, pourquoi ne te limites-tu pas à l'essentiel, c'est-à-dire aux pièces que tu comptes utiliser, en laissant le reste pour plus tard ?

— En dernier recours seulement, si la situation est désespérée. Je voudrais vraiment éviter une seconde tranche de travaux.

— S'il y a quoi que ce soit que je puisse faire, tu peux compter sur moi.

— Merci.

Un sourire étira les lèvres de Lorraine.

— Tu sais, cette aventure m'apprend beaucoup. Tiens, par exemple, savais-tu qu'on trouve maintenant sur le marché des Jacuzzi qui ont la forme des vieilles baignoires à pattes de lion? Sans parler des Jacuzzi à cinq places! Tu imagines les jeux et les rires?

— Surtout si tu as l'homme qu'il faut dans le bain avec toi!

Elles retombèrent lentement dans un silence lourd de sous-entendus et de questions muettes. Cathryn finit par se jeter à l'eau.

— Alors, entre Cameron et toi?

— Rien.

— Comment rien? Il a passé la semaine ici.

— Comme expert. Il nous a été d'une aide fantastique.

— Expert? Rien de plus?

— Rien de plus. Nous entretenons de bonnes relations pour la sauvegarde du manoir. C'est exactement ce que tu m'avais prédit. Cameron peut se montrer extrêmement coopératif quand il le désire, et cette coopération est le seul moyen dont il dispose pour garder un œil sur ce que je fais.

— Ah bon, ponctua Cathryn, visiblement déçue.

— Cath! qu'espérais-tu? Tu sais bien qu'il est fiancé...

— Oui, mais j'ai toujours pensé que vous formiez un couple formidable, déjà du temps de votre adolescence. Vous vous complétez à merveille, ça clique vraiment entre vous.

— Oh! nous nous entendons fort bien sur ce terrain-là, c'est indubitable.

— Je ne voulais rien dire de la sorte! Vous me sembliez... destinés l'un à l'autre.

— C'est gentil de ta part de dire ça, mais je ne crois pas à la prédestination.

L'obscurité étendait son manteau sur la façade. Le soleil avait maintenant disparu.

— Je me demande comment la mère Pru réagit à la présence de son fils ici, même en tant qu'expert.

Lorraine étouffa un petit rire. Elle avait oublié le surnom dont Mme Hathaway avait été affublée.

— Je ne sais pas, et ne veux pas le savoir. Cameron nous a trouvé des trucs formidables. Des bouts de vieux papiers muraux. Et des boucles d'oreilles qui avaient appartenu à Sophronia Peavy !

— Qui est cette Sophronia ?

— Elle était la propriétaire du manoir il y a quatre-vingts ans.

— Ah ? dit Cathryn qui contemplait les premières étoiles dans le ciel. Il a un sourire ravageur, tu ne trouves pas ?

— Qui ?

Cathryn lui donna un coup de coude.

— Ne fais pas l'innocente.

— Oui, son sourire est plein de charme, et je suis sûre qu'Erica Meade l'apprécie à sa juste valeur.

— Tu l'as rencontrée ?

— Non.

— C'est une idiote !

— Rien que de te l'entendre dire, je me sens mieux.

— Ha, ha ! Il y a donc anguille sous roche.

— Non. S'il te plaît, Cath, je préférerais changer de sujet. Mes relations avec Cam n'ont vraiment rien de drôle.

— Tu as raison. Etant donné tout ce que tu as souffert, le sujet n'a rien de divertissant.

Et comme son amie paraissait prête à ajouter quelque chose, Lorraine se hâta de détourner la couversation.

— Je suis allée rendre visite à une vieille amie de ma mère, Gertrude Dumont. Nous avons parlé d'organiser une petite réception pour maman à Noël.

Cathryn offrit aussitôt de s'occuper du buffet, et ne pensa plus, fort heureusement, à lui reparler de Cameron.

La fête du travail, le premier dimanche de septembre, marquait traditionnellement la fin de la saison d'été sur Harmonie. Cette année-là, le temps était superbe, et les hôtels combles. Le samedi, les ferries déversèrent sur les plages une foule encore jamais vue de touristes. Le trafic à proximité du port était pire que dans une capitale régionale aux heures de pointe. Des enfants jouaient au Frisbee ou au bas-

156

ket dans tous les coins de l'île, tandis que les palourdes cuisaient sous les algues dans de gros chaudrons situés à tous les croisements de routes. Les fumées des barbecues se répandaient partout. En fin d'après-midi, les bars étaient pleins, et une musique assourdissante se déversait par les portes ouvertes. Les jeunes et les moins jeunes s'apprêtaient à absorber d'étonnantes quantités de bière.

Au manoir Rockland, en revanche, Lorraine était assise dans sa chambre, loin des bruits qui montaient du port. Tous les ouvriers étaient partis, ainsi que Joe, pour passer le week-end en famille. Lorraine serait rentrée à Boston, elle aussi, si elle n'avait pas craint de laisser la maison vide et sans surveillance.

Et puis, surtout, elle devait mettre au point son dossier pour la commission culturelle.

Après en avoir vérifié une dernière fois le contenu, elle le glissa dans une grande enveloppe et y agrafa une note manuscrite : « Cam, voici la version modifiée de mon dossier. Peux-tu le revoir et me donner ton avis, s'il te plaît ? Merci. Lorraine. »

Et comme elle n'espérait pas de réponse immédiate dans la mesure où Cameron devait consacrer son temps à sa fiancée qui avait fini ses cours et se trouvait donc de retour sur l'île, elle décida d'aller simplement déposer l'enveloppe dans la boîte aux lettres de Cameron.

Au retour, elle s'arrêterait en ville où tous les magasins étaient ouverts pour le week-end. Elle avait évité de se promener du côté du port jusqu'à maintenant, mais aujourd'hui la foule était telle qu'elle passerait inaperçue.

Elle se mit donc en route. Elle traversait la ville quand elle aperçut Cameron devant la boutique de décoration « Gardiner », en train de parler avec le propriétaire. Malgré tout ce qu'elle avait pu dire à Cathryn, elle sentit aussitôt son cœur s'affoler et chercha une manière désinvolte de l'aborder.

Elle klaxonna donc en passant devant la boutique, salua les deux hommes d'un signe de la main, et lança gaiement :

— Tu es la personne que je voulais voir. Attends-moi un instant.

Après avoir réussi à se garer dans une petite rue latérale, elle regagna la rue principale, munie de son enveloppe.

Ignorant Cameron, elle tendit la main au décorateur.

— Vous êtes Fred Gardiner, n'est-ce pas ? J'attendais avec impatience l'occasion de faire votre connaissance.

— Oh ?

Elle eut l'impression que Fred rougissait en lui serrant la main.

— Je suis Lorraine DeStefano, comme le savez déjà certainement.

Il répondit d'un sourire.

— Mes amis m'ont dit que vous seriez un conseiller précieux quand j'en viendrai aux achats de décoration intérieure, pour ma maison.

— Je suis flatté. Venez me voir quand vous voudrez.

— Merci.

— A propos, avez-vous songé à vous joindre à la Ligue de protection de l'île ?

Cameron se pencha à l'oreille de Lorraine.

— C'est ce que nous faisons tous pour bénéficier de ses services sans les payer !

— Si j'avais eu l'intention de rester sur l'île, j'y aurais volontiers adhéré, mais ce n'est pas le cas.

En fait, elle ne tenait guère à faire partie d'une association locale. A Boston, c'était un plaisir, mais Harmonie formait une communauté trop restreinte, et Pru Hathaway était certainement déjà un membre d'honneur !

Fred eut l'air déçu.

— Si jamais vous changez d'avis, nos réunions sont annoncées dans le journal de l'île. Vous serez toujours la bienvenue.

L'arrivée d'un client le força à prendre congé.

Cameron détailla la tenue de Lorraine, et admira visiblement la coupe de sa robe.

— Que se passe-t-il ?

Lorraine ignora les battements de son cœur et lui tendit l'enveloppe.

— J'étais en route pour déposer ceci dans ta boîte aux lettres.

— Déjà? Tu m'impressionnes. Tu n'as pas chômé.

— La semaine a été excellente, et nous avons bien avancé. Mais je suis fatiguée.

— Tu as effectivement l'air épuisée.

— Merci. C'est tout à fait le genre de remarque susceptible de me remettre d'aplomb!

Cameron prit l'enveloppe en riant et commença à la décacheter.

— Oh! tu n'as pas besoin d'en prendre connaissance maintenant. Tu dois être déjà fort occupé pour le week-end...

— En fait, non. Le grand-oncle d'Erica est mort. On l'a enterré ce matin, et elle est toujours avec sa famille dans le Connecticut. Et toi? Que comptais-tu faire? Tu as des rendez-vous?

Lorraine réprima le frisson d'excitation qui menaçait de lui faire perdre contenance.

— Non, j'avais simplement l'intention de profiter de la foule pour me promener sur le port incognito.

— Eh bien, allons prendre un verre et discuter du contenu de ton dossier.

Et sans attendre la réponse, il lui prit le bras et l'entraîna en direction d'un café un peu isolé.

La relecture du dossier leur prit une bonne heure. La seule suggestion de Cameron eut de quoi surprendre Lorraine.

— Reste ferme sur tes positions en ce qui concerne les fenêtres.

— Tu crois que ce sera un motif d'ajournement?

Il eut l'air peiné.

— Je témoignerai de l'état lamentable des fenêtres actuelles. Mais rappelle-toi : pas de moustiquaires amovibles.

— Bien sûr que non. Et les meneaux seront de bois. Quoi d'autre?

— Rien. Si tu fais tout ce que tu proposes dans ce rapport, tu vas avoir une demeure de grande classe. La commission va être ravie.

Lorraine eut l'impression qu'on lui ôtait un grand poids de la poitrine.

— Je vais le revoir une dernière fois, et je le déposerai à ton bureau dans le courant de la semaine. Merci de ton aide. Je suis navrée d'avoir monopolisé une si grande partie de ton temps.

Elle rajusta la bandoulière de son sac. Elle n'avait aucune raison de partir, mais rester revenait à admettre qu'ils se fréquentaient.

Cameron se leva en même temps qu'elle.

— Je t'accompagne.

La nuit était déjà tombée quand ils se retrouvèrent dans la rue.

A la pensée du raccourcissement inexorable des jours et du temps qui filait, Lorraine ne put retenir un soupir de découragement, anxieuse tout à coup de tenir les délais vis-à-vis de ses débiteurs.

— Tu ne te sens pas bien? demanda Cameron.

— Un peu de lassitude, c'est tout.

— Dis-moi ce qui ne va pas. Le manoir?

— Un peu.

Heureusement, un orchestre de rue apparut à point nommé pour la rappeler à l'ordre. Elle avait failli confier à Cameron ses soucis financiers, alors qu'il était précisément celui qui devait à tout prix les ignorer.

— ...Que se passe-t-il? dit-elle en désignant les musiciens.

— On est samedi soir, dit Cameron, comme si ça suffisait pour qu'elle comprenne.

— Tu veux dire que... les bals sur le quai existent toujours?

— Bien sûr. Tu ne le savais pas?

— Non.

Elle s'était terrée au manoir en évitant toute occasion de rencontre.

— L'intérêt a diminué pendant un moment, et puis tout le monde s'y est remis. Dans une heure, il y aura la foule des grands jours.

— Mais cette musique ne semble guère être du disco.

— Ce n'en est pas. C'est de la musique folklorique.

— Non! s'exclama Lorraine, soudain tout excitée.

— Mais si. La mode en est revenue il y a quelques années. Maintenant il y a un club en ville. Les gens s'habillent en costume d'autrefois et font des démonstrations en public dans le parc municipal. Ton amie Cathryn en fait partie.

— Cathryn? La même Cathryn qui ne pouvait pas mettre un pied devant l'autre? Oh! Il faut que je voie ça!

Elle traversa la rue, se retourna pour remercier Cameron une dernière fois... et s'aperçut qu'il lui avait emboîté le pas.

— Tu n'es pas obligé de m'accompagner.

Les yeux de Cameron pétillèrent.

— Tu ne vas pas te débarrasser si facilement de moi.

Elle aurait dû ressentir de l'appréhension. La voix de la raison lui disait de regagner sa voiture au plus vite. Mais elle se contenta de hausser les épaules.

— A ta guise.

10.

Le parc du port regorgeait de monde. Les vacanciers se mêlaient aux habitants de l'île, des plus jeunes aux plus âgés. Certains s'agglutinaient autour des stands de saucisses ou de barbe à papa. D'autres étaient installés sur des couvertures ou des chaises pliantes pour mieux profiter de la musique et des performances des danseurs.

Lorraine repéra Cathryn immédiatement. Elle portait jupons et corset, ce qui ne l'avantageait guère, et n'avait pas plus qu'autrefois le sens du rythme, mais ça ne l'empêchait pas de se donner du bon temps.

La musique s'arrêta, et les danseurs se séparèrent tandis que la foule applaudissait à tout rompre, Lorraine en tête.

Puis, la jeune femme s'apprêta à partir.

— Tu ne veux pas aller dire bonjour? demanda Cameron.

Elle l'aurait bien voulu, mais l'atmosphère de la soirée changeait. On baissait les lumières sur la scène et allumait des spots lumineux dans les arbres, et elle se rappelait les bals d'autrefois qui lui offraient l'occasion de retrouver Cam en dépit de l'interdiction brandie par les parents Hathaway.

Cameron parut deviner ce qu'elle se remémorait, car il n'insista plus. Ils quittaient le parc quand ils se retrouvèrent nez à nez avec Ben et Julia. Il n'y avait plus d'échappatoire. La soirée allait être une source d'embarras épouvantable.

Mais elle aurait dû mieux connaître ses amis. Julia lui demanda ce qu'elle faisait là. Lorraine répondit qu'elle était venue applaudir Cathryn, et on en resta là. Quant à Cathryn, elle s'abstint de poser la moindre question, en dépit de son évidente curiosité, quand elle les rejoignit.

— Tu étais fantastique, Cath ! Pourquoi ne m'as-tu rien dit de tes talents ? Une vraie danseuse professionnelle !

Cathryn rosit de plaisir, ce qui ne l'empêcha pas de protester.

— Une vache en sabots, tu veux dire !

— Absolument pas ! Tu as une présence formidable sur la scène.

Dylan fut le dernier à les rejoindre. Il était parmi les spectateurs avec les enfants et les parents de Cathryn. Après quelques minutes d'une conversation animée, Julia s'excusa. Comme Lorraine ne tarda pas à l'apprendre, c'était depuis que Julia s'occupait de la musique que le bal du samedi soir avait de nouveau du succès.

— Attends un peu de voir sa sélection, dit Dylan. Julia est un disc-jockey fantastique.

— Mais non ! D'ailleurs, c'est un stagiaire à la radio qui s'occupera de tout, ce soir. Je vais juste superviser le démarrage et je reviens. Lorraine, ne pars surtout pas ! Dans une vingtaine de minutes je serai de retour, et je veux tout savoir sur ta maison.

Lorraine jeta un coup d'œil un peu inquiet en direction de Cameron qui discutait avec Ben des élections qui auraient lieu à l'automne.

— Bon ! dit-elle. Je t'attends.

— Dans ce cas, je reste, nous restons, nous aussi, dit Cathryn. Je vais demander à mes parents de rentrer avec les enfants.

Julia mit la foule en train avec quelques succès des années soixante, et puis passa le micro à son jeune stagiaire qui établit tout de suite un bon contact avec la jeune génération, mais continua dans la même veine avec un rock and roll...

Lorraine était de plus en plus mal à l'aise. Cameron, toujours plongé dans sa discussion politique, ne faisait pas mine de partir. Julia entraîna son époux vers la piste. Lorraine lança à Cathryn un regard suppliant, afin qu'elle ne fasse pas de même avec Dylan, et reçut en réponse un petit signe de tête.

— Tu m'invites ? dit Cathryn en posant le bras sur celui de Cameron.

Du coup, Dylan se crut obligé d'inviter à son tour Lorraine à danser.

Ils formaient un petit groupe, tous les six. Lorraine, anxieuse, se demandait si les gens l'avaient remarqué et si les remarques allaient déjà bon train. Cameron, de son côté, ne semblait pas aussi détendu qu'à l'accoutumée. Lorraine en voulait à ses amis de l'avoir mise dans une situation aussi inconfortable. Et puis elle en voulut à la foule qu'elle soupçonnait de répandre des méchancetés dans l'ombre. Et puis, elle s'aperçut qu'en fait Julia, Cathryn et leurs époux profitaient de leur soirée sans arrière-pensée, et que la foule s'amusait sans s'occuper d'elle le moins du monde. Les commérages et les regards de désapprobation n'existaient que dans son cerveau. D'ailleurs, elle était précisément venue sur Harmonie pour surmonter ces réactions du passé. Elle avait parfaitement le droit d'être là et de danser avec un groupe d'amis.

La musique était idéale pour promouvoir une atmosphère de détente et de plaisir. Lorraine se surprit bientôt en train de rire, de fredonner avec la musique qu'elle connaissait, et d'essayer de s'adapter aux rythmes les plus récents. Quand le best-seller de leur jeunesse, *YMCA*, résonna dans les haut parleurs, ils riaient si fort tous les six que rien d'autre n'existait.

Inévitablement, un slow succéda à la cadence effrénée des airs précédents. Ben enlaça Julia, Dylan enlaça Cathryn, et Lorraine attendit, le souffle court, que Cameron l'invite.

— Tu danses ? demanda-t-il avec un sourire un peu narquois.

— On dirait un coup monté, mais je suis sûre qu'ils ne l'ont pas fait exprès, dit Lorraine pour défendre leurs amis.

— Quelle importance ? Je m'amuse beaucoup. Pas toi ?

— Si, reconnut Lorraine. En fait, ça fait un temps fou que je ne me suis pas autant amusée. Je me demande bien pourquoi...

Par un accord tacite, ils évitèrent de se serrer de trop près et maintinrent un flot continu de remarques sur le mélange des générations, la qualité de la musique, et les annonces météorologiques qui prévoyaient de la pluie pour le lundi suivant. Et puis, quand ils furent à court de banalités, ils dansèrent avec une formalité créatrice de tensions.

Ben et Julia, tendrement enlacés, avaient visiblement oublié l'existence du monde autour d'eux. Dylan et Cathryn semblaient collés l'un à l'autre.

— A quoi penses-tu ? demanda Cameron.

Lorraine baissa les yeux.

— Quand j'étais jeune, c'était comme ça que j'imaginais ma vie. Je vivrais sur l'île. Je participerais aux fêtes de la communauté. Et mes amies seraient toujours mes amies, même après le mariage.

Elle s'interrompit pour avaler la boule qui lui obstruait la gorge et conclut :

— C'est curieux, la façon dont les choses se sont arrangées.

— Ou plutôt, ne se sont pas arrangées, rectifia Cameron.

Lorraine osa alors relever la tête et rencontra le regard de Cameron rivé sur elle. Ils se rappelaient tous les deux que, dans leurs visions d'adolescents, ils étaient mari et femme. Un épais nuage de chaleur brûlante les enveloppa.

— Nous étions trop jeunes, dit-elle. Nos fiançailles auraient duré des années.

— Je sais. Tu as des regrets ? Selon toute probabilité, nous nous serions disputés et séparés avant que vienne l'époque du mariage. Nos chances de succès étaient ridicules.

Peut-être, mais pas forcément, se dit Lorraine en regardant Cathryn et Dylan qui, eux, avaient commencé à sortir ensemble à l'âge de quinze ans.

— Leur situation était différente de la nôtre, commenta Cameron, devinant ce qu'elle pensait.

— Oui. Il n'y avait aucune animosité entre les McGrath et la famille de Cathryn.

— Et pas de grossesse intempestive non plus.

— Le sort était contre nous dès le début.

Une vague de colère souleva soudain Lorraine, sans qu'elle puisse en discerner la cause.

— Puisque le destin a voulu en décider autrement, changeons de conversation, veux-tu ?

La musique s'arrêta, mais l'orchestre entama aussitôt un autre slow.

— Une dernière danse ? proposa Cameron.

La dernière ? Soulagée et déçue à la fois, Lorraine accepta.

D'une légère pression sur les reins, il l'invita à s'abandonner, et Lorraine se laissa enlacer de plus près, tout en se disant qu'ils se sentiraient moins mal à l'aise s'ils n'avaient pas à se regarder ni à converser. Un soupir leur échappa à tous les deux. De soulagement, certainement.

Lorraine avait une conscience aiguë de la présence physique de Cameron. La ligne sèche de sa mâchoire et sa barbe d'un jour, l'odeur musquée et masculine, le souffle de sa respiration... Il fallait qu'elle pense à autre chose. A cette fiancée qui existait en coulisse, par exemple... Mais tout effort demeurait vain, tant ses sens exigeaient la priorité sur sa raison...

Cameron l'enveloppa davantage encore. Une gouttelette de transpiration glissa entre les seins de Lorraine comme une clochette de mise en garde.

166

Ils s'écartèrent légèrement, se regardèrent un instant, détournèrent les yeux. Ils brûlaient de fièvre. Le sang battait dans leurs veines comme un torrent furieux. Qu'étaient-ils en train de faire? Comme dans un rêve, ils resserrèrent leur étreinte, la joue de Cameron contre celle de Lorraine, la main de Lorraine sur la nuque de Cameron.

Ils se noyaient. Lorraine tentait d'émerger, de se maintenir à la surface des flots, mais la marée qui l'entraînait était trop puissante et trop douce...

Les lumières dans les arbres devenaient floues, les autres danseurs n'étaient que des ombres indistinctes. Elle frissonna et se pressa contre lui. Il était inutile de nier le caractère intime de leur étreinte. La musique s'arrêta, mais ils continuèrent à évoluer sur la piste durant quelques secondes supplémentaires volées au destin.

— Je devrais rentrer, dit Lorraine sans oser regarder Cameron.

— Je te raccompagne à ta voiture.

Ils traversèrent le parc et gagnèrent la rue. La musique romantique perdit de son intensité, au profit des airs de jazz qui s'échappaient des fenêtres de L'Ancre de cuivre où ils avaient pris un verre dans l'après-midi, des années-lumière plus tôt.

— Laisse-moi te suivre, dit Cameron.

— Non!

Lorraine se reprit.

— Je te remercie. Je saurai retrouver mon chemin.

— J'en suis certain, mais toute ton équipe est absente pour le week-end, et je ne veux pas que tu rentres dans cette grande maison toute seule.

Lorraine haussa les épaules. Elle ne courait qu'un seul danger, et c'était celui de se retrouver seule avec Cameron. Mais quand elle voulut introduire la clé dans la serrure de sa portière, Cameron s'interposa.

— Attends, Lorraine. Il faut que nous parlions.

— Il n'y a rien à dire.

Cameron la fit doucement pivoter pour qu'elle le regarde.

— Ce n'était pas le message de nos sensations pendant que nous dansions.

— Ne peut-on pas tout oublier?

— Moi, j'en suis incapable.

Elle jeta un regard autour d'elle, mais ils étaient seuls. Les promeneurs restaient dans les rues marchandes bien éclairées, ou se hâtaient vers la jetée où la corne de brume annonçait l'arrivée du dernier ferry.

— Lorraine, nous nions l'évidence depuis des semaines, et franchement j'en ai ma claque de ce combat perdu d'avance.

Il la prit par les épaules pour l'attirer contre lui.

— Non, dit Lorraine en le repoussant des deux mains.

— Non? Nous ne luttons pas contre une attirance mutuelle?

Lorraine secoua la tête, incapable de prononcer un démenti verbal.

— Non? insista-t-il. Nous ne nous sommes pas demandé ce que ce serait de nous retrouver comme autrefois, maintenant que nous n'avons plus l'inexpérience de l'enfance?

Il parlait d'une voix basse et envoûtante. Bien sûr qu'elle s'était posé cette question-là...

Il l'enveloppa d'une manière qui la fit fondre.

— Alors, embrasse-moi...

— Mais...

Son objection, inspirée par la fiancée qu'il s'apprêtait à tromper, mourut dès que leurs souffles se mêlèrent. Peu lui importait le bien et le mal. Seul le désir comptait...

Leur baiser n'eut rien de la légèreté et de la douceur de celui qui les avait unis une semaine plus tôt sur le toit du manoir. Et pourtant, il y avait une sorte de révérence dans leur contact, comme s'ils goûtaient à un vin très ancien et très précieux. Ils prirent le temps de la dégustation. Ils redécouvraient un goût oublié depuis longtemps et s'abandonnaient sans réserve à la magie de l'ivresse.

Quand Cameron releva la tête, il sourit et n'eut qu'un mot.

— Enfin!

Enfin! disait le cœur de Lorraine. Mais sa conscience reprit le dessus.

— Nous ne devrions pas, Cameron.

— Je sais, mais ça n'empêchera rien, de toute façon.

La certitude affichée par Cameron provoqua chez Lorraine un frisson d'excitation. Il lui caressa le visage, puis les cheveux et fit glisser entre ses doigts les mèches de satin cuivré.

— Nous n'en avons pas fini l'un avec l'autre, Lorraine. Nous le savons tous les deux. Et nous ne connaîtrons pas la paix tant que nous ne nous serons pas retrouvés.

Lorraine aurait voulu trouver à redire à cette affirmation scandaleuse, mais elle en fut incapable. Elle le comprenait trop bien. Il l'embrassa avec une fougue renouvelée. L'intensité du désir qui l'enflamma l'empêchait de respirer.

— Oh, Lorraine! gémit Cameron en la pressant contre la carrosserie de la voiture.

Le plaisir érotique que ressentit Lorraine fut si violent qu'il eut l'effet opposé à celui attendu, et la dégrisa.

— Attends!

Elle tremblait en le repoussant. Elle n'avait plus assez de souffle pour aligner deux mots à la suite.

— ...Attends, répéta-t-elle après un moment.

La respiration de Cameron était aussi laborieuse que celle de Lorraine, qui mit quelques minutes à recouvrer suffisamment de sens commun pour poser la question qui s'imposait.

— Que voulais-tu dire? Suggères-tu de faire l'amour jusqu'à ce que notre curiosité soit rassasiée et que nous soyons fatigués l'un de l'autre?

Il détourna les yeux et secoua la tête, mais il avait suffisamment hésité pour s'être trahi lui-même.

— Cameron! c'est honteux!

— Mais cela nous guérirait peut-être...

— Non !

Elle lui échappa et recula de deux pas. Cameron s'adossa à la voiture et croisa les bras.

— Nous idéalisons le passé, c'est certain. Nous le peignons de couleurs romantiques, comme tous les gens le font pour leurs amours d'adolescents. Faire l'amour nous guérirait de cette tendance-là. Bien sûr, nous risquons d'être d'abord ivres de nos sens, mais tôt ou tard la passion se refroidit. A ce moment-là, nous verrons nos amours pour ce qu'elles étaient, un élan physique comme les autres, et nous pourrons enfin poursuivre le cours de nos existences.

Lorraine le considéra bouche bée, avant de lui éclater de rire au nez.

— Dieu du ciel ! J'en ai entendu de belles, mais ça c'est vraiment le pompon !

— C'est toi qui l'as proposé.

— Certainement pas !

— Oh, si ! affirma-t-il, le sourire aux lèvres.

Lorraine, qui était incapable de résister à ce sourire-là, préféra détourner la tête sans répondre.

— Personnellement, reprit-il, je suis partant. Et toi ?

Elle se prit le crâne à deux mains.

— Je n'ai jamais eu une migraine pareille.

— Songe un peu à quel point nous nous sentirons libérés.

— Je n'ai pas besoin d'être libérée.

— Vraiment ? Alors, pourquoi n'es-tu pas encore mariée ? Pourquoi n'as-tu jamais eu d'aventure sérieuse ?

— Et tu crois que c'est à cause de toi ? Tu as la grosse tête.

Cameron se mit à rire.

— Lorraine, regarde-moi.

Elle détournait obstinément la tête, et il dut lui prendre le menton pour l'obliger à le regarder.

— ...Je plaisantais.

Et comme elle l'étudiait d'un air soupçonneux, il ajouta :

— ...Je t'assure.

— Eh bien, c'est loupé : cela n'a rien de drôle !

Il poussa un gros soupir et appuya son front contre celui de Lorraine.

— Oh non, ça n'a rien de drôle.

Lorraine comprit brusquement que le tourment de Cameron égalait le sien. Il luttait, comme elle, contre des sentiments qui refusaient de se laisser écarter. Elle voulait lui souhaiter bonne nuit et adieu, mais la tristesse la submergeait. Alors elle se blottit contre lui, et pleura intérieurement sur la vie qu'ils auraient pu partager.

Ils étaient au milieu de la rue et bloquaient le passage à une voiture dont le conducteur klaxonna. Cameron et Lorraine émergèrent lentement de leur étreinte douce-amère et tournèrent le visage...

La conductrice avait le visage en forme de cœur, des cheveux blonds, et une expression de stupéfaction horrifiée sur le visage.

— Erica ? Que fais-tu ici ? balbutia Cameron.

En découvrant sa fiancée, il était devenu cramoisi. Et Lorraine fut bientôt aussi gênée que lui.

Erica était trop bouleversée et trop blessée pour répondre.

— Je suis désolée, dit Lorraine. Ce n'est pas...

Erica essaya de ricaner, mais ses yeux se remplirent de larmes.

— Ne soyez pas fâchée contre Cameron. Lui et moi, nous sommes juste de vieux amis.

— Je sais qui vous êtes, dit Erica en détachant chaque syllabe avec une lente brutalité.

Eperdue, Lorraine crut bon d'insister :

— Dans ce cas, vous pouvez comprendre. Je vous en prie, ne laissez pas ce que vous avez vu, ou ce que vous avez cru voir, gâcher votre relation.

Ignorant Lorraine, Erica pinça les lèvres jusqu'à ce qu'elle ait repris un peu de sang-froid.

— Je rentre chez moi, Cameron.

Son menton tremblait, mais ses yeux avaient pris le reflet dur de la colère.

— ...Si tu as des explications à me fournir, tu pourras m'y trouver pendant une heure. Après cela, ma porte te sera fermée.

Sans ajouter un mot, elle accéléra, les forçant à se rejeter précipitamment sur le trottoir.

Lorraine jura et tapa du pied.

— Oh! Je me sens horrible. Cette pauvre fille...

Elle regarda Cameron, mais celui-ci était encore sous le choc.

— Cameron?

— Quoi?

— Ce n'est pas important. Je pars, moi aussi.

— Attends! Il faut que nous parlions.

— A quel propos?

— Nous, bon sang de bonsoir!

— Il n'y a pas de nous.

— Mais...

— Arrête, Cameron! cria Lorraine, encore tourmentée par le souvenir de la réaction d'Erica.

Puis voyant combien Cameron semblait lui aussi blessé et bouleversé, elle lui posa deux doigts sur les lèvres.

— Chut! Pas d'excuses, pas d'explications. Comme tu l'as dit, nous avons peint notre passé avec une palette romantique, quelque chose de merveilleux mais d'irréel. Et, en tout état de cause, je ne veux pas voler le fiancé d'une autre.

Cameron se frotta le front, les yeux noyés de doute.

— Et si elle n'était pas ma fiancée?

Le cœur de Lorraine se mit à battre plus vite, et puis elle réfléchit aux implications.

— Cela ne changerait rien. Je ne suis pas masochiste, Cam. Si nous renouons nos liens, toute la ville sera au courant. Pourquoi voudrais-je soulever un nouveau flot d'injures et de mauvais traitements? Et je ne parle même

pas de la réaction de tes parents... Comme le dit le dicton :
« Chat échaudé craint l'eau froide. »

Cameron reconnut le bien-fondé de ces paroles d'un sourire affreusement triste. Pendant un instant, elle eut la tentation de chercher dans ses bras une consolation à leurs malheurs. Et puis elle choisit d'en plaisanter.

— ...Nous nous serions probablement fatigués très vite, de toute façon. Alors, ça n'en vaut pas la peine.

— Oh, merci ! Mon ego masculin te remercie aussi.

— Je t'en prie. D'ailleurs, je ne suis pas sûre de vouloir me fatiguer de toi. Alors, oublions toute idée d'un rapprochement dans lequel il ne pourrait y avoir que des perdants.

— Que veux-tu dire ?

Comme pour se donner une contenance, Lorraine redressa le col de Cameron, avant de répondre :

— Toi, tu perdrais une fiancée, et moi, mon fantasme préféré.

Gênée par l'aveu qu'elle venait de lui faire, elle ouvrit sa portière et se glissa au volant.

— Une dernière chose, dit-elle en baissant sa vitre. Il vaudrait mieux que tu ne viennes plus au manoir. Je te remercie de tout ce que tu as fait, mais après ce qui s'est passé ce soir, ce ne serait pas prudent.

— Oh ! ce sera dur. Tu es sévère.

— Tu ne viendras pas, c'est entendu ?

Il hésita avant de promettre d'un signe de tête.

— Merci.

Lorraine aurait voulu démarrer, mais Cameron avait le bras appuyé sur le toit de la voiture.

— Va, Cameron. Erica t'attend.

Il ne bougea pas.

— Non, ça ne va pas.

— Crois-moi, c'est la seule solution possible. Tu dis que nous n'en avons pas fini l'un avec l'autre, mais c'est une erreur. Si j'avais encore eu des doutes, ils se seraient évanouis en voyant Erica nous regarder.

A ces mots, Cameron lâcha prise.

Partagée entre le soulagement et la déception, Lorraine démarra lentement. Quelque part, tout au fond d'elle-même, elle aurait voulu qu'il l'empêche de s'éloigner. Mais il ne le fit pas. Dans la dernière image qu'elle eut de lui dans son rétroviseur, il marchait dans la direction opposée.

Les larmes lui brouillèrent la vue.

C'était mieux ainsi, se répéta-t-elle jusqu'à ce qu'elle arrive chez elle.

Alors, elle contempla le manoir et se souvint de la raison de son retour sur Harmonie. Elle était venue acheter une maison pour sa mère, pour lui rendre son île et sa fierté. Mais sa conduite de ce soir risquait de tout gâcher...

Eh bien, décida-t-elle, elle ne perdrait plus son temps à courir après un passé révolu. Il était temps d'oublier Cameron et de ne plus songer qu'aux buts qu'elle s'était fixés.

11.

L'automne arriva très vite. Les foules disparurent dès la fin du premier week-end de septembre. Durant la semaine, le ferry ne venait plus que deux fois par jour. Beaucoup de marchands fermaient boutique, et accrochaient à leur porte le panneau « Fermé jusqu'au printemps ». Les étudiants qui formaient le personnel d'appoint durant l'été retournèrent à l'université, et on n'entendit plus de moteurs de hors-bord. Même la nature semblait plus douce sous le soleil voilé. Après l'exubérance des roses d'été, les asters et les anémones du Japon donnaient aux jardins des coloris délicats.

Mais une atmosphère fiévreuse régnait au manoir Rockland, et Lorraine n'aurait pas pu en être plus heureuse. L'activité frénétique l'aidait à oublier Cameron et Erica, et l'épisode affreux qui avait eu lieu après le bal.

Le lendemain matin, après avoir passé une nuit blanche à lutter contre les remords, les récriminations et la peur d'une humiliation publique, elle avait quitté Harmonie pour passer le dimanche dans sa famille.

A son retour, elle avait parlé à Julia et Cathryn qui mouraient toutes deux de curiosité, mais elle s'était contentée de leur confier l'essentiel, à savoir que Cam et elle avaient fait une erreur et qu'ils s'étaient mis d'accord pour éviter dans le futur toute occasion de rencontre. Elle n'eut pas le courage de leur avouer le reste.

Puis les jours s'étaient écoulés. Lorraine était allée en

175

ville, sans que personne la considère comme une traînée. Elle avait fait son marché sans que nul ne l'accuse de briser les ménages. Elle en tira deux conclusions. La première était qu'Erica était trop embarrassée pour avoir raconté l'incident à qui que ce soit, et la seconde qu'elle s'était raccommodée avec Cameron.

Lorraine aurait dû être soulagée et cesser de penser à eux, mais ils continuaient à hanter ses pensées. Seul le travail était susceptible de la distraire, et grâce au ciel elle n'en manquait pas.

Le permis de construire arriva rapidement, et l'équipe de Joe quadrupla de volume. La réfection de la façade alla de pair avec les démolitions intérieures qui constituaient toujours l'aspect le plus dramatique d'une rénovation.

Quand on déconnecta l'eau et l'électricité, Lorraine s'installa dans la caravane qu'elle avait empruntée au mari de sa sœur Michelle. Les ouvriers démantelèrent cuisine et salles de bains, enlevèrent les appliques électriques, démontèrent les tuyaux de plomberie, abattirent les faux plafonds, les cloisons inutiles et les boiseries de mauvaise qualité, et arrachèrent plusieurs couches de peinture et de papier mural. Une équipe spéciale arriva pour enlever la vieille chaudière.

En l'espace d'une semaine, le manoir fut nettoyé de fond en comble. Il fallait maintenant tout reconstruire, et cela prendrait des semaines d'un travail lent et laborieux.

En salopette et bottes à bouts renforcés, Lorraine travaillait sur le chantier avec son équipe. Elle était à la fois excitée de voir les travaux enfin commencés, et démoralisée par les problèmes imprévus qui ne cessaient de surgir. Les cheminées étaient en si mauvais état que Joe insista pour les renforcer de l'intérieur afin d'éviter tout risque d'incendie et d'augmenter leur efficacité. Ce n'était pas prévu dans le budget initial, mais Lorraine reconnut que c'était une dépense indispensable.

La nuit, dans sa caravane, Lorraine faisait et refaisait ses comptes, sans pouvoir apaiser son anxiété.

Elle retournait à Boston de temps à autre, où l'attendaient

176

d'autres soucis. Mais, si elle pouvait résoudre la plupart d'entre eux en prenant conseil auprès de son architecte et de son avocat, celui que représentait sa mère continuait de la préoccuper.

Ses sœurs avaient tenté d'occuper les journées d'Audrey en lui amenant leurs enfants. Ses frères, Mark et David, lui apportaient tout leur linge, et venaient le rechercher. Et pourtant Lorraine sentait en elle une insatisfaction grandissante et s'en inquiétait. Audrey finit par l'admettre alors qu'elles déjeunaient ensemble au village de l'artisanat : elle s'ennuyait et songeait à chercher un emploi.

Lorraine sauta de joie. C'était un excellent signe. Audrey serait prête à sauter le pas quand le moment viendrait.

— C'est angoissant tout de même, confessa Audrey. Je me suis occupée de la maison pendant tant d'années que je n'ai pas d'autres qualifications.

Lorraine s'efforça de la rassurer.

— Oh, je suis sûre qu'une occasion va se présenter. Et mon petit doigt me dit que ce sera même bientôt... Garde confiance...

Il n'en demeurait pas moins que tout dépendait du verdict de la prochaine séance de la commission culturelle. Et cette échéance commençait à la ronger d'angoisse. Certes, Cameron lui avait affirmé que la nouvelle version de sa proposition serait approuvée, mais elle redoutait qu'il ait changé d'avis, auquel cas elle pouvait abandonner tout de suite l'espoir de terminer les travaux avant Noël.

Le jour J, Lorraine emprunta une nouvelle fois le couloir de la cafétéria, et s'avoua enfin qu'elle craignait un face-à-face avec Cameron tout autant que la décision de la commission. Elle avait réussi à l'éviter pendant un mois entier, mais il ne s'était pas passé un jour sans qu'elle pense à lui.

Elle était partagée entre des émotions contradictoires. Quand elle se rappelait la façon dont ils avaient dansé et

s'étaient embrassés, elle était prise de remords et se repro-
chait amèrement sa faiblesse. Cameron l'avait déçu pour le
même motif. Ils auraient dû se comporter tous les deux avec
davantage de bon sens.

Et puis, elle était affreusement gênée de lui avoir avoué
qu'il constituait son fantasme favori !

Elle ressentait aussi de la colère à la pensée qu'il avait eu
le toupet incroyable de lui proposer de faire l'amour jusqu'à
ce qu'ils aient épuisé leurs réserves hormonales. Il les prenait pour quoi ? Des animaux en rut ?

Le plus ridicule était sa sensation d'avoir été trahie et
abandonnée. C'était ridicule parce qu'elle n'avait aucun
droit sur Cameron, et qu'Erica, seule, en avait. Mais alors
comment avait-il pu l'embrasser avec une passion aussi
explosive, et puis s'en aller rejoindre une autre femme ?
C'était pourtant ce qui s'était passé. Trois semaines s'étaient
écoulées, et il continuait ses relations avec Erica. Cathryn
les avait vus en train de dîner en ville avec leurs parents respectifs.

Elle avait conscience que ce tourbillon d'émotions menaçait de la désarçonner au moment le plus critique.

Mais elle n'avait pas le choix, elle devait à présent affronter Cameron et la commission.

« Concentre-toi, s'ordonna-t-elle. Redresse la tête. Tire
les épaules en arrière. Songe au but que tu t'es fixé. »

Elle respira profondément et poussa la porte de la cafétéria.

La foule était encore plus dense que la première fois.
Alors qu'elle prenait un siège, elle repéra Cameron, assis à
la table principale. Une tristesse si poignante lui serra le
cœur qu'elle sentit ses yeux se mouiller et comprit que, par-
dessus tout, Cameron lui manquait terriblement.

Comme alerté par un sixième sens, Cameron leva les yeux
et l'aperçut. Pendant une fraction de seconde, ils restèrent
pétrifiés, mais Lorraine ne lut aucun message dans son
visage impassible. Puis il détourna la tête, et ne la regarda
plus de la soirée, même quand il l'appela pour défendre son
dossier.

Elle était la première sur la sellette. Cameron se récusa de nouveau au profit de Mme Landry, et Lorraine fut sûre que celle-ci allait pinailler sur tous les détails.

Mais à sa grande surprise, elle vit ses projets adoptés quasiment sans discussion.

— C'est tout ?

— C'est tout, répondit Mme Landry avec un grand sourire. Nous enverrons nos recommandations au service concerné demain, et vous aurez votre certificat de conformité dans les trois jours.

— Merci mille fois.

Avant de se retirer, Lorraine jeta un coup d'œil du côté de Cameron, mais il ne parut pas la voir. Reprenant sa place de président, il appela le demandeur suivant.

— Le point suivant à l'ordre du jour. Le restaurant du Capitaine Toby et sa requête pour une nouvelle rampe d'accès...

Lorraine quitta la cafétéria sur un nuage rose. Les problèmes administratifs réglés, Joe pouvait maintenant poursuivre les travaux à toute vapeur.

Malheureusement, elle avait investi tant d'énergie dans cette bataille légale que le contrecoup se fit sentir avant même qu'elle ait descendu les marches du perron. Elle remonta en voiture dans un état d'abattement qui manquait de logique. Elle aurait dû faire des cabrioles. Non seulement elle avait le feu vert pour ses travaux, mais elle n'aurait plus à revoir Cameron. Il n'aurait même pas à venir constater l'avancement des travaux, puisque c'était le rôle de l'inspecteur des bâtiments. Autant dire que sa vie en deviendrait plus limpide...

Alors pourquoi ce découragement qui tournait à la dépression ? s'exaspéra-t-elle en frappant le volant d'un poing rageur. Quel était son problème ? Un défaut dans ses chromosomes ? Un instinct autodestructeur dans ses gènes ? Quand donc cesserait-elle de se conduire en idiote dès qu'il s'agissait de Cameron ?

Soudain, à son abattement succéda une telle colère qu'elle

se promit de ne plus dépenser la moindre once d'énergie pour Cameron Hathaway.

Assis à sa table favorite au café de la grand-rue, Cameron observait les changements saisonniers sans son enthousiasme habituel. Les autres années, il se réjouissait du départ des touristes et du calme retrouvé. Mais depuis la dernière séance de la commission culturelle, toutes les conversations tournaient autour des rénovations en cours au manoir Rockland. L'élimination du solarium. La réfection du toit. Les trois camions qu'il avait fallu utiliser pour transporter tous les débris après les démolitions intérieures. L'inspecteur des bâtiments devint la star du café. Tous les consommateurs s'agglutinaient autour de lui pour entendre les dernières nouvelles et parlaient de Lorraine sans la moindre gêne.

Quelle différence entre cette attitude et les racontars qui s'étaient déchaînés à son arrivée ! songea Cameron, non sans quelque mépris pour la versatilité de l'opinion publique.

Certes, lui-même avait fait de son mieux pour encourager ce revirement — il se joignait même à la conversation de temps à autre avec le plus grand détachement, afin de prouver à ses concitoyens que le passé ne le touchait plus —, mais cela ne l'empêchait pas de se demander s'il avait eu raison de se montrer aussi convaincant.

Ce matin-là, il repoussa sa tasse de café d'un geste impatient. Il n'avait pas mis les pieds au manoir depuis un mois, et ces bavardages incessants le rendaient fou.

Et quand, au son de la corne de brume, il vit deux clients payer leurs consommations en annonçant leur intention d'aller voir quelle livraison de matériel à destination du manoir arrivait ce jour-là, cela acheva de le démoraliser.

Songeant alors que son père était sans doute débordé de travail en ce mois d'octobre où l'on mettait les voiliers de plaisance sur cale pour l'hiver, il décida d'aller l'aider.

Mais à l'approche des hangars du chantier naval, il changea d'avis, à la pensée que, depuis un mois, ses relations avec son père étaient trop tendues pour qu'il puisse espérer trouver un peu de sérénité auprès de lui.

Aussi continua-t-il sa route, tout en se remémorant le sermon que son père lui avait infligé.

En fait, dès que Clay avait appris que son fils avait été vu au bal en compagnie de Lorraine, il avait convoqué ce dernier pour lui dire à quel point Pru et lui étaient fâchés et mortifiés de cette indélicatesse. Après quoi il avait commencé à lui poser des questions.

Mais cette fois, Cameron s'était rebellé.

— Tu sais, papa, je commence à me fatiguer de ce genre de conversations. Je n'ai pas à me justifier devant maman et toi. D'ailleurs, je ne vis plus sous votre toit depuis une bonne dizaine d'années.

— Je te comprends mieux que tu ne l'imagines, avait répondu Clay en soupirant. Mais ne gâche pas tes chances avec Erica pour une histoire de sexe. Il est temps que tu te décides à lui passer la bague au doigt et à me donner des petits-enfants. Tu es le dernier des Hathaway, et trois cents ans d'histoire reposent sur tes épaules.

Cameron avait déjà entendu mille fois ce refrain-là.

— Mais je ne suis pas sûr de l'aimer.

— Quelle importance ! Ce genre de choses ne dure pas, de toute façon. Ce qui compte, c'est la fermeté de l'engagement pris. Voilà le secret d'un mariage solide, et je te parle d'expérience. Ta mère et moi, nous sommes mariés depuis trente-trois ans. Tu crois que nous avons toujours été « amoureux » ? Mais nous avons tenu contre vents et marées. Songe un peu à tout ce qui aurait été perdu si nous avions agi différemment...

En fait, Cameron n'avait jamais compris les relations de ses parents. Leur mariage semblait solide, et ils offraient au monde un front uni. Mais quelquefois Cameron sentait chez son père une tristesse et une solitude qui persistaient au cours des années, sans doute liées au fait — selon l'aveu même de son père — qu'il aurait bien aimé avoir d'autres enfants. Et puis, Pru et Clay faisaient chambre à part, et

Cameron se demandait si c'était vraiment, comme ils le prétendaient, à cause de leurs rythmes de sommeil divergents. Sa mère pouvait se montrer froide et hautaine. Une nuit, alors qu'il devait avoir une dizaine d'années, il s'était levé et avait surpris son père en train de frapper vainement à la porte de sa femme. Sans bien savoir pourquoi, il s'était senti affreusement gêné pour lui.

Aussi avait-il trouvé son père mal placé pour le conseiller sur le plan matrimonial.

— Je n'ai pas envie de m'engager dans les liens du mariage par devoir ou par peur, avait-il donc rétorqué. J'en attends plus qu'un contrat d'affaires.

— Et je souhaite de tout mon cœur que tu y trouves ce que tu désires. Je dis seulement que faire le malin avec cette DeStefano ne te mènera à rien. Ne commets pas la folie de croire qu'elle est la réponse à tes aspirations. Elle ne peut que te mener à une impasse. Je n'ai pas besoin de te rappeler pourquoi.

— Surtout pas. D'ailleurs, nous en avons déjà parlé elle et moi, et nous nous sommes mis d'accord pour éviter tout contact dans le futur. Tu es satisfait ?

Quoiqu'un peu incrédule, son père s'était montré soulagé.

— C'est une sage décision.

— Mais ça ne change pas mes sentiments envers Erica.

Clay avait soupiré, tout en cherchant un arrangement.

— Ecoute... Je vais te demander une faveur, Cameron. Tu es libre de tes choix, bien sûr, mais je pense qu'il serait sage de ta part de suivre mon conseil.

Méfiant, Cameron avait demandé :

— C'est-à-dire ?

— Attends un mois. Erica et toi, vous ne vous êtes guère vus durant l'été. Reprenez votre routine. Donne-lui sa chance et ne prends pas de décision irréfléchie. Vous êtes ensemble depuis un an. Un mois, ce n'est pas grand-chose.

Méditant le marché, Cameron s'était dirigé vers la fenêtre qui surplombait la jetée, et s'était avisé que, de toute façon, Lorraine lui avait annoncé clairement son intention de ne plus le revoir.

— Entendu. Un mois de plus, avait-il finalement concédé.

— Promis ?

— Oui.

Une promesse était sans doute ce dont il avait besoin pour se garder d'une action stupide.

Son père l'avait félicité de sa décision, mais les jours s'étaient étirés, et leurs relations étaient devenus de plus en plus tendues. Eviter la marina n'était pas une solution, mais Cameron ne s'en souciait guère. D'ailleurs, rien ne l'atteignait ce mois-ci. Il songea à passer par l'école pour inviter Erica à dîner, mais leurs relations ne s'amélioraient pas, et il était fatigué de prétendre que tout allait pour le mieux entre eux.

Certes, il savait qu'il s'était mal conduit envers Erica et qu'il l'avait blessée. Il s'était donc excusé auprès d'elle en lui expliquant que Lorraine pleurait le passé, et notamment la mort de son père.

Malheureusement, personne n'était dupe de ce mensonge : ni lui ni Erica.

Il n'en demeurait pas moins qu'Erica avait de grandes qualités et semblait la candidate au mariage idéale pour lui. D'ailleurs, que ferait-il de son existence s'il n'épousait pas Erica ?

Il tournait en rond. Pour la première fois de sa vie sur Harmonie, il ne savait pas où aller. Il aurait dû rentrer chez lui et travailler sur le dernier chapitre de son livre, mais il ne pouvait pas s'asseoir devant son ordinateur sans songer à Lorraine qui avait mis ses logiciels en place et lui avait appris comment s'en servir. Alors, il prit la direction du phare de la pointe est...

Une fois arrivé, il emporta ses jumelles pour se poster à l'extrémité de la falaise, d'où il pourrait apercevoir le manoir Rockland. Des émotions plus laides les unes que les autres tournoyaient dans sa poitrine, telles que l'envie, la peur et le ressentiment. Il était de nouveau dans la peau de l'adolescent banni, quinze années auparavant. Mais cette fois-ci, il était éloigné non pas d'Harmonie, mais du manoir qu'il aurait voulu rénover lui-même.

La demeure disparaissait sous les échafaudages. L'emplacement de la coupole d'origine avait été dégagé, et deux ouvriers bâtissaient l'infrastructure de sa réplique. D'autres mettaient en place les ardoises de la toiture. Il y avait des caravanes rangées à proximité de la maison, des piles de matériel de construction...

Tout à coup, Lorraine entra dans le champ visuel. Elle se tenait debout en salopette sur la grande pelouse, toute mignonne, et parlait avec quelqu'un — Joe probablement — tout en gesticulant avec animation en direction du toit. Elle se retourna en riant, et Cameron crut mourir de regret et de désir. Ce n'était pas le manoir qui lui manquait. C'était Lorraine.

Il s'assit sur un rocher et continua à l'observer jusqu'à ce qu'elle disparaisse dans la maison. Et puis, il attendit un long moment dans l'espoir qu'elle ressorte. Finalement, courbatu et glacé par le vent qui soufflait, il se releva avec un sentiment aigu de ridicule et rentra chez lui.

— Alors, qu'as-tu l'intention de faire maintenant ? demanda Pru Hathaway à son époux.

Tous les deux en survêtement de gymnastique, les coudes en avant, ils marchaient avec application le long du rivage.

— ...D'abord, elle obtient son permis de construire...

— Ed Hayes n'a rien pu faire. Elle travaille avec un entrepreneur remarquable qui fait toujours mieux que ce qui est requis par les réglementations.

— ...Et maintenant, elle a son certificat de conformité ! continua Pru comme si Clay ne lui avait pas répondu. Je n'arrive pas à croire que Cameron ait laissé faire...

— Tu connais sa façon de penser, et je crois qu'il a raison. D'après lui, ce manoir est au-dessus des moyens de cette fille. Et ce d'autant plus que sa situation financière n'est pas aussi solide que les gens se l'imaginent. Crois-moi, Pru, ces travaux vont être son talon d'Achille...

Ces marches rapides constituaient leur exercice quotidien. Pru se tut quelques instants pour mieux réfléchir.

— Et si quelqu'un déposait une plainte à cause de toutes ces caravanes dans le jardin ? Elle serait obligée de payer des amendes, et des chambres d'hôtel pour ses ouvriers...

— Inutile d'essayer...

— Pourquoi pas ? Ce n'est pas à toi d'imposer ce genre de pénalités ?

— A ceci près que les réglementations permettent l'utilisation de caravanes pendant toute la durée des travaux. Il faudrait que tu t'adresses à un autre département. Celui de la santé, peut-être. Un inspecteur pourrait peut-être lui donner du fil à retordre, mais là encore, je n'en suis pas sûr.

— Que suggères-tu, alors ? Que nous restions assis à ne rien faire en attendant que sa bourse soit vide ?

— Pas exactement. Nous pouvons lui créer des ennuis ici et là. Son entrepreneur est venu hier avec exactement le genre de demande que j'attendais. Elle voudrait aménager un appartement au-dessus du garage. Et là, c'est mon domaine.

Entre le manoir et Lorraine, se créait un lien de plus en plus personnalisé. La plupart du temps, elle lui parlait la nuit quand, après le départ des ouvriers, elle faisait le tour des pièces pour s'assurer des progrès accomplis. Ce qu'elle disait exprimait généralement ses frustrations, assaisonnées de copieux jurons. « P...! Tu ne seras satisfaite que le jour où je serai en faillite ! » ou « M...! Tu me réserves combien de ces sales surprises ? »

La nuit du 8 octobre, Lorraine ne dit rien. Elle versa simplement quelques larmes quand elle prit la décision déchirante de vendre quelques-unes de ses propriétés. C'était le seul moyen de couvrir des dépenses qui montaient en flèche.

Debout dans sa chambre, ou plutôt dans celle d'Isabelle Gray, elle essaya de se consoler en pensant aux compliments reçus. Chacun s'accordait à considérer ces travaux de réno-vation comme un modèle du genre.

Enfin ! pas tout le monde, s'objecta-t-elle, puisque Pru Hathaway, lui avait-on dit, les jugeait prétentieux et estimait peu convenable pour une femme de vivre parmi ses ouvriers.

En fait, il y avait trois femmes dans l'équipe de Joe, mais Pru l'ignorait ou faisait semblant de ne pas le savoir. Dans l'ensemble, les gens s'extasiaient et prétendaient avoir tou-jours su que la petite DeStefano ferait de grandes choses dans l'existence. Des commentaires de ce genre mettaient un baume merveilleux sur la fierté meurtrie de Lorraine.

Elle n'avait pas d'autre choix que de continuer à avancer, même si avancer sur Harmonie signifiait reculer à Boston en entamant son capital. Si elle ne faisait pas attention, la faillite la guettait...

Mais cette attitude négative la terrifia tant qu'elle refusa d'imaginer cette éventualité. D'ailleurs, Joe et elle avaient déposé une demande pour aménager un appartement au-dessus du garage. La dépense supplémentaire serait absorbée dans le coût total des travaux, et plus tard ce serait une source régulière de revenus.

— Oh, faites que tout se passe bien ! murmura-t-elle sans savoir si elle s'adressait au ciel étoilé ou à Isabelle.

Elle prétendait ne pas croire aux fantômes, mais faisait une exception pour Isabelle.

Elle remarqua soudain la silhouette du *Shenandoh* dans le lointain. Des lanternes illuminaient les mâts, là-bas, dans la passe entre Harmonie et Martha's Vineyard. Elle avait revu plusieurs fois le navire, mais jamais si tard dans la soirée. Cela lui rappela le jour où elle avait grimpé sur le toit avec Cameron et le baiser qu'ils y avaient échangé. Son cœur se remit à saigner.

S'exhortant à réagir, elle ramassa sa lampe tempête. Les circuits électriques étaient quasiment en place, mais le cou-rant n'avait pas encore été rétabli dans les étages. Sa chambre, celle de lady Gray, était dans un état décourageant. Joe avait concentré ses efforts sur les tâches les plus urgentes et les plus compliquées, comme les fenêtres, la cuisine et les salles de bains, l'électricité et la plomberie. Il disait que les chambres étaient faciles à faire et pouvaient attendre.

Gagnée par l'impatience, Lorraine décida de démonter elle-même le placard dès le lendemain matin. Ces jours derniers, elle s'était occupée de déposer le cloisonnement du hall, mais le plus gros de la besogne était achevé. Cameron lui avait dès le début conseillé de rendre au hall ses dimensions originales, et à la réflexion il avait eu raison. Et puisqu'elle devait aller à Boston de toute façon pour mettre deux ou trois maisons sur le marché, elle aurait probablement l'occasion de dénicher une crédence ou une jolie commode pour le meubler.

Elle ne voulait pas de meubles trop précieux. Il était plus important pour elle que la maison soit confortable, et qu'un visiteur puisse casser une assiette ou rayer le bois d'un fauteuil sans créer un drame. Ses pensées se dirigèrent une fois de plus vers Cameron qui aurait voulu faire du manoir un musée empaillé, et elle sourit malgré elle. Pourquoi était-elle si heureuse d'évoquer Cameron? Et pourquoi, après plusieurs semaines de séparation, continuait-elle à souffrir de son absence?

Elle se redressa, souleva sa lanterne en direction des ombres de la pièce, et s'adressa à Isabelle.

— Aidez-moi, belle dame. Je crois que je l'aime encore. Que vais-je devenir?

Comme à l'accoutumée, la maison resta muette.

Jusqu'au lendemain...

12.

Comme la plupart des autres propriétaires sur l'île, Cameron passait les beaux jours d'octobre à entretenir les bâtiments qui lui appartenaient, ou plus exactement qui appartenaient à sa famille. Ce jour-là, il avait repeint les moulures du porche, au-dessus de la porte d'entrée du petit magasin de la rue du Marché qui vendait les tissus de lainage de sa mère.

Il venait de franchir la porte, et pensait déjà à sa longue douche, quand il remarqua le signal lumineux de son répondeur enregistreur. Il appuya sur le bouton en espérant qu'il ne s'agissait pas d'un message d'Erica, désireuse de discuter la décision qu'il avait prise la veille au soir.

— Cam ! C'est Lorraine...

Le cœur de Cameron fit un bond. Il ne lui avait pas parlé depuis un mois.

— ...Je sais que cet appel va te surprendre, et dans des circonstances habituelles je ne te dérangerai pas, mais il s'agit de quelque chose de vraiment exceptionnel. Appelle-moi aussitôt que possible. Ou passe au manoir, tout simplement.

Cameron prit sa douche et passa des vêtements propres en un temps record. Douze minutes après avoir écouté le message de Lorraine, il ressortait en courant. Il était 17 h 30, et le soleil se couchait déjà sur l'île. La température descendait rapidement, et la plupart des habitants de l'île étaient déjà rentrés chez eux. Pourtant, le manoir Rockland, illuminé par de grosses lampes halogènes portables, ronronnait encore d'activité.

Tout en remontant l'allée, Cameron admira le travail accompli : le toit d'ardoises était de toute beauté, et la coupole en émergeait comme un petit bijou... Les échafaudages subsistaient encore sur deux côtés de la façade, mais tout semblait en place : les nouvelles fenêtres, le revêtement de bois, et même la peinture. Cameron reconnut en son for intérieur que Lorraine avait eu raison dans son choix de teintes. Le bleu-gris très doux et les boiseries blanches apportaient la touche finale idéale.

Le porche de devant avait été reconstruit, mais il manquait encore les finitions. En revanche, les pilastres et colonnes déjà en place faisaient un effet superbe.

— Ho ! ho ! cria-t-il par-dessus les bruits de marteaux.

— Un revenant ! s'exclama Joe qui traversait le hall, couvert de poussière de bois. Lorraine est là-haut, dans sa chambre. Je n'arrive pas à l'en arracher.

Le cœur battant, Cameron grimpa l'escalier quatre à quatre et découvrit Lorraine assise en tailleur sur une bâche au beau milieu de la chambre d'Isabelle Gray. Une grosse lampe à batterie la baignait d'un halo doré. Cameron ne voyait ni ce qu'elle faisait ni ce qu'elle portait. Il ne regardait qu'elle.

Elle leva lentement la tête, et cligna des yeux pour discerner qui entrait, et tout à coup son visage s'illumina.

— Tu es venu !

— Bien sûr. Que se passe-t-il ?

Il finit par remarquer le trou béant dans le mur, là où se trouvait le placard durant sa dernière visite.

— Nous avons fait la découverte la plus fantastique.

Il se pencha pour détailler le petit écritoire portable posé à côté de Lorraine. Il paraissait ancien et de grande valeur.

— J'ai décidé de supprimer le placard. Joe est venu m'aider, et, pendant la démolition, le mur du fond a cédé, ce qui ne nous a pas étonné. Nous avions déjà songé à remonter une nouvelle cloison. Ce qui nous a surpris, en revanche, c'était l'espace vide à l'arrière. Nous croyions que la chambre donnait directement dans la pièce qui, d'après ce que tu m'avais dit, servait autrefois de lingerie. Mais pas du tout.

— Tu veux dire qu'il y avait un cabinet secret ?

— Exactement ! Et nous y avons trouvé cet écritoire.

Lorraine était toute rose d'excitation. Sa poitrine se soule-vait à petits coups rapides. Elle en balbutiait presque.

— ...Cam ! C'était celui d'Isabelle !

Elle caressa doucement la marqueterie de bois de rose.

— ...Je n'ai pas résisté, et je l'ai ouvert. Oh ! j'ai veillé à ne rien abîmer.

Elle souleva le couvercle, et le cœur de Cameron fit un bond. Il y avait une plume ravissante, un petit flacon d'encre, du parchemin, et un sceau marqué d'un G pour « Gray ». L'écritoire lui-même était exceptionnel, avec quatre tiroirs miniatures. Lorraine les ouvrit. Ils contenaient des bijoux, des pièces de monnaie, et un peigne en os de baleine.

— Lorraine ! c'est à peine croyable ! Mais pourquoi Isa-belle aurait-elle voulu le dissimuler ?

Lorraine souleva avec précaution un carnet qui reposait sur ses genoux et le tendit à Cameron.

— A mon avis, la raison est là. Elle tenait un journal.

Cameron l'ouvrit d'un geste empreint de révérence et lut à mi-voix : « Samedi 9 mai 1847 ».

— Dieu du ciel ! Lorrie !

Il releva la tête, vit Lorraine qui lui souriait, et sut qu'elle était la seule personne au monde avec laquelle il aurait voulu partager un moment comme celui-là.

— Il y en a d'autres, dit-elle en lui montrant huit autres carnets reliés à la main avec un ruban d'un rose fané, comme le premier.

Cameron se mit à rire, hilare et incrédule à la fois.

— C'est stupéfiant !

Ce qui le stupéfiait encore plus, c'était Lorraine qui semblait prendre autant de plaisir que lui à la découverte, alors que la plupart des gens ne s'intéressaient guère aux vieux papiers, et bâillaient d'avance à l'idée de les lire.

Comme l'envie le taraudait de la prendre dans ses bras et de tournoyer avec elle tout autour de la chambre, il s'avisa que si elle avait désiré partager sa découverte avec lui, en revanche, tout dans son attitude lui indiquait qu'elle voulait garder ses distances.

— Attends de les avoir lus, Cameron. J'en ai eu la chair de poule toute la journée.

— Raconte.

— Eh bien, j'ai senti une odeur de lavande dans cette pièce dès le premier jour. Et Isabelle écrit dans son journal qu'elle a renversé un flacon entier de parfum à la lavande ici même !

Cameron huma l'atmosphère sans succès.

— C'était il y a si longtemps. Je doute fort qu'il en reste rien.

— Je sais, mais...

Le bruit des marteaux s'était estompé. Joe vint les rejoindre.

— Ce n'est pas fantastique ? dit-il en désignant le trésor aux pieds de Lorraine et Cameron.

— C'est renversant !

— Je montais annoncer que le dîner était servi. Vous avez faim ?

— Euh... oui, dit Cameron.

— Joins-toi à nous, alors, proposa Lorraine.

La salle à manger ressemblait à une cantine militaire. Les ouvriers en bleu de travail se servaient au buffet et allaient s'asseoir devant des longues tables sur tréteaux. Il y régnait une ambiance si conviviale autour de Lorraine, vêtue de son vieux pantalon de velours et de son chandail taché de peinture, que Cameron songea, par comparaison, à tous les restaurants élégants qu'il connaissait et où il s'ennuyait la plupart du temps.

Après le dessert, Lorraine lui suggéra de remonter dans la

chambre d'Isabelle pour y prendre le café et y reparler de sa découverte.

Assis par terre en face d'elle, il attendit qu'elle relance la conversation sur le sujet qui, visiblement, la préoccupait.

— Je t'ai appelé pour deux raisons, dit-elle après avoir bu une gorgée de café. D'abord, je savais que cela te ferait plaisir de voir cette cache secrète, et puis je me demandais quoi faire de mon trésor.

— As-tu pensé à le vendre? L'écritoire à lui seul vaut certainement deux ou trois mille dollars.

— Oh non! Je ne ferais jamais une chose pareille!

Cameron tressaillit de plaisir.

— Tu pourrais le confier à la Société historique de l'île.

— Cette idée-là ne me satisfait pas non plus. Je ne sais pas pourquoi, mais ces journaux sont très personnels. J'ai un instinct protecteur développé dès qu'il s'agit d'Isabelle.

— Je te comprends.

— Ce que je voudrais faire, c'est garder l'écritoire et les carnets ici même. Qu'en penses-tu?

— Mais où les mettrais-tu?

— Je pensais me servir de la bibliothèque comme salle d'archives.

— Ai-je bien entendu le mot « archives »? demanda Cameron avec un petit sourire en coin. Tu veux dire, une sorte de musée?

— Je ne songeais qu'à une ou deux vitrines; ça ne m'empêcherait pas d'y mettre de bons gros fauteuils confortables, et pleins de livres.

— Et où mettras-tu les cartes magnétiques à l'effigie de la *Dame Grise* pour décorer les portes de réfrigérateur?

— Tu veux parler du magasin de souvenirs pour les touristes? Eh bien, je ne sais... Que dirais-tu des sous-sols?

Ils rirent de bon cœur, et puis restèrent muets à se regarder dans les yeux. Ils réalisaient à quel point ces moments d'humour partagé leur étaient précieux. Lorraine s'éclaircit la voix.

— Je me disais aussi que tu aimerais faire quelque chose

de ces carnets. Peut-être un autre livre qui se baserait sur le récit d'Isabelle, en intercalant des références historiques et le récit d'événements contemporains. Ce serait fascinant.

— J'adorerais l'écrire. Merci.

Elle lui dédia un doux sourire. Il sourit de même, heureux à la pensée que leurs vies divergentes resteraient liées d'une certaine façon.

— De quoi parle-t-elle dans son journal ?

— De sa vie de tous les jours, de sa confiture de prunes une certaine année, et de la visite de ses nièces l'été suivant. Mais elle rend les événements quotidiens si proches et hors du temps qu'elle pourrait tout aussi bien vivre de nos jours. Et elle aimait tellement son époux que lorsqu'elle se laisse aller à parler de lui, c'est comme lire le plus merveilleux des romans d'amour.

Ils baissèrent tous les deux les yeux, sans trop savoir pourquoi.

— Je suis impatient de commencer. Mais il faut d'abord que je finisse mon livre de légendes.

Lorraine se releva pour aller contempler la lune de la fenêtre.

— Tu parlais d'une ou deux vitrines, dit Cameron.

— Oui, c'est exact.

— Tu ne crois pas que la plume et l'encrier vont paraître un peu... perdus ?

— Oh, j'ai d'autres objets. C'est incroyable ce qu'une maison peut receler. Des pièces de monnaie de différentes époques, des billes, des boutons en or, des ustensiles de cuisine et même des outils.

Cameron alla la rejoindre près de la croisée.

— Tu veux dire que tu as trouvé tout ça ici ?

— Mais oui. Pour l'instant, je garde tout dans ma caravane. Tu veux y jeter un coup d'œil ?

— Certainement. Mais j'aimerais aussi faire le tour de la maison et voir tes travaux, si ça ne t'ennuie pas, bien sûr.

— Mais pas du tout, dit Lorraine, encore perdue dans sa contemplation. Je me demande si le *Shenandoh* sortira ce soir.

— Tu rêves, Lorrie. On est au mois d'octobre.

— Et alors? Il doit faire frisquet au large, mais...

— Le *Shenandoh* est toujours désarmé à la fin septembre.

— Mais c'est imp...

Le mot mourut dans sa bouche. Elle ne bougeait plus.

— Que se passe-t-il? demanda Cameron.

— Rien.

Elle quitta la fenêtre et alla ranger les carnets dans l'écritoire portatif.

— Je suis contente que ce soit arrangé entre Erica et toi. Tu ne peux pas savoir à quel point je me suis sentie fautive après l'incident du soir du bal. J'ai failli plusieurs fois l'appeler, mais je me suis dis que...

— Lorraine...

— ...Tu savais mieux que moi comment...

— Lorraine! répéta-t-il d'une voix plus forte.

— Oui? dit-elle sans oser le regarder.

— Erica et moi, nous avons rompu nos fiançailles.

Lorraine en perdit la respiration.

— Oh! Je suis désolée.

Elle craignait de relever la tête et de laisser voir son désarroi. Quand elle avait invité Cameron, elle s'était résolue à se montrer agréable et distante à la fois. Elle ne pensait pas que partager les carnets d'Isabelle changerait quoi que ce soit. Mais il semblait que Cameron la regardait d'un œil différent.

La rupture de ces fiançailles n'aurait pas dû lui faire le moindre effet, mais elle était bouleversée.

— Quand donc avez-vous rompu?

— Hier.

— Je t'en supplie, dis-moi que je n'y suis pour rien.

— En fait, pour rien du tout. Nos relations se détérioraient depuis longtemps.

Lorraine espérait qu'il lui disait la vérité.

— Et tu es satisfait de votre décision?

— Certainement. C'est moi qui l'ai prise.

— Et elle? demanda Lorraine en baissant les paupières.

— Curieusement, cela a paru la soulager. Il n'y avait plus aucune flamme entre nous, et elle ne souhaite pas plus que moi un mariage de convenances. En revanche, mes parents ne sont pas encore au courant, et ça ne va pas être triste.

— J'ai cru comprendre qu'Erica leur plaisait beaucoup.

— Mes parents et les siens faisaient des croisières et jouaient au tennis ensemble depuis des années. Ils voulaient nous marier avant même que nous ne commencions à sortir ensemble. En y réfléchissant bien, je crois que c'est ma mère qui a organisé notre premier rendez-vous... En tout état de cause, nous étions sur une pente glissante depuis longtemps.

— Cameron ! Tu n'as aucune explication à me fournir. N'en parlons plus, veux-tu...

Comme il soupirait à fendre l'âme, elle le considéra. Dans son jean et chandail noirs, il dégageait une chaleur si sauvage qu'elle se sentit attirée comme un aimant. Elle recula pourtant, ramassa l'écritoire et le serra contre sa poitrine.

— Viens, je vais te montrer la maison.

Avant de passer le seuil, elle se retourna une dernière fois, cherchant le navire illuminé qu'elle avait vu la veille sur l'océan. Des frissons couraient à la surface de sa peau. Ce n'était pas possible. Il devait y avoir une douzaine d'explications logiques. Le *Shenandoh* faisait une croisière exceptionnelle. Ou bien son capitaine désirait tester un nouveau gréement...

Lorraine et Cameron traversèrent la salle à manger afin d'achever leur visite par le hall. Les tables étaient débarrassées, et les reliefs du festin avaient disparu. Il n'y avait plus que quelques ouvriers qui s'attardaient à jouer aux cartes.

— Cette organisation est incroyable. Qui fait la cuisine ? Qui s'occupe du rangement ?

— Nous tous, par équipe de trois. Ce n'est pas si difficile. Nous avons un groupe électrogène dans la cave, un congélateur plein de plats tout préparés, et quatre fours à micro-ondes, sans compter le vieux fourneau et le réfrigérateur qui se trouvaient autrefois dans la cuisine.

Ils revinrent dans le hall. Lorraine serrait toujours l'écritoire contre son cœur.

— Tu as décapé les boiseries toute seule ? s'exclama Cameron.

— Eh oui, dit Lorraine en admirant le résultat de ses efforts. Il m'a fallu des tonnes de produit et des douzaines de gants pour enlever la saleté et les vieilles couches de vernis. Ce n'est pas si mal maintenant, mais attends que j'aie passé de l'huile de lin ! Je suis impatiente de m'y mettre, mais il y a trop de poussière qui flotte dans l'air.

— C'est déjà magnifique, dit Cameron en lui effleurant le cou. Tu as commandé le papier mural ?

Son toucher avait l'intimité d'un baiser, et Lorraine dut s'écarter, tant ce geste innocent avait suffi à la mettre en feu.

— Je pense plutôt peindre le hall.

— Mais un motif d'époque...

— Non, je veux une maison qui soit hors du temps, qui ait du style et de la patine. Comme les murs des villas de Toscane ou de Provence. Je crois pouvoir obtenir l'effet recherché avec un glacis.

Elle éclata de rire en voyant l'expression d'horreur peinte sur le visage de Cameron.

— ...Fais-moi donc confiance !

Les derniers ouvriers ne tardèrent pas à partir. Elle ferma la maison et ouvrit le chemin jusqu'à sa caravane.

— C'est d'ici que tu diriges l'affaire DeStefano en ce moment ? s'enquit Cameron, tandis qu'elle trouvait une place pour l'écritoire, malgré les dossiers et machines qui envahissaient l'espace.

— J'avoue qu'en ce moment j'utilise plus mon ordinateur pour faire mes achats que pour gérer mon entreprise.

— Des achats ?

— Oui, pour la maison.

— Pour la maison ?

— Cameron ! Ne me dis pas que tu n'as jamais entendu parler des enchères informatiques ?

Il la dévisageait sans comprendre.

— ...Je vais te montrer.

Elle se glissa devant le clavier, et se connecta avec E-Bay.

196

— On trouve quoi là-dessus ?

— N'importe quoi. Mais en ce moment je suis intéressée par un chandelier de cristal, d'époque, qui irait parfaitement dans le grand salon. Le propriétaire assure qu'il n'y manque rien et qu'il est en parfaite condition, et j'ai tendance à lui faire confiance parce que le site informatique a sa réputation à sauvegarder. Ce matin, mon enchère de trois cents dollars tenait bon... je cherche... Tiens ! le voilà. Oh zut ! quelqu'un a proposé cinq cent dix dollars.

Elle allait passer à autre chose, quand Cameron poussa les hauts cris.

— Attends ! C'est un « Mont Washington » ! Comment t'y prends-tu ? Que vas-tu faire ?

— Mais rien du tout. Je n'ai pas l'intention de continuer. Je peux trouver un chandelier flambant neuf pour le quart de ce prix-là.

— Quelle horreur ! Je vais enchérir, moi !

— Pour mon compte ? Pas question.

— Pas pour toi, évidemment. Je le garde jusqu'à ce que ce soit à mon tour d'emménager ici. Allez, Lorraine ! Explique-moi ce que je dois faire. S'il te plaît !

Deux heures plus tard, après une bataille à quatre, un Cameron jubilant devenait le propriétaire du chandelier.

— Espèce d'idiot ! dit Lorraine, tandis que Cameron dansait dans l'espace étroit comme s'il venait de marquer le but décisif d'un match. Oh ! J'ai ce qu'il faut pour fêter ça.

Elle enjamba quelques dossiers pour aller ouvrir le petit réfrigérateur et en sortir une demi-bouteille de champagne. Elle fit sauter le bouchon et remplit deux gobelets de plastique dépareillés.

— Toutes mes félicitations, et bienvenue dans l'univers des internautes.

Ils trinquèrent, les yeux dans les yeux et le sourire aux lèvres.

— Et dans le troisième millénaire, murmura-t-il.

— Comme le temps passe...

Elle but une gorgée et regarda sa montre. Il était déjà

23 h 15. Ils venaient de passer près de six heures ensemble sans s'en apercevoir.

— Fais attention, dit Cameron comme elle reculait sans regarder derrière elle. Cet écritoire est fragile. Il vaudrait mieux l'envelopper dans quelque chose de doux, une serviette-éponge ou une couverture.

— Je préfère que tu l'emportes. Avec les autres objets d'époque. J'avais oublié que je pars pour Boston demain, et je risque d'y rester plusieurs semaines. Je serai plus tranquille en les sachant sous ta protection.

— Plusieurs semaines ? dit Cameron qui ne voulait pas en croire ses oreilles.

— Je... j'ai des affaires à traiter là-bas.

Lorraine se troubla, trop consciente de la présence physique de Cameron, de la forme provocatrice de sa bouche, de son odeur, de sa chaleur. Même le bruissement de ses vêtements lui donnait des frissons érotiques.

Pour s'y soustraire, elle sortit le carton dans lequel elle avait rangé ses autres trésors. Mais Cameron semblait avoir perdu tout intérêt pour ces témoins de l'histoire du manoir, et gardait les yeux rivés sur elle.

— Tu es sûr que ça ne t'ennuie pas de garder tout ça ?

— Mais non, dit Cameron comme s'il reprenait soudain ses esprits.

Il finit son champagne et déposa le gobelet dans l'évier miniature.

— ...Je devrais partir. Tu dois avoir envie de dormir.

La réponse de Lorraine fut inaudible. Elle était dans un état d'excitation tel qu'elle ne risquait pas de dormir.

— Merci de cette soirée, Lorraine. Je ne me souviens pas de m'être autant passionné.

— Dois-je en déduire que tu mènes une vie plutôt ennuyeuse ?

— Plutôt, mais la question n'est pas là.

Elle lui mit le carton dans les bras, et l'écritoire par-dessus. Cameron s'en saisit comme d'une plume, fit deux pas vers la porte, et puis fit volte-face.

— Je n'ai pas envie de partir!

Il posa son chargement, prit les mains de Lorraine et lui embrassa les paumes, l'une après l'autre. Le contact de ses lèvres chaudes et humides réduisit Lorraine en poupée de chiffon.

— Mais je n'ai pas changé d'avis en ce qui nous concerne, protesta-t-elle d'une voix faible.

— Alors, laisse-moi rester... et tu changeras d'avis.

Il lui déposa un collier de petits baisers dans la nuque et le creux du cou. Elle perdait la respiration.

— Mais nous ne pouvons pas...

Il lui mordillait maintenant le lobe de l'oreille, et elle pouvait à peine parler.

— ...Nous sommes follement attirés l'un par l'autre, je l'admets... mais...

Il ne voulut pas en entendre davantage et la bâillonna d'un baiser si passionné qu'elle s'abandonna dans les bras aimés...

13.

Sans relâcher son étreinte, Cameron tendit le bras et tira le rideau au-dessus du grand lit qui occupait le fond de la caravane. Lorraine oublia le monde extérieur. Toute son attention était fixée sur l'homme qui lui avait fait découvrir l'amour.

Leur étreinte atteint rapidement un niveau de folle sensualité. Leurs corps se tendirent sous l'effet de la passion.

— Oh, Lorrie ! j'ai rêvé si longtemps de cet instant...

Il la dévora de baisers enfiévrés, tandis qu'elle avouait entre deux gémissements qu'elle attendait ce moment-là depuis quinze ans.

Puis, dans un sursaut de lucidité, elle ajouta :

— Personne ne doit le savoir, Cam. Tu viens juste de rompre... Je ne veux pas qu'on dise que c'était à cause de moi. Cela la blesserait inutilement... Tous ces racontars...

Lorraine était sûre que Cameron la comprenait. Trop de choses séparaient leurs deux familles, et Cameron, lui, continuerait à vivre sur Harmonie quand elle regagnerait le continent.

— C'est de la folie, Cameron, murmura-t-elle après un long baiser enivrant. Tu le sais, n'est-ce pas ?

— Il faut parfois faire des folies pour conserver son équilibre mental.

Elle souriait quand il se remit à l'explorer des lèvres. Elle flotta bientôt dans un nuage de sensations sauvages. Elle avait de nouveau quinze ans. C'était l'été, et un monde magique s'ouvrait devant elle.

— ...Non, ce n'est pas de la folie, reprit Cameron. C'est la chose la plus sensée et la plus merveilleuse que nous ayons jamais faite...

Ses yeux brillaient de bonheur dans la pénombre.

— Après tout ce temps...

Ils se dévêtirent mutuellement, et elle cambra les reins pour mieux s'offrir quand il se mit à lui taquiner les seins.

Elle gémissait de plaisir quand Cameron suspendit ses caresses.

— Lorraine, tu... tu prends la pilule ?

Il lui fallut deux secondes pour redescendre sur terre.

— Euh... non. Tu as ce qu'il faut ?

— Non.

La terreur les saisit, et il secoua la tête d'un air aussi frustré que désolé.

— ...Nous ne pouvons pas prendre de risques, Lorrie. Nous connaissons trop bien les conséquences.

Leurs cœurs battaient frénétiquement, leurs corps tendus ne trouvaient pas le repos.

— Attends, attends juste une minute, s'écria soudain Lorraine en bondissant hors du lit.

Elle éprouva le besoin absurde de couvrir sa nudité d'un peignoir, et se rua dans la salle d'eau à la recherche de la petite mallette qui contenait ses affaires de toilette. Elle glissa la main dans toutes les poches et les recoins jusqu'à ce qu'elle trouve ce qu'elle cherchait, un diaphragme qu'elle s'était fait prescrire plusieurs années auparavant et qu'elle avait baptisé son « diaphragme de voyage ». Elle ne s'en était jamais servi.

Quand elle revint quelques minutes plus tard, son peignoir était entrouvert d'une façon très suggestive. La poitrine de Cameron se souleva dans un soupir de soulagement et de désir.

Ils vécurent des moments de magie. Quand Cameron la pénétra, Lorraine eut envie de pleurer de bonheur et de crier de joie. Cathryn avait dit qu'ils étaient destinés l'un à l'autre, et elle avait répondu qu'elle ne croyait pas à la prédestination. Mais en cet instant, aucun autre mot ne convenait.

Ce fut sa dernière pensée rationnelle. Une passion sauvage les emporta vers des paroxysmes inconnus. Ils n'étaient plus des adolescents à peine sortis de l'enfance, mais des amants aussi sensuels qu'expérimentés.

Sur un cri déchirant de volupté, Cameron entraîna Lorraine dans les nuées étincelantes de la jouissance partagée.

Il plut toute la journée du lendemain. Le ciel était sombre, les eaux glauques, mais Lorraine, assise dans la cabine intérieure du ferry, ne s'en apercevait même pas. Elle revivait sa nuit miraculeuse et ne voyait autour d'elle qu'un paysage enchanté.

Cameron aurait voulu rester, mais elle avait rassemblé suffisamment de forces pour lui demander de partir. Les autres caravanes étaient parquées trop près de la sienne. Tous semblaient dormir, mais elle était sûre que certains ouvriers savaient que Cameron était avec elle. Il leur arrivait d'aller prendre un verre en ville, et un mot de trop suffirait à susciter des commentaires sans fin.

Elle avait réussi à pousser Cameron jusqu'à la porte, mais ils s'étaient dit adieu avec tant de passion qu'ils avaient recommencé à faire l'amour.

Tant et si bien que Cameron n'était parti qu'à 3 heures du matin.

Maintenant Lorraine regardait, dans un état de béatitude inexplicable, les grosses gouttes de pluie s'écraser sur les hublots.

« Tu n'es qu'une idiote ! se dit-elle. Ta situation n'a rien de drôle. »

Elle allait à Boston pour vendre des biens immobiliers qu'elle avait chèrement gagnés et qui lui rapportaient des revenus réguliers, et tout ça à cause de Cameron. Sans lui, elle ne se serait jamais mise dans une impasse financière pareille. Elle n'aurait pas participé aux enchères, elle n'aurait pas perdu la tête, et elle n'aurait jamais payé une telle fortune pour le manoir.

Il lui avait offert l'opportunité de se défaire de la propriété sans perdre un sou, mais cela revenait à admettre sa défaite et ne constituait pas une option acceptable. Laisser la maison inachevée constituait aussi une défaite. Ce n'était pas une option non plus.

Son bien-être finit par s'évaporer complètement à la pensée que, si elle ne payait pas les échéances de ses emprunts, elle serait mise en faillite. Au lieu d'être une héroïne conquérante, elle deviendrait la risée d'Harmonie, et les DeStefano connaîtraient de nouveau la disgrâce.

Il faudrait sans doute qu'elle vende plus qu'elle n'en avait d'abord eu l'intention. Avec un portefeuille réduit, elle aurait besoin de moins de personnel. L'idée de débaucher ses employés la révoltait, même en cette période favorable du marché de l'emploi. Au demeurant, elle ne prendrait certainement pas une décision pareille avant Noël. Alors, augmenter les loyers ? Ce n'était pas le moment non plus.

Le ferry fendait les vagues, et Lorraine se disait qu'elle aimerait bien pouvoir surmonter ses problèmes de la même façon. Elle avait demandé un permis spécial pour pouvoir aménager le dessus du garage. Cela dépendait du cadastre, et Joe devait la représenter durant l'audition du lendemain. Son projet était conforme à toutes les réglementations possibles et imaginables, mais, comme la décision dépendait de Clay Hathaway, son instinct lui disait de se préparer au pire.

Elle essaya de rattraper le petit nuage de bonheur sur lequel elle flottait quelques minutes plus tôt, de raviver les souvenirs de la nuit écoulée, d'imaginer ses retrouvailles avec Cameron...

Tous ses efforts furent vains. Cameron et elle n'avaient pas parlé des conséquences du pas gigantesque qu'ils venaient de franchir. Avant de partir, il lui avait tout de même demandé de revenir très vite. Il lui avait pris le visage entre les mains et l'avait contemplée longuement, comme s'il essayait de graver son image dans son cœur pour la durée de son absence. Mais ils n'avaient fait aucun plan d'avenir, ni échangé la moindre promesse.

Aussi Lorraine savait-elle qu'une fois de plus elle sortirait meurtrie de leur aventure.

Cameron était sûr et certain d'avoir mis dans sa poche la carte sur laquelle il avait inscrit les coordonnées du précédent propriétaire du chandelier. Mais, après avoir fouillé trois fois chacune de ses poches, il se rendit à l'évidence. La carte était tombée quelque part dans la caravane de Lorraine.

Il dut donc retourner au manoir et exposer son problème à Joe.

— ... Vous ne voyez pas d'inconvénient à ce que j'aille regarder à l'intérieur ?

Joe ne semblait pas de très bonne humeur, mais donna son autorisation.

— Appelez-moi quand vous aurez fini, que je puisse fermer derrière vous.

Etonné de la froideur de Joe, Cameron se demanda si quelqu'un avait répandu le bruit qu'il était devenu l'amant de Lorraine et si l'entrepreneur le désapprouvait.

A cette pensée, il jura intérieurement. Déjà, ses parents avaient mal réagi à l'annonce de la rupture de ses fiançailles. Pru s'était quasiment évanouie, ce qui ne l'avait pas empêchée de faire porter à Lorraine toute la responsabilité de cet échec. Cameron avait nié, bien sûr, mais sans la convaincre. Alors si le bruit se répandait qu'il était resté dans la caravane de Lorraine jusqu'à 3 heures du matin, le lendemain de la rupture en question, il préférait ne pas penser aux conséquences.

Cameron chercha autour de l'ordinateur, entre les coussins et sous la table. Il fouilla ensuite la chambre. Le lit était soigneusement refait, mais Lorraine s'était visiblement assise sur le couvre-lit pour refaire ses comptes, et elle avait laissé des notes dans tous les sens. Il n'aurait pas dû regarder, mais ne put s'en empêcher.

Habitué à tenir la comptabilité de la marina, il comprit aussitôt que Lorraine connaissait de sérieux problèmes financiers. C'était clair comme le jour. Il aurait dû être ravi, puisque c'était exactement ce qu'il avait prédit. Mais la pensée de savoir Lorraine, si solide et si fière, au bord de la faillite l'attristait et lui donnait un horrible sentiment de culpabilité. En bluffant durant la vente aux enchères, il l'avait obligée à payer cent mille dollars de plus que nécessaire. Il aurait voulu qu'elle se confie à lui, mais bien sûr elle s'en était bien gardée. D'ailleurs, qu'aurait-il pu faire, à part s'apitoyer? Elle était trop entêtée pour accepter la moindre aide financière.

Quand il entendit des pas sur l'escalier de métal, il se précipita hors de la chambre, mais trop tard.

— Que fabriquez-vous là? gronda Joe.

Cameron se rappela à temps qu'il mentait très mal, et répondit la vérité. Joe contenait mal sa colère.

— Vous ne devriez pas être ici!

— Excusez-moi, je cherchais cette fichue carte...

Soudain, il l'aperçut sur le sol, à demi cachée sous un classeur.

— La voilà.

Et voyant que Joe secouait les clés impatiemment, il sortit. Il s'éloignait déjà quand la curiosité l'emporta.

— Joe! Il y a quelque chose que vous voulez me dire?

Joe le considéra un instant avant de se décider.

— C'est quoi, le problème avec votre père?

— Mon père? répéta Cameron sans comprendre.

— Oui. Pourquoi en veut-il à Lorraine?

— Je ne comprends pas le sens de votre question.

Joe considéra Cameron quelques secondes, vit qu'il n'était au courant de rien.

— C'est bon, allons en parler devant une tasse de café...

**

— Papa! rugit Cameron un peu plus tard, en passant d'une pièce à l'autre dans la maison de ses parents.

Il finit par découvrir Clay dans sa salle de gymnastique, en train de travailler sa musculature.

— Tu aurais au moins pu me prévenir! dit-il sans préambule.

— De quoi? haleta Clay.

— Que Lorraine avait demandé un permis spécial et que c'est passé hier soir en commission.

— Oh, ça? dit Clay en se rasseyant. Tu ne m'as pas prévenu non plus avant de rompre avec Erica.

— C'était mon affaire.

— Et le cadastre est la mienne!

— Pas quand il s'agit de Lorraine.

L'aveu était fait. Clay se raidit brusquement.

— Espèce d'imbécile! Tu l'as de nouveau dans la peau et entre les jambes?

Cameron vit rouge. Il saisit son père par le T-shirt.

— Surveille tes paroles quand tu parles d'elle!

Clay regarda calmement son T-shirt, et puis Cameron.

— Pour qui te prends-tu?

— Et toi? Tu te prends pour qui?

Cameron laissa retomber sa main avec un soupir écœuré.

Clay rajusta son T-shirt et fit jouer les muscles de ses épaules.

— Je suis la ligne de conduite que nous nous sommes fixée au mois de juillet, après la vente aux enchères, quand elle a ruiné tous tes plans concernant le manoir Rockland. Tu as oublié?

— Je n'ai pas oublié, mais la situation a changé, et je veux que tu fasses marche arrière.

— Impossible.

— Pourquoi pas? Tu as permis à la plupart des habitants de l'île d'aménager des appartements qui leur permettent d'arrondir leurs fins de mois.

— Je ne te comprends pas. Pourquoi ferais-je marche arrière? Elle ne va même pas rester sur l'île. Elle a l'intention de donner le manoir!

— Je sais. Mais je ne veux pas la pousser à la faillite. Et elle y va tout droit. Elle veut faire trop, et trop vite. Elle est en train d'investir tout ce qu'elle possède dans ce projet.

— Eh bien, ce n'est pas un malheureux loyer qui va la sauver.

— Non, mais ce sera un début. Et si elle reçoit des hôtes, l'affaire peut être viable...

Cameron s'interrompit brusquement en voyant l'expression rusée de son père.

— ...Tu vas t'opposer à ça aussi?

Son père se contenta de hausser les épaules. Cameron connaissait les projets de Lorraine. Si elle offrait des chambres d'hôte, prenait des locataires et louait le manoir pour des mariages, il était convaincu qu'elle pourrait, sinon gagner de l'argent, du moins se procurer de quoi rembourser ses emprunts. Mais Clay préparait des embûches sur sa route. Cela ne pourrait pas durer éternellement, car la commission du cadastre comportait cinq membres, mais sans doute assez longtemps pour ruiner Lorraine.

Clay enfila son haut de survêtement.

— Crois-moi, laisse les choses suivre leur cours naturel. Tu n'as pas à t'en mêler. Il te suffit de ne rien faire. C'est pour ton bien. Elle a sur toi la plus mauvaise influence. Plus tôt elle s'en ira, plus tôt tu retrouveras le sens des réalités.

Cameron s'en alla avec le sentiment d'être pris au piège. Avant peu, il aurait à choisir entre ses parents et Lorraine. Le choix paraissait s'imposer, mais pourquoi fallait-il qu'il coupe les ponts avec sa famille? Combien de temps Lorraine resterait-elle sur Harmonie? Saurait-il la convaincre d'abandonner la vie qu'elle s'était bâtie à Boston? Il en doutait fort. Et à ce moment-là, il se retrouverait à son point de départ, avec sur les bras des parents furieux qui se seraient brouillés avec lui.

Son père avait peut-être raison. Il ferait mieux de laisser la situation suivre sa pente naturelle.

Mais comment pourrait-il se comporter de la sorte envers Lorraine?

Il tournait en rond, et il n'y avait pas de porte de sortie.

Le mois de novembre noyait Harmonie sous une chape de brouillard glacé quand Lorraine y revint. Sur les quais déserts, les arbres dénudés de leurs feuilles avaient un aspect fantasmagorique.

L'état d'esprit de Lorraine s'accordait admirablement avec le gris de plomb de l'île. A deux reprises, on lui avait refusé le droit d'aménager le garage en appartement, et elle avait décidé d'affronter directement Clay Hathaway. Elle avait déjà contacté son avocat, et ne lui avait pas caché les démêlés précédents de leurs deux familles. L'homme de loi considérait qu'elle faisait l'objet d'une discrimination évidente, dans la mesure où des autorisations similaires avaient jusqu'alors été accordées à tous ceux qui en avaient fait la demande. Il était prêt à attaquer la décision du cadastre en justice. En l'apprenant, Clay Hathaway ferait peut-être marche arrière. Mais il était fort capable de camper sur ses positions.

Lorraine ne savait pas encore ce qu'elle ferait dans ce cas, mais elle frémissait à la pensée des articles de journaux et des commérages qui se multiplieraient en cas de procès.

Elle essaierait d'abord de parler aux autres membres de la commission du cadastre. Ils se montreraient sans doute plus raisonnables. Elle en avait par-dessus la tête de ces batailles bureaucratiques, et elle craignait le coût d'une procédure judiciaire.

Sous l'effet de la tension émotionnelle, toute la joie qu'elle tirait de la rénovation avait disparu. Même les achats de meubles pour le manoir avaient été plus un souci qu'un plaisir.

Et enfin, il y avait Cameron. Elle ne cessait de penser aux liens qu'ils avaient renoués la veille de son départ. Comment pourraient-ils les conserver si elle attaquait le père de son amant en justice ? Si la situation s'aggravait encore, elle craignait fort qu'il ne prenne le parti de sa famille. Après tout, n'était-il pas l'héritier des Hathaway?

Elle remontait l'avenue de la Mer quand elle entendit quelqu'un qui la klaxonnait. Dans son rétroviseur, elle reconnut Cameron. Malgré le ciel pesant et ses soucis financiers et juridiques, son cœur fit un bond de joie.

Cameron s'arrêta à sa hauteur et baissa la vitre du passager. Ils restèrent à se contempler sans rien dire pendant un long moment.

— Je viens d'arriver, dit-elle enfin.

— Je sais. Je t'attendais.

— Comment savais-tu que je rentrais aujourd'hui?

— Je l'ignorais. Je suis resté assis au volant depuis ton départ sans me laver ni dormir. Les gens sont venus m'apporter de la nourriture...

— Oh, arrête! dit-elle en riant.

— Tu vas au manoir?

— Oui, bien sûr.

— Cela ne t'ennuie pas si je te suis?

— En fait, je crois que ce serait une mauvaise idée.

Elle éternua et prit un mouchoir en papier.

— ...J'ai un mauvais rhume. Ce n'est pas important, mais j'ai beaucoup de problèmes à régler au cours des trois ou quatre heures à venir.

La déception altéra l'expression de Cameron.

— Tu m'appelles quand tu auras fini?

— Cam, j'ignore quand ce sera fini...

Il soupira lourdement.

— C'est à cause du cadastre?

Elle hocha affirmativement la tête.

— Oui, ça m'a rappelé qui nous sommes et serons toujours.

— Mais je n'ai rien à voir dans cette décision!

— Je sais, mais je crois qu'il vaudrait mieux ne plus nous voir. Les choses risquent de tourner au vinaigre au cours des prochaines semaines. Mon avocat arrive bientôt.

— Oh! je vois.

— Si nous continuons, tu seras écartelé entre ta famille et moi. Nous risquons de finir par nous disputer, et je préférerais garder le souvenir merveilleux de la nuit que nous avons partagée.

Cameron poussa un long soupir de frustration. Elle avait raison, et il le savait.

— Ce... ça fait mal.

— Oui, à moi aussi. Mais mieux vaut que ça se passe maintenant que plus tard. Cam, il faut que je rentre. J'ai besoin de prendre un antigrippe. Ne t'inquiète pas. Nous nous reverrons... à l'occasion.

Elle passa en première et redémarra. La vue du manoir la rasséréna un peu. Elle s'arrêta à quelque distance afin de pouvoir admirer la façade remise à neuf. Les échafaudages avaient été démontés. Les volets étaient en place. Les colonnes encastrées, peintes en blanc, scintillaient malgré le mauvais temps. Et... de la fumée sortait de deux des cheminées !

C'était la vision qui accueillerait sa mère à son arrivée, à ceci près qu'il y aurait aux fenêtres des décorations de Noël. Lorraine repartit, impatiente de voir l'intérieur.

L'état des travaux dans la maison tempéra son enthousiasme. Il y avait encore des tonnes de choses à faire. Elle complimenta Joe et son équipe pour le travail accompli à l'extérieur, et les remercia abondamment pour le rythme qu'ils avaient su maintenir. Puis Joe la guida à travers les pièces pour lui montrer tout ce qui avait été réalisé durant ses trois semaines d'absence.

La cuisine était quasiment terminée. Selon ses instructions, les murs avaient été peints d'un blanc cassé, légèrement ocré, qui mettait en valeur les boiseries des placards. Le sol était refait, les plans de travail en place. Il ne manquait plus que les appareils ménagers.

Les salles de bains étaient presque achevées. Lorraine poussa un cri de plaisir quand elle découvrit, dans la pièce attenant à la chambre d'Isabelle, la grande baignoire Jacuzzi à pattes de lion qu'elle avait eu la folie d'acheter.

Mais en dépit des progrès réalisés, il restait beaucoup à faire. Lorraine demanda à Joe de l'accompagner dans sa caravane pour un entretien privé.

— La maison est superbe, Joe.

— Oui, les travaux avancent bien. Alors, qu'est-ce qui ne va pas ?

— Je voudrais parler de la fin du chantier.

— C'est ce que je pensais.

Il avait l'air contrit. Il savait que Lorraine aurait voulu tout terminer à la fin novembre, mais ils avaient pris du retard.

— Il faut que je sois réaliste, et que je cesse de me laisser entraîner par mon orgueil. On m'a dit et répété que les rénovations étaient trop importantes pour la période considérée, et on avait raison... sur le plan financier notamment.

— Vous n'aviez pas... Je veux dire, je croyais que...

— Oh oui, je peux payer l'équipe et régler nos fournisseurs. J'ai même un peu d'argent de côté pour les meubles. Après tout, je ne peux pas inviter ma famille à passer Noël dans une maison vide !

Elle s'efforça de ne pas penser à tout ce qu'elle avait dû vendre pour en arriver à ce point, et qui représentait la moitié de son capital. Il s'agissait de bâtiments solides qui assuraient un revenu régulier, et elle n'avait eu aucun mal à les vendre.

— ...Mais il va falloir que je limite mes ambitions, et fermer le chantier dans deux ou trois semaines. Il faut donc que nous déterminions ce qui est absolument indispensable, et ce qui ne l'est pas.

Les prévisions de Joe furent meilleures que ce qu'elle espérait. Il pensait pouvoir tout terminer, sauf la peinture et la pose du papier mural.

— ...Mais les murs auront reçu leur apprêt. Les boiseries aussi.

Lorraine se satisferait volontiers de ça. Elle voulait le grand salon prêt, afin que sa famille au grand complet puisse se réunir devant un arbre de Noël. Elle voulait aussi la salle à manger pour les repas. Et, pour son plaisir personnel, la suite d'Isabelle. Ces trois pièces constituaient ses priorités. Elle trouverait sans doute un peintre local, faute de quoi elle ferait le travail elle-même. Elle tenait un rouleau aussi bien que n'importe qui, et la pose du papier peint n'avait pas de secret pour elle.

— Si vous vous dépêchez de trouver les équipements électriques, je vous les ferai installer.

Les éclairages indirects étaient déjà en place, mais les appliques et les chandeliers manquaient dans les pièces principales.

— Je ne m'inquiète pas pour l'éclairage, Joe. Mais les sols? Seront-ils prêts et poncés?

Joe retint sa respiration un moment et souffla un grand coup.

— Oui.

— Oui? demanda Lorraine en se redressant avec un sourire.

— Oui, si nous abandonnons les finitions du hall.

— Oh!

Lorraine réalisa brusquement que le hall constituait lui aussi une priorité. Elle continuait à imaginer sa mère descendant le grand escalier dans une élégante robe longue qui flottait autour d'elle, sous les yeux admiratifs des habitants de l'île.

— Vous êtes sûre que vous ne voulez pas que je reste avec une équipe réduite? demanda Joe qui semblait avoir le cœur fendu pour elle. Je vous ferai volontiers un petit crédit.

Lorraine eut un rire sans joie.

— Il ne manquerait plus que ça, de vous rajouter au nombre de mes créanciers! Non, ça se passera très bien. Ma famille ne mourra pas de dormir dans des chambres non peintes, et ma mère voudra sans doute donner son avis pour la décoration. Quand on y réfléchit, c'est même beaucoup mieux ainsi.

Lorraine se sentit plus calme après avoir pris la décision de ne pas finir les travaux. Audrey aurait tout l'hiver devant elle, et Lorraine aurait le temps de consolider ses avoirs et de dégager des fonds. Ce ne serait pas le joyau sans défaut qu'elle aurait voulu offrir à sa mère, mais elle était reconnaissante au sort de lui accorder ce compromis. La situation aurait pu être bien pire.

Cameron travaillait dans son microscopique bureau à la mairie quand il aperçut Lorraine qui se dirigeait vers le bureau de son père, de l'autre côté du corridor. Il se précipita pour l'intercepter, mais la porte se referma sur elle avant qu'il ait eu le temps de la rejoindre. Il essaya bien d'écouter, mais ne parvint pas à entendre un mot de leur conversation. Il traînait encore dans le couloir quand Lorraine sortit au pas de charge, le visage en feu, et les yeux brillant de colère.

— Que se passe-t-il?

Mais elle passa devant lui sans ralentir le pas.

— Papa! que lui as-tu dit? demanda-t-il en entrant dans le bureau paternel.

— Je n'ai pas de compte à te rendre! riposta Clay en rugissant.

Décidé à ne pas se laisser impressionner, Cameron referma le battant derrière lui et insista.

— De quoi s'agissait-il?

— Des problèmes de cadastre, dit Clay en ramassant un dossier et en le rejetant violemment sur la table. Elle a l'intention de faire venir son avocat et de me poursuivre en justice pour discrimination, moi et la commission. Tu imagines ça? Cette arrogance!

— Et tu lui as répondu?

— Qu'elle pouvait amener tous les avocats qu'elle voulait, et que nous en avions aussi.

Cameron s'approcha de la fenêtre et guetta le passage de Lorraine dans le parking au-dessous de lui.

— Je ne comprends pas. Je t'ai déjà dit que ça ne m'ennuie pas du tout si elle obtient le permis recherché.

Il ne se retourna que lorsqu'elle fut remontée en voiture.

— ...En fait, je te demande de le lui accorder. Je comprends mieux maintenant le poids financier d'une demeure comme celle-là. Je l'avais sous-estimé. Si je possédais le manoir, je devrais recourir aux mêmes expédients. Tu auras l'air de quoi, quand tu m'accorderas le permis que tu lui auras refusé ?

Clay ouvrit un tiroir sans raison apparente, et le ferma d'un geste brusque.

— ...Par ailleurs, elle ne mérite pas d'être traitée de la sorte. Tu réalises la besogne qu'elle abat, simplement pour aider sa famille ? Pour financer les études des plus jeunes et les lancer dans l'existence ? Elle est généreuse à l'excès. Quant à cette arrogance dont tu l'accuses, ce n'est qu'une armure de protection. Elle est en fait très vulnérable.

— Ma parole ! Elle te tient à la longe, et avec des œillères encore ! Tu ne te souviens pas de ce qui est arrivé quand elle avait quinze ans ? Tu as oublié ce qu'elle a fait ?

— Je me rappelle parfaitement ce dont on l'a accusée. Mais c'était à tort. Ce n'était pas un avortement, mais une fausse couche, et elle peut le prouver.

Un peu interdit, Clay fit le tour de son bureau.

— Tu es sûr ?

— Lorraine a conservé son dossier médical.

— Tu commets quand même une erreur redoutable.

— Laquelle ? Celle de vouloir comprendre pourquoi tu ferais n'importe quoi pour la chasser de l'île ?

Clay revint s'asseoir lourdement dans son fauteuil, les yeux baissés.

— Bon ! Le moment est sans doute venu de t'apprendre la vérité. Dieu m'est témoin que j'aurais préféré ne rien te dire, et ta mère sera horriblement mortifiée si elle le sait. Mais ça t'aidera sans doute à me comprendre.

Cameron resta pétrifié. On aurait dit que son père allait dénouer tout ce qui tenait son existence en place.

— ...Ce n'est pas Lorraine que je veux chasser de l'île,

dit Clay d'une voix écartelée entre l'appréhension et la rési-
gnation. En fait, c'est sa mère que je juge indésirable. Je ne
veux pas qu'elle revienne sur l'île. Je ne veux même pas la
revoir...

14.

Cameron découvrit enfin Lorraine, assise dans sa voiture en face de la maison que ses parents avaient possédée sur l'île. On avait refait la toiture et ajouté une véranda sur l'un des côtés. Mais à part ça, rien n'avait changé depuis l'époque de son enfance.

Cameron se gara à proximité et descendit de voiture. En s'approchant, il vit qu'elle pleurait.

— Lorraine, j'ai des choses à te dire ! cria-t-il en frappant à la vitre.

— Va-t'en ! répondit-elle en mettant la main à la clé de contact.

Affolé à l'idée qu'elle allait conduire dans cet état, il contourna précipitamment la voiture, ouvrit la portière passager et grimpa à l'intérieur.

— Que se passe-t-il ? Pourquoi pleures-tu ?

Elle chercha dans son sac un autre mouchoir en papier, et s'essuya le visage.

— Tu te souviens de la raison pour laquelle ma famille a quitté Harmonie ?

— Des difficultés financières, je crois.

— Un euphémisme. La banque a saisi notre maison. Mon père l'avait lourdement hypothéquée pour lancer son élevage de poissons.

— Oui, on me l'a dit.

— Tu n'étais pas là le jour de la vente ?

216

Pourquoi lui posait-elle une question dont elle connaissait la réponse ?

— Non, j'étais dans mon pensionnat.

— Alors tu ne connais pas la douleur lancinante que l'on ressent devant tous ces gens venus pour vous dépouiller de tout. Car nous habitions encore là le jour des enchères.

Cameron se demandait pourquoi elle éprouvait soudain le besoin de lui raconter ce pénible épisode, et comment il allait pouvoir lui apprendre l'incroyable histoire qu'il venait, lui, d'entendre.

Elle lui montrait l'allée latérale d'un geste de la main.

— Je me tenais là avec mes sœurs et j'essayais de leur expliquer que les gens ne nous en voulaient pas personnellement, et que nos voisins n'étaient pas en train de nous trahir. Mais je ne réussissais pas très bien parce qu'elles continuaient à pleurer et à poser des questions auxquelles il n'y avait pas de réponse. Ma mère était à l'intérieur avec mes petits frères, et je savais qu'elle pleurait, elle aussi.

Cameron posa la main sur l'épaule tremblante de Lorraine. Elle renifla et redressa le menton.

— ...Je n'ai jamais compris pourquoi cet élevage de poissons n'avait pas réussi. Mon père avait étudié le marché, et le moment était favorable. Maintenant je sais. Ton père a saboté l'entreprise.

Cameron se demanda pourquoi il s'était aventuré sur un terrain aussi marécageux.

— ...Quand j'étais dans le bureau de ton père tout à l'heure, il m'a conseillé de renoncer à demander ce permis parce que j'avais d'ores et déjà perdu la partie. Je lui ai demandé comment il pouvait en être aussi sûr, et il m'a répondu qu'il s'était occupé de mon père, et qu'il saurait s'occuper de moi aussi !

Cameron pâlit.

— Il aurait pu vouloir dire autre chose.

Lorraine tourna vers lui des yeux noirs de rage.

— Oh non ! Je ne sais pas comment il s'y est pris, parce qu'il a refusé de s'expliquer, mais c'est lui qui a provoqué la banqueroute de mon père, il n'y a pas le moindre doute là-dessus.

— Tu vas le poursuivre en justice ?

— Je ne sais pas. Ton père nierait m'avoir dit quoi que ce soit, et il a eu tout le temps de faire disparaître les preuves.

Un rideau remua dans la maison.

— Ecoute, on attire l'attention... Alors, à moins que tu n'aies l'intention d'abandonner ici ta voiture, tu ferais mieux de descendre, car je vais partir.

— Au diable ma voiture. Tu peux démarrer... Mon père essayait peut-être de te faire peur. Mais si c'est la vérité... je suis désolé, Lorraine.

Ces mots étaient bien inadéquats dans leur situation.

Ils longèrent le cimetière dans lequel ils avaient échangé leurs premiers baisers au retour de l'école.

— Et moi je suis désolée d'avoir été si impolie envers toi dans le corridor. Je sais que tu n'y es pour rien. Mais tu étais là, en travers de mon chemin. Un autre Hathaway.

Elle se gara soudain sur le bas-côté, partagée entre la colère et la confusion.

— Je ne sais plus ce que je fais, ni où je vais.

— Nous avons à parler.

— Je refuse de parler.

— Il le faut ! Allons chez moi.

Elle hésita un moment, dans un état de trouble et d'épuisement qui ne lui ressemblait pas. Puis elle reprit la route. Une fois chez lui, il lui donna de quoi confectionner du chocolat chaud tandis qu'il allumait le feu dans le poêle de fonte, afin de chasser l'humidité de novembre. Il attendit qu'ils soient installés sur le divan avec les bols fumants avant de reprendre le cours de leur conversation.

— J'ai eu une explication avec mon père après ton départ. Il semble que ce soit le jour où tous les cadavres sortent des placards.

Une goutte de chocolat chaud ornait la lèvre de Lorraine, et Cameron eut envie d'y passer la langue. Il aurait dû être mortifié d'avoir des pensées pareilles dans un moment aussi grave, mais il ne ressentit aucun remords.

— S'il est vrai que mon père a ruiné le tien, je crois que je sais enfin pourquoi.

— Leur animosité ne faisait que croître et embellir depuis des années, mais ma grossesse a rendu les dommages irréparables.

— En fait, ça a commencé beaucoup plus tôt.

— Oui, avec la réforme fiscale.

— Plus tôt que ça.

— Ils avaient toujours eu des opinions politiques opposées.

— Mais ça allait bien au-delà.

Lorraine posa son bol sur la table basse, replia ses jambes en sirène et tourna vers Cameron un visage plissé par un mélange de curiosité et de perplexité.

— Ecoute... Je ne sais pas comment te présenter les choses, mais je crois que je vais sauter à pieds joints dans les faits sans essayer de les travestir...

Il allongea un bras sur le dos du divan pour poser sa main sur l'épaule de Lorraine.

— ...Mon père et ta mère ont eu une liaison il y a une vingtaine d'années.

Lorraine en eut la respiration coupée. Cameron ne savait pas s'il devait la consoler, parler pour ne rien dire, ou lui tapoter les joues pour la ramener à la vie. Elle finit par surmonter sa stupeur.

— Tu dois faire erreur.

— Je le voudrais bien, mais il me l'a avoué lui-même.

— Ma mère et ton père ? répéta Lorraine avec incrédulité.

— Oui, aussi incroyable que cela paraisse.

— Il y a vingt ans ? Je devais avoir une dizaine d'années, et je ne me suis rendu compte de rien. Ma mère... Oh, je suis incapable d'y songer, et encore moins de prononcer le mot.

— Il semble que ça n'ait pas duré très longtemps. D'après mon père, ils ont eu des remords et se sont mis d'accord pour ne plus se revoir. Ils aimaient leurs conjoints et ne voulaient pas déchirer leurs deux familles. Le seul ennui, c'est que ma mère a découvert leur secret, et qu'elle n'a pas laissé mon père en repos depuis lors. C'est elle qui n'a cessé d'entretenir de son fiel la vendetta entre nos deux familles.

— Je me demande si mon père était au courant. Sans doute, à en juger par la virulence de ses attaques contre ton père.

— En tout cas, c'est comme ça que tout a commencé. Par un adultère.

Lorraine secoua la tête.

— Je n'arrive toujours pas à y croire. Ma mère...

Ils restèrent un long moment perdus dans leurs pensées, à écouter le crépitement des bûches dans le poêle et le tic-tac de l'horloge ventrue dressée contre le mur.

— Tu sais ce qui m'a bouleversé le plus ? dit Cameron tout en continuant à masser doucement l'épaule de Lorraine. C'est le poids de la colère et de la culpabilité que nos parents ont transféré sur nous. Ils nous ont fait payer le prix de leurs erreurs et de leurs rancœurs.

— Toutes ces calomnies sur mon compte...

— Comme les trois années passées dans un pensionnat que je haïssais.

— Je t'ai méprisé parce que tu t'étais retourné contre moi.

— Et j'ai cru de bonne foi que tu t'étais fait avorter.

— Toutes les années perdues...

Lorraine avait envie de pleurer devant la cruelle absurdité de leur sort, mais Cameron devait souffrir, lui aussi, et pourtant il conservait sa force et sa dignité. Elle tendit la main vers lui.

— Je ne comprends pas pourquoi ton père t'a avoué tout ça maintenant.

Une ombre de sourire apparut sur le visage de Cameron.

— Je lui avais demandé de te délivrer le permis.

Lorraine eut l'impression qu'un rayon de soleil venait de percer à travers les nuages.

— Vraiment ?

— Il s'est dérobé, bien sûr. Alors je l'ai sommé d'expliquer son animosité à ton égard. En fait, ce n'est pas toi qu'il veut chasser d'ici. C'est ta mère qu'il veut empêcher de revenir, parce que la mienne est encore folle de jalousie. Elle craint que leur liaison ne reprenne si l'occasion leur en ait offerte.

— Mais c'est de la folie !

— En tout état de cause, mon père a considéré qu'il était temps que je comprenne les tenants et les aboutissants du problème. Il a essayé de me convaincre de rompre définitivement avec toi.

Le sourire de Cameron s'élargit brusquement.

— ...En vain, rassure-toi.

— Nous sommes en plein cauchemar, marnonna Lorraine.

— Mais non. Seul du bon peut sortir de la vérité. Je suis fatigué de cette querelle disproportionnée. Et je l'enterre ici et maintenant, ajouta-t-il en la prenant dans ses bras.

Elle se blottit contre lui avec un soupir de délices.

— J'ai dit à mon père que je prendrais publiquement ton parti s'il ne revenait pas sur sa décision. Tu peux considérer que le permis est déjà en chemin.

A ces mots, Lorraine fondit en larmes de soulagement !

— Il était temps qu'un heureux événement se produise, tu ne crois pas ? murmura Cameron en lui prenant tendrement le visage entre les mains.

Elle rit, sourit, eut le hoquet, et rit de nouveau.

— Il doit être furieux contre toi.

— Il se préoccupe certainement davantage de la réaction de ma mère quand elle sera au courant. Personnellement, ça m'est égal. C'est leur problème, et c'est à eux de le résoudre. J'ai ma propre vie à réussir.

Il l'étreignit avec une telle passion que Lorraine se demanda s'il songeait à l'inclure dans cette vie-là. Les mises en garde de sa mère résonnèrent dans sa tête : « Tu frayes avec les Hathaway, et tu en paies les conséquences. » Mais elle n'écoutait pas. Elle avait sa propre vie à conduire.

Ils se levèrent du divan et se dirigèrent bras dessus bras dessous vers l'escalier. Les yeux de Cameron pétillaient de malice.

— Mademoiselle DeStefano, j'ai une demande à te faire...

Le cœur de Lorraine chavira d'espoir.

— ... Me ferais-tu l'honneur de dîner en ville ce soir avec moi ?

La déception la submergea... jusqu'à ce qu'elle comprenne ce qu'il lui proposait. Un rendez-vous public. La rébellion.

— J'en serai ravie, monsieur Hathaway. Mais d'abord...

— D'abord...

Ils continuèrent leur chemin jusqu'à sa chambre en laissant dans leur sillage un vêtement après l'autre.

Novembre fut à la fois le mois le plus heureux de la vie de Lorraine, et aussi le plus épuisant. Cameron et elle se voyaient quasiment tous les jours... toutes les nuits.

Dès qu'il avait un moment de libre, il venait au manoir pour joindre ses efforts à ceux de l'équipe. Un beau matin, il arriva avec le chandelier « Mont Washington » et insista pour que Lorraine le place dans le grand salon.

— Ce n'est qu'un prêt, précisa-t-il pour ne pas la gêner. En attendant que tu aies trouvé par quoi le remplacer.

Ils passèrent trois jours à Boston à hanter les magasins d'antiquités et les marchés aux puces, et revinrent sur l'île avec un chargement de lampes et de meubles qui incluait une table de style, pourvue de rallonges, autour de laquelle on pouvait faire asseoir une vingtaine de personnes.

Ils passèrent plusieurs de leurs soirées en compagnie des Grant et des McGrath dans une atmosphère de chaude amitié. Cameron convainquit Lorraine, qui adorait chanter, de se joindre au chœur de l'église en vue des cantiques de Noël, auquel il participait lui-même en tant que ténor.

A l'instigation de Cameron, elle rejoignit aussi les rangs de la Ligue de préservation d'Harmonie et participa à la préparation des fêtes. Pru Hathaway et deux de ses amies démissionnèrent immédiatement, mais tous les autres furent ravis de l'accueillir et mirent à profit ses dons d'organisation. La parade de Noël était prévue pour le second dimanche de décembre. Ce serait l'occasion idéale de faire venir sa mère sur l'île.

Tout excitée, Lorraine se remémorait les parades de son enfance, l'illumination du parc municipal, les boutiques décorées, et les vendeurs des rues réapparus pour l'occasion. Mais, si elle débordait d'idées pour enrichir la fête, elle veillait à ne pas trop se mettre en avant pour ménager la susceptibilité des gens, et ce d'autant plus qu'elle ne savait pas si elle serait disponible les années suivantes.

Mais Cameron n'avait pas de ces doutes-là. Leur enthousiasme contagieux provoqua une vague de créativité autour d'eux. Le comité adopta avec empressement l'idée de lancer une petite campagne de publicité sur le continent autour de l'événement. Il fut entendu que le ferry ferait deux allers et retours au lieu d'un. La chambre de commerce cherchait à attirer des touristes durant la morte saison, et la ligue avait besoin de fonds pour restaurer le phare de la pointe est.

Le comité adopta aussi l'idée de décorer le ferry et d'y installer un buffet. On sortit les carrioles des remises pour proposer aux visiteurs des promenades autour de l'île. Il y aurait des carillons depuis le clocher de l'église, et les boutiquiers porteraient des costumes d'époque... Les idées fusaient les unes après les autres.

Les travaux au manoir progressaient à un rythme rapide. Lorraine passa un dimanche entier à remplir des chèques pour régler les ouvriers de Joe, l'électricien et le plombier de l'île, et ses divers fournisseurs. Son compte était presque vide.

Le lendemain, les tables à tréteaux de la salle à manger furent démontées. On emballa tous les outils. Les caravanes prirent la direction du ferry, et les ouvriers s'en allèrent l'un après l'autre. Joe fut le dernier à partir. Il ne cessait de penser à ce qu'il aurait dû faire et n'avait pas eu le temps d'accomplir, et proposa dix fois à Lorraine de revenir après Thanksgiving. Après des adieux émus, elle réussit à le faire monter dans le ferry, lui aussi.

Ce soir-là, dans une maison qui était enfin toute à eux, Cameron et Lorraine montèrent le lit à baldaquin que Lorraine avait acheté à Boston pour la chambre d'Isabelle. Après avoir lu son journal, Lorraine savait que celle-ci dormait dans un lit à colonnades, et se réjouissait d'avoir déniché quelque chose de très similaire.

Les murs n'étaient toujours pas repeints. Alors le lit fut installé au milieu de la pièce, sur le parquet brillant comme s'il était neuf. Ils allumèrent un feu dans la cheminée, lissèrent soigneusement les draps de coton, et passèrent le reste de la nuit à les chiffonner.

La tête au creux de l'épaule de Cameron, Lorraine écoutait les vagues roulant contre la falaise, et le vent qui sifflait le long du toit. Elle n'avait aucune envie de partir pour Boston, mais elle avait promis de passer Thanksgiving avec sa famille.

Elle n'avait surtout aucune envie de quitter Cameron. Ils avaient évité de prononcer le mot « amour », comme ils s'étaient bien gardés de prendre le moindre engagement l'un envers l'autre. Elle ne savait pas s'ils craignaient que cela ne porte malheur à leur félicité, ou s'ils croyaient encore à l'impossibilité de prendre un tel engagement. Les deux, probablement.

Alors, ils parlèrent de la parade, de la couleur qui conviendrait le mieux à la salle à manger, du tapis de l'escalier et du long week-end qui s'annonçait.

— Tu iras chez tes parents ? demanda Lorraine.

— Je ne sais pas encore. Peut-être.

Lorraine se dit qu'il irait probablement. S'il n'était pas dans les meilleurs termes avec eux en ce moment, ils n'en restaient pas moins sa famille la plus proche. Cameron leur était profondément attaché, et il tenait à maintenir un semblant de paix.

— Et toi ? demanda Cameron en suivant du doigt le contour d'une marque de naissance que Lorraine possédait sous le sein gauche. Tu vas dire à ta mère que nous nous voyons ?

— Je ne crois pas.

Audrey ne comprendrait pas. Elles se disputeraient, et leur Thanksgiving serait gâché.

— Bien, conclut Cameron, nous devrions dormir un peu. Il se fait tard.

Et pour lui souhaiter bonne nuit, il lui déposa sur les lèvres un baiser empreint d'une tendre affection.

— Tu vas me manquer, dit-il en fermant les yeux.

Hésitante, Lorraine fixa les reflets des braises dans la cheminée.

« Devrais-je lui dire que je l'aime ? » se demandait-elle.

Mais elle ferma les yeux, elle aussi, et laissa le moment passer.

Cameron quitta la maison de ses parents dès qu'il eut avalé son dessert. Ils l'avaient surpris en ne mentionnant pas le nom de Lorraine une seule fois. Mais la conversation avait été difficile, entrecoupée de silences qui en disaient long sur leur désarroi. Cameron en avait eu la migraine avant même le commencement du repas.

Il passa d'une table de quatre mètres de long pour trois personnes à une table de deux mètres de long préparée pour seize. Les McGrath avaient dû rajouter à un bout une table de bridge. Les enfants faisaient un raffut de tous les diables dans la salle de jeux du sous-sol. Les femmes jacassaient comme des pies dans la cuisine, et Cameron se disait que c'était le Thanksgiving dont il avait toujours rêvé. Il n'y manquait que Lorraine. Il s'attarda jusqu'à ce que tous les autres invités soient partis, en espérant qu'il choisissait bien son moment. Les McGrath devaient être épuisés après une journée pareille, mais il voulait discuter avec eux de la situation de Lorraine.

— Je sais que vous êtes occupés. Vous avez trois enfants, une maison à décorer, des courses à faire, de la famille à visiter, sans parler des concerts de fin d'année à l'école. Mais Lorraine insiste pour finir de repeindre au moins une partie de la maison avant les fêtes. Ce n'est pas une tâche insurmontable, à ceci près qu'il ne lui reste que deux semaines, et qu'elle est déjà dans un état voisin de l'épuisement.

— Pour l'amour du ciel, Cameron! dit Cathryn en riant. Viens-en aux faits.

— Je cherche des volontaires pour l'aider. En s'y mettant à plusieurs, la peinture est un jeu d'enfant...

Le visage de Cathryn s'illumina.

— Mais c'est une idée géniale! On va battre le rappel...

Quand Lorraine revint au manoir le samedi matin, il y avait des flocons dans l'air. Elle avait laissé à Cameron un double des clés et ne s'étonna donc pas de voir certaines fenêtres éclairées. Ce qui la surprit davantage, ce fut d'apercevoir le van de Cathryn garé dans l'allée derrière la voiture de Cameron, et puis la camionnette que Dylan utilisait dans ses travaux d'architecte paysagiste, la Bronco de Julia et Ben, la Sedan de Fred Gardiner, et deux autres véhicules qu'elle ne reconnut pas.

Elle ouvrit sa porte et découvrit le groupe installé sur les marches de l'escalier.

— Bonjour! lança l'un.

— Enfin de retour, dit l'autre.

— La traversée s'est bien passée? demanda un troisième.

— Très bien, dit enfin Lorraine. Mais que faites-vous tous ici?

— On est assis, comme tu vois, dit Cathryn avec flegme.

Lorraine regarda autour d'elle. Des bâches couvraient chaque pouce du plancher fraîchement rénové.

— Mike! s'écria-t-elle en reconnaissant l'un de ses anciens camarades de classe qui n'avait jamais quitté Harmonie et gagnait sa vie en pêchant le homard.

Lorraine repéra deux membres de la Ligue de préservation, le père de Cathryn et Gertrude Dumont, la plus vieille amie de sa mère.

— Que faites-vous tous ici ? demanda-t-elle pour la seconde fois.

— Quelques amis sont venus te donner un coup de main, dit Cameron en s'avançant.

Lorraine en lâcha son sac de voyage.

— Nous savons à quel point il est important pour toi de bien recevoir ta famille, dit Julia en descendant les marches.

— Mais...

— Ne t'inquiète pas, dit Cathryn. La plupart d'entre nous ont déjà repeint une pièce après l'autre chez eux, et ceux qui manquent d'expérience peuvent s'occuper de l'arbre de Noël et du nettoyage...

— Et mon bateau est à ton service, si tu as besoin de quoi que ce soit sur le continent, dit Mike.

Lorraine se mit à trembler et entraîna Cameron vers la bibliothèque.

— Cam, je t'en supplie, demande-leur de partir. Je ne peux pas accepter leur aide.

— Pourquoi pas ?

Les larmes lui montèrent aux yeux.

— Je n'ai plus d'argent. Je ne pourrai pas les payer.

C'était la première fois qu'elle admettait devant Cameron ses difficultés financières.

— Lorraine, mon cœur, ces gens sont tes amis. Ils seraient insultés si tu essayais de les payer ! Ils veulent absolument t'aider. Il te suffit de les remercier d'un sourire gracieux.

Elle s'efforça de déglutir à plusieurs reprises, mais la boule d'émotion qui lui obstruait la gorge refusait de disparaître.

— D'autre part, je crois que Fred a un chèque pour toi de la part de la Ligue. Rien de démesuré, mais une petite aide.

— Je ne veux pas de sa charité !

— Là encore, tu fais erreur. La Ligue a toujours eu un fonds spécial pour la restauration des demeures historiques par des particuliers. Tu es simplement la dernière en date d'une longue liste de bénéficiaires.

Lorraine essaya bien de retenir ses pleurs, mais à la pensée de la solidarité qu'on lui témoignait, elle ne put y parvenir.

Elle avait tant de chance..., songea-t-elle en larmes. Certes, sur le plan financier, elle était au bord de la faillite, mais dans le domaine qui comptait le plus, celui de l'amitié, elle était riche à millions.

En une semaine, tout fut terminé, non seulement les pièces que Lorraine considérait comme une priorité, mais toute la maison.

En fait, dès qu'on avait su sur Harmonie — Julia s'était chargée de diffuser la nouvelle à la radio — que ses amis s'étaient portés volontaires, elle avait eu plus d'aide qu'elle n'en pouvait utiliser.

Le dimanche suivant, le départ de ses amis qui avaient travaillé toute la journée la laissa incrédule. Elle parcourut le manoir, si éblouie que cela lui donna le vertige.

— Tu en crois tes yeux ? cria-t-elle, éperdue de bonheur.

La maison était spectaculaire. Les vitres étincelaient, les parquets aussi... et les murs ! Même Cameron avait reconnu qu'elle avait eu raison de suivre son instinct. Avec de la peinture, du glaçage, et les conseils de Fred Gardiner, elle avait obtenu la patine qu'elle recherchait et une douce impression de luminosité grâce à des tons chauds.

La semaine suivante, Lorraine consacra toute son énergie à l'ameublement du manoir. Elle récupéra les lits pliants utilisés par les ouvriers de Joe et, une fois ceux-ci répartis dans les chambres, les recouvrit de draps à festons et de quilts colorés. Les bébés dormiraient dans leurs couffins.

Puis, elle s'attaqua aux décorations de Noël. Dylan lui apporta un chargement entier de verdure. Cathryn, Ben et

Julia se joignirent à eux pour une fête qui dura toute la journée. Le soir, une couronne de branchages ornait la porte d'entrée, des guirlandes de laurier ornaient les vérandas, des lumières scintillaient à toutes les fenêtres. De jolis nœuds rouge et or étaient accrochés tout le long de la balustrade du grand escalier, toutes les cheminées étaient artistiquement décorées, et un sapin de Noël haut de trois mètres trônait dans le grand salon.

Les effluves du punch aux pommes et à la cannelle qui avait mijoté toute la journée sur le fourneau s'échappaient de la cuisine. Lorraine était dans un état de bonheur indescriptible.

Leurs amis partis, elle resta seule avec Cameron qui lui proposa d'aller voir ce que ça donnait de l'extérieur.

— Quelle bonne idée !

Ils restèrent sur la pelouse à baigner dans la satisfaction du travail accompli, jusqu'à ce que Lorraine soit engourdie de froid. Ils rentrèrent alors à l'intérieur pour parler du week-end. Lorraine devait retourner à Boston pour organiser les derniers détails avec ses frères et sœurs. Il fallait que leur mère ne se doute de rien jusqu'au dernier moment.

— Je m'assurerai que le manoir est illuminé, dit Cameron, déçu de n'avoir pas été convié à partager la fête familiale.

— Je suis désolée, dit Lorraine. Notre séparation ne durera que quelques jours. Je veux que ma mère profite pleinement du manoir sans se faire du souci à propos de nous. Sa joie ne sera pas complète si elle passe son temps à se poser des questions à ton sujet.

— Je comprends.

— Je sais, dit Lorraine en lui enveloppant la taille de ses bras et en se blottissant contre lui.

« Et c'est aussi pour ça que je t'aime, » n'osa-t-elle ajouter.

— Tu sembles fatiguée, dit Cameron en lui baisant tendrement le front.

— Je le suis.

L'odeur de peinture lui donnait vaguement la nausée.

— Tu veux aller te coucher tout de suite ?

— Pas encore. Allons admirer l'arbre tous les deux, tant que nous en avons la possibilité.

Une vague de mélancolie la gagnait. Bientôt la maison ne serait plus la sienne. Elle allait l'offrir à sa mère. C'était leur dernière soirée ensemble dans le manoir d'Isabelle. Pourquoi ne l'avait-elle pas réalisé plus tôt ?

Pendant un instant, l'égoïsme l'emporta, et elle voulut garder le domaine pour elle. Et puis, elle se souvint de tous les bienfaits que sa mère en retirerait une fois qu'elle serait installée sur Harmonie.

Elle se consola en se promettant de lui rendre souvent visite, avant de s'aviser que ce ne serait pas la même chose.

A cette pensée, elle s'accrocha à Cameron avec quelque chose qui ressemblait à du désespoir. Il ne lui posa pas de questions et se contenta de lui murmurer à l'oreille une fois de plus à quel point elle allait lui manquer.

Pru Hathaway arrêta sa voiture sur la route et considéra le manoir Rockland. Des bougies brûlaient à toutes les fenêtres. Elle reconnut malgré elle que la maison était décorée avec un goût admirable, à l'extérieur du moins. Dieu seul savait à quoi ressemblait l'intérieur. La rumeur publique voulait cependant que cette DeStefano ait un don remarquable pour la décoration.

« Un goût de grand seigneur », lui avait même dit Fred Gardiner. Or, Fred était l'une des rares personnes dont le jugement lui en imposait.

A la pensée qu'Audrey DeStefano puisse vivre désormais dans un cadre pareil, Pru laissa échapper un juron qu'elle n'avait employé que fort rarement au cours de son existence. Elle ne savait pas ce qui l'inquiétait le plus, le retour d'Audrey sur l'île, ou les liens que Cameron avait renoués avec Lorraine. Elle avait attendu patiemment en se fiant aux efforts de Clay. Mais il avait échoué lui aussi. Pire, ses tentatives de blocage s'étaient retournées contre lui.

L'imbécile ! enragea Pru. Maintenant, leur fils sortait avec cette fille au vu et au su de tous, et était au courant de cette lamentable affaire entre Clay et Audrey.

Depuis, c'était à peine si elle pouvait soutenir le regard de son fils.

Eh bien, décida-t-elle, furieuse, la situation avait assez duré. Il allait falloir qu'elle s'en mêle et règle le problème elle-même.

15.

Lorraine avait cru que, dans le plus mauvais scénario, elle perdrait le manoir pour cause de faillite. Mais elle s'était trompée. Il y avait une calamité pire que celle-là...

Elle attendit d'être sur le continent pour entrer dans une pharmacie et acheter un test de grossesse.

C'était insensé, se disait-elle, n'osant y croire, puisqu'elle avait utilisé un diaphragme. Mais tous les symptômes étaient là : un mois sans menstruations, une fatigue émotionnelle exceptionnelle, des nausées. Elle s'inquiétait sans doute inutilement. C'était simplement l'effet de l'épuisement. Elle devrait prendre un peu mieux soin d'elle-même. Mais elle ferait quand même le test, juste pour se tranquilliser l'esprit.

Le lendemain matin, assise sur le rebord de sa baignoire, Lorraine contemplait fixement le halo indiquant les résultats, atterrée.

Ce n'était pas possible. Pas une seconde fois..., se dit-elle, désespérée. Pourquoi le sort s'acharnait-il sur elle ? Pourquoi avec Cameron, encore ?

Elle se releva en titubant pour se regarder dans la glace. Elle avait le teint fiévreux et des yeux fous.

Qu'allait-elle faire ? Là était la véritable question, la seule qui importait.

Elle sentit les larmes qui lui montaient aux yeux, mais ce n'était pas le moment de s'apitoyer sur elle-même. Aujourd'hui était le jour d'Audrey. Elle l'emmenait sur l'île.

C'était le point culminant du rêve qu'elle avait formé six mois plus tôt.

Lorraine éclata d'un rire hystérique, et finalement, se mit à pleurer.

Elle aurait mieux fait d'attendre que Noël soit passé pour faire ce test, se dit-elle, une fois apaisée. Sa vie était suffisamment chaotique comme ça. Une seule chose était sûre. Nul ne devait être au courant, pas même Cameron. Il fallait qu'elle prenne d'abord le temps de la réflexion. Plus tard. Sa mère passait d'abord.

Sans trahir le moindre soupçon sur ce qui l'attendait, Audrey était partie avec ses cinq enfants, deux gendres et les bébés dans trois voitures pour une prétendue excursion surprise. Durant le trajet cependant elle montra des signes d'appréhension. Il y avait dans les coffres assez de valises pour un voyage dans les Andes.

Une heure et demie plus tard, quand ils approchèrent de l'embarcadère, ses soupçons se précisèrent.

— Où allons-nous?

Elle se trouvait dans la voiture de Lorraine avec son plus jeune fils, Mark, et la petite amie de ce dernier, Tracy.

— Je suppose qu'il m'est impossible de garder le secret plus longtemps. Nous allons sur Harmonie.

— Oh non! murmura Audrey en portant une main à sa gorge.

— Détends-toi, maman, ça va être merveilleux.

— Mais que ferons-nous là-bas?

— Nous profiterons des festivités. Tu te souviens de la parade de Noël?

— Bien sûr. Mais pourquoi les bagages? Qu'as-tu prévu?

— Nous avons pensé que ce serait agréable de passer la nuit là-bas, au lieu d'être obligés de rentrer dans l'obscurité.

Sa sœur Michelle s'était chargée de faire la valise de leur mère.

Le ferry était bondé. Audrey se calma quand elle vit la foule attirée par la campagne de publicité organisée par Lorraine.

— Mon Dieu ! Je ne me souviens pas que le ferry ait jamais eu un tel air de fête ! Et regarde ce buffet !

Il y avait des guirlandes et des lumières partout. Le capitaine portait une houppelande de Père Noël.

Lorraine sourit.

— J'ai cru comprendre que c'était une nouveauté de cette année.

La traversée fut joyeuse au possible. Les maris organisèrent un concert improvisé, tandis que les trois sœurs bavardaient avec animation. Mais ce qui réconforta le plus Lorraine, ce fut l'attitude d'Audrey qui passa la fin du trajet assise près d'un hublot, le regard fixé sur le petit bout de terre qu'on apercevait à l'horizon, une expression de béatitude sur le visage. Les trois sœurs échangèrent des sourires de connivence.

Quand le ferry s'apprêta à entrer dans le port, Audrey monta sur le pont. Lorraine la suivit. Il n'était que 4 heures de l'après-midi, mais le soir tombait déjà. La pénombre présentait des avantages, car toutes les illuminations de Noël faisaient déjà scintiller les maisons de la grand-rue. Même les bateaux de pêche étaient décorés.

— Je sais que tu dois te sentir très bizarre, dit Lorraine. Tu es sans doute très fâchée contre moi, mais je tiens à te dire que tout va se passer admirablement. Tu verras : ton séjour sur l'île sera merveilleux.

— Ne crains rien, je suivrai le mouvement, dit Audrey. En fait, je suis tout excitée.

Elle ferma les yeux et huma à pleins poumons l'air froid et salé.

— ...Oh ! que ça m'a manqué, dit-elle avec un grand sourire.

Lorraine, appuyée au bastingage admirait Harmonie.

— C'est beau, n'est-ce pas ?

— Evidemment, dit Audrey. C'est chez nous.

Les voitures sortirent du ferry en file indienne. Lorraine prit la tête de la petite caravane. L'heure de vérité avait sonné.

— Où allons-nous ? demanda Audrey, le visage parcouru d'émotions changeantes.

— Là où nous devons passer la nuit.

— Ah ? Tu as fait des réservations ?

— Si on veut...

Elle ralentit en arrivant à proximité du manoir qui brillait de tous ses feux.

— Nous y voilà, maman, dit-elle d'une petite voix étranglée.

Mark se pencha entre les sièges avant pour mieux voir.

— Lorraine ! C'est beau comme un livre de contes de fées.

Quelques secondes plus tard, ils étaient tous sortis de voiture et exprimaient des sentiments analogues. Audrey monta les marches dans un état de confusion extrême.

— C'est la maison du Dr Smith. Mais je ne me souviens pas de l'avoir jamais vue aussi belle.

— Non, le docteur n'habite plus là, maman. Quelqu'un d'autre possède le manoir maintenant.

— Vraiment ? Qui donc ?

Lorraine sortit de sa poche une clé ornée d'un joli ruban rouge.

— Toi. Joyeux Noël, maman.

Audrey resta bouche bée. Elle regarda sa fille aînée comme si cette dernière avait perdu l'esprit, puis ses autres enfants.

— Je ne comprends pas. Tu as réservé des chambres ici ?

Kim s'avança.

— Non, maman. Lorraine a acheté le manoir cet été, et elle a passé l'automne à le restaurer.

— Ah ! je te croyais dans les Berkshires.

Lorraine fit la grimace.

— Je me demandais si tu n'avais pas deviné, en entendant toutes ces mouettes chaque fois que nous parlions au téléphone.

Audrey regarda la clé que Lorraine lui tendait toujours.

— Oh, ma chérie ! Qu'as-tu fait ? dit-elle en versant une larme. Suis-je à la mort ? J'ai un cancer, et personne ne veut me l'avouer ?

— Mais non ! s'écria Lorraine en riant.

— Maman ! protesta David, le benjamin.

— Entrons, dit Michelle. Je suis impatiente de voir l'intérieur.

Après s'être débarrassés de leurs manteaux, ils suivirent Lorraine qui leur fit faire le tour des lieux. Quand ils revinrent dans le grand salon, les deux bébés s'étaient endormis dans leurs sacs kangourous, mais les adultes étaient électrifiés par leur visite. Audrey attira Lorraine sur un sofa.

— Il va falloir que tu m'expliques tout une seconde fois. Tu as acheté le manoir Rockland pour moi ?

— Exactement.

— Mais qu'est-ce qui t'a pris ? Que vais-je en faire ?

Lorraine consulta sa montre. La discussion prendrait des heures, littéralement.

— Pourquoi ne pas commencer par préparer le dîner ? Nous en parlerons une fois à table.

Cette nuit-là, au manoir Rockland, il restait des miettes sous la table de la salle à manger, et toutes les chambres étaient occupées.

« C'est comme ça une maison vivante », se dit Lorraine avec bonheur.

Elle s'était allongée sur le divan du petit salon, après avoir donné la chambre d'Isabelle à sa mère.

Comme un tuyau de la plomberie se mettait à cliqueter, elle s'en amusa et rétorqua :

— Je suis contente que tu approuves, chère Isabelle.

Elle glissait dans le sommeil quand son téléphone portable sonna. Il était minuit moins le quart.

— Bonsoir.

Elle fut tout émue d'entendre la voix de Cameron.

— Bonsoir, toi.

Puis elle se souvint qu'elle était enceinte, et sentit un vent de panique passer sur sa tête.

— Tu peux parler?

— Oui. Mais pas trop longtemps.

— Comment s'est passée ta journée?

— Vraiment bien. Ma mère adore la maison.

— Oh! dit Cameron d'une voix où perçait la déception. Alors, l'idée de s'installer ici et de recevoir des hôtes lui plaît?

— Je crois. Nous avons tellement parlé que je ne me souviens pas de la moitié de ce que nous avons dit. Elle non plus, j'en suis sûre. C'était trop d'émotions d'un coup pour elle. Il faudra que nous recommencions notre conversation. Et elle aura besoin d'un peu de temps pour retrouver ses esprits.

Un ange passa.

— Où es-tu? demanda Cameron.

— Dans le petit salon.

— Pas dans la chambre d'Isabelle?

— Non, je l'ai laissée à maman pour la nuit.

Une vision du lit à baldaquin qu'elle avait partagé avec Cameron durant deux semaines s'imposa à son esprit. Elle pouvait presque sentir sous ses doigts la texture des draps.

— Tu iras voir la parade demain?

— Oui, mais je ne sais pas exactement mon emploi du temps. Nous avons des bébés ici qui ont besoin d'être nourris et de faire la sieste.

— Je passerai en ville la plus grande partie de la journée. Nous aurons sans doute l'occasion de nous apercevoir.

— Oui, soupira-t-elle. De loin.

Un nouveau silence les unit.

— Tu n'as pas par hasard parlé à ta mère de son aventure avec mon père?

— Grands dieux, non! Elle serait mortifiée à en mourir. Je n'y ferai jamais la moindre allusion.

— C'est sans doute mieux ainsi.

Lorraine laissa échapper un bâillement sonore.

— Prends du repos, mon cœur. Tu as une semaine très occupée devant toi.

— J'aurai moins à faire quand mes frères et sœurs seront repartis.

— Dimanche, n'est-ce pas?

— Oui. Après-demain.

— Et ta mère reste une semaine de plus?

— C'était notre plan.

— Quand vas-tu lui parler de nous?

Lorraine ressentit un certain malaise.

— Je ne suis pas sûre de le faire.

— Mais je croyais...

— A quoi cela servirait-il? Oh, Cam, je suis désolée... Je suis vraiment épuisée. Il faut que je dorme un peu.

Cameron mit quelques secondes de trop à répondre.

— Bien sûr. Amuse-toi bien avec ta famille.

— Merci. Bonne nuit.

Mais il avait déjà raccroché.

Lorraine pouvait voir que sa mère hésitait à se rendre en ville, même entourée de tous ses enfants. Heureusement, connaissant cette timidité, elle avait pensé à inviter deux des amies d'Audrey pour le petit déjeuner.

Audrey n'en crut pas ses yeux en reconnaissant Gertrude Dumont et Elaine Bennett. Les trois amies se mirent à rire et pleurer tout à la fois pendant une bonne demi-heure, avant de s'installer dans la salle à manger pour échanger leurs souvenirs d'antan et leurs nouvelles des quinze années qui venaient de s'écouler. Puis elles se rendirent ensemble à la fête, ce qui permit aux enfants DeStefano de se livrer sans remords à leurs activités préférées. Lorraine s'arrêta pour bavarder avec tous les gens qu'elle connaissait.

— Vous avez vu cette foule? jubila Fred Gardiner, debout devant son magasin, dans un costume digne d'un personnage de Dickens. Le ferry d'hier n'était rien à côté de celui de ce matin ! Il ne restait plus une place de libre. Les auberges affichent complet, et les commerçants s'attendent à des ventes records.

Il secoua la main de Lorraine avec énergie.

— ...Merci de votre aide. Je crois que nous aurons ce soir les fonds nécessaires à la réfection du phare !

— Mon Dieu ! Lorraine ! dit Audrey. Tu connais tout le monde.

Lorraine, qui avait cru sa mère trop préoccupée pour remarquer quoi que ce soit, s'amusa de la réflexion.

— Tu sais, j'ai passé plusieurs mois ici...

— Oui, mais tu parais... si bien intégrée.

— Oh...

Lorraine regarda sa montre. Le Père Noël devait arriver bientôt, ou plutôt débarquer d'une bateau de pêche. C'était ce qu'il fallait pour distraire sa mère et l'empêcher de poser davantage de questions. Mais, durant le court trajet qui les menait au port, plusieurs personnes vinrent parler à Lorraine pour la féliciter de la restauration du manoir et lui dire à quel point ils appréciaient ce qu'elle faisait pour sa mère.

Julia et Ben les rejoignirent bientôt.

— Je suppose que Cameron est *persona non grata* au manoir tant que ta famille est là ? demanda Julia à mi-voix pendant que Ben conversait avec Audrey.

— Sa présence serait trop étrange. Je mentionnerai sans doute quelque chose dans quelques jours.

Le Père Noël ouvrit son gros sac et distribua de menus présents aux enfants qui l'entouraient. Julia considérait d'un air rêveur un gamin qui ressemblait vaguement à Ben, et du coup Lorraine se rappela l'enfant qui déjà grandissait en elle et qui aurait été le bienvenu si le moment n'avait été aussi inopportun.

— Je continue ma route, annonça-t-elle pour ne plus penser à son état. Maman ? Tu veux venir écouter le carillon ?

— Oh oui, certainement !

**

Cameron acheta deux brioches au vendeur ambulant, et en tendit une à Cathryn.

— Merci, Cameron, mais si ça ne t'ennuie pas, j'aimerais que nous dirigions nos pas vers le parc. Mes enfants doivent s'y trouver.

Cameron acquiesça volontiers. Ils entraient dans le parc quand il repéra Lorraine entourée de sa famille. Il n'avait pas vu autant de cheveux roux depuis que les DeStefano avaient quitté Harmonie. Lorraine parlait à l'un de ses frères. Le petit David, sans doute. Tout à coup, leurs regards se croisèrent, et Cameron retint sa respiration. Lorraine lui sourit. Et puis elle reprit sa contenance habituelle et continua sa conversation. Le petit groupe s'ébranla dans leur direction à la suite d'Audrey.

Ce fut alors que Cathryn se figea, alarmée.

— Oh, oh !

Elle venait de voir Pru et Clay Hathaway qui arrivaient en sens opposé. Ils allaient tous se retrouver nez à nez à moins de deux mètres de Cameron.

L'inévitable se produisit. Ils s'immobilisèrent tous dans un silence mortel. Et puis, comme dans un film au ralenti, chacun reprit sa marche, le menton levé et les yeux ailleurs.

— Eh bien, c'était intéressant ! commenta Cathryn.

Cameron se contenta de secouer la tête.

Une heure plus tard, il finit par découvrir Lorraine dans un magasin de bougies.

— Tu es seule ?

Elle sursauta violemment.

— Euh... oui. Ils sont tous partis faire un tour de l'île en carriole.

— Quelle rencontre, dans le parc ! dit Cameron d'un ton léger.

Mais Lorraine n'était pas d'humeur à rire. Elle semblait distante, repliée sur elle-même, et il ne savait pas pourquoi.

C'était peut-être la tension d'une visite de famille, se dit-il sans y croire. Non, il avait dû se passer quelque chose d'autre. Etait-ce le début de la fin ?

En fait, il n'avait jamais parlé de l'avenir. Certes, il avait compris qu'à la fin des travaux Lorraine reprendrait le fil de son existence à Boston, et qu'il resterait à Harmonie. Mais c'était avant. Avant qu'il ne tombe amoureux d'elle. Avant qu'il ne réalise qu'il voulait passer sa vie entière avec elle.

— Lorraine, je vais passer au manoir ce soir pour parler à ta mère, dit-il impulsivement.

— Non! Pas encore! Je le lui dirai moi-même au moment que j'aurai choisi.

Là encore, il sentit une réaction qui allait bien au-delà des mots prononcés. Comme c'était étrange et injuste! Quelques jours plus tôt, ils étaient ensemble, décorant un arbre de Noël avec des amis, partageant leurs repas et leur lit...

Juste à ce moment-là, Lorraine aperçut la carriole qui revenait.

— Il faut que j'y aille.

— Lorraine!

Elle ne se retourna même pas.

Lorraine traversa la rue à vive allure, en se reprochant amèrement d'avoir si mal traité Cameron. Mais chaque fois qu'elle songeait à sa grossesse, elle était saisie de panique.

— Comment était-ce? demanda-t-elle à sa mère qui descendait la dernière.

— Merveilleux!

Audrey remercia le cocher qui trônait sur un siège gaiement décoré de branches de sapin et de rubans multicolores. Des clochettes ornaient les crinières des quatre chevaux et tintaient allègrement chaque fois qu'ils secouaient l'encolure.

— ...Tu es sûre que tu ne veux pas faire un tour? insista Audrey qui avait les joues roses de plaisir.

— Plus tard peut-être. On va illuminer l'arbre, et je ne veux pas manquer ça.

Le soleil couchant déversait une chape orangée sur les collines à l'ouest d'Harmonie. Les chanteurs de Noël s'étaient déjà rassemblés autour du sapin de sept mètres de haut et entretenaient la foule qui attendait l'obscurité. L'illumination de l'arbre fut saluée par une tempête de cris et d'applaudissements.

Les magasins resteraient ouverts toute la soirée, et les festivités continueraient, mais Lorraine et sa mère étaient prêtes à rentrer. Elles souffraient de la fatigue et du froid, et Audrey avait mal aux pieds.

Sur le chemin du retour, Lorraine fut surprise d'entendre sa mère mentionner Cameron.

— Il y a quelque chose entre vous?

— Mais non, dit Lorraine d'une voix coupable.

— Lorraine, je ne suis pas idiote. J'ai entendu une bonne demi-douzaine de personnes te demander où il était. Je l'ai aussi remarqué dans le parc. Il te regardait, et quand tu t'en es aperçue, vous êtes restés les yeux dans les yeux comme deux veaux!

Lorraine poussa un soupir résigné.

— Entendu. De toute façon, tu n'aurais pas tardé à l'apprendre...

Elle n'eut pas le temps d'en dire davantage. Sa mère se prit la tête à deux mains.

— Oh, Lorraine! Après tout ce que tu as dû supporter de lui et de sa famille il y a quinze ans! Comment est-ce arrivé?

— Je ne sais pas.

Lorraine lutta contre les larmes brûlantes qui lui montaient aux yeux.

— ...Je ne sais vraiment pas.

— Et eux, ils savent? Pru et Clay?

— Ils savent que nous nous voyons.

— Et ils ne s'en sont pas mêlés?

Lorraine songea à tous les problèmes qu'elle avait eus, mais ceux-ci concernaient la maison et non pas Cameron.

— Non.

— Eh bien, ne baisse pas ta garde! Je dois quand même reconnaître qu'ils ont bien fait d'envoyer ce garçon ailleurs

242

pendant aussi longtemps. Lui et toi, vous sembliez magnéti-
sés comme deux aimants. Quand vous étiez à proximité l'un
de l'autre, rien ne pouvait vous séparer.

— Alors, je suppose que nous avons de la chance, car
bientôt nous n'aurons plus l'occasion de nous voir.

— Ha !

— Vraiment, insista Lorraine.

— Ha !

— Ne rends pas la situation plus importante qu'elle ne
l'est.

— C'est ta façon de me dire de m'occuper de mes
propres affaires ?

Lorraine se força à sourire.

— Nous sommes arrivées. Si nous rentrions boire quelque chose de chaud avant de geler sur place ?

La semaine dura une éternité. Avant le départ de ses
frères et sœurs, Lorraine organisa un déjeuner qui rassem-
blait toutes les vieilles amies de sa mère. C'était la fête que
Gertrude avait proposé d'organiser deux mois plus tôt. Un
reporter du journal local se présenta, prit des tonnes de notes
et des douzaines de photographies, et promit d'écrire un
article qui parlerait à la fois de la rénovation du manoir et de
la fête en l'honneur d'Audrey.

Restées seules, Lorraine et sa mère firent, chaque jour, de
longues promenades autour de l'île. S'il faisait trop mauvais,
Lorraine prenait sa voiture. Elles déambulèrent dans les
magasins, et se plongèrent dans la lecture de tous les cata-
logues de meubles et d'objets décoratifs que Lorraine avait
rassemblés. Elles discutèrent des problèmes que poseraient
des hôtes, des draps et serviettes à envoyer au pressing, du
personnel qu'il faudrait ou ne faudrait pas pour faire les
chambres, et des menus de petit déjeuner.

La longue semaine finit de s'écouler. Noël approchait, et
Audrey voulait rentrer à Boston pour finir ses courses. Et ses
petits-enfants lui manquaient.

— Mais tu seras de retour le 24, n'est-ce pas ? dit Lorraine qui remettait en place un ornement de verre coloré qui avait glissé de l'arbre.

Audrey, mal à son aise, se rassit sur le divan.

— Tu sais que je reçois toujours toute la famille chez moi.

— Justement. Le manoir Rockland est à toi.

Les frères et sœurs de Lorraine avaient déjà prévu de revenir sur Harmonie.

— Lorraine, viens t'asseoir à côté de moi, dit Audrey en tapotant le divan. Il faut que nous parlions.

Un frisson de peur parcourut la colonne vertébrale de Lorraine tandis qu'elle retraversait la pièce.

— Je sais que tu avais les meilleures intentions du monde, et la maison est belle à vous couper le souffle.

— Mais ?

— Je ne peux pas accepter. C'est... trop !

Le cœur de Lorraine fit des soubresauts.

— Bien sûr que tu peux l'accepter. Je l'ai acheté en pensant à toi.

Audrey regarda le chandelier de cristal, la cheminée de marbre et le tapis afghan.

— Ce n'est pas moi.

Lorraine était une fois de plus au bord des larmes. Fallait-il qu'elle fasse toujours tout de travers ?

— Je voulais te donner quelque chose qui en mette plein la vue à toute l'île !

— Oh, là tu as parfaitement réussi, dit Audrey en souriant. Mais je ne comprends toujours pas pourquoi tu as fait une chose pareille.

Lorraine prit la main de sa mère.

— Tu te souviens de notre journée chez Hyannis au printemps dernier, quand tu as aperçu Gertrude Dumont ?

— Oh oui !

— Eh bien ! Je n'ai pas supporté de voir ton embarras après tant d'années. Alors, j'ai voulu effacer la grisaille et la gêne. Je voulais que tu sois capable de revenir sur l'île la tête haute, les épaules bien en arrière, et de regarder tout le monde droit dans les yeux. Je voulais que tu sois fière... fière comme tu m'as appris à l'être.

— Mais je le suis ! Comment pourrais-je ne pas être fière après ce que tu as fait pour moi ? Mais je ne mets pas ma fierté dans les choses matérielles, Lorraine. C'est de toi et de tes frères et sœurs que je suis fière. Tu es mon trésor, et cent maisons comme celles-ci ne vaudraient pas ce que tu représentes pour moi.

Lorraine fut incapable de parler pendant un moment.

— Il y a quelque chose d'autre, dit-elle enfin. Sans papa, tu semblais un peu perdue, et j'espérais qu'avoir des hôtes donnerait une direction à ton existence. Tu es encore si jeune...

Audrey s'essuya les yeux et sourit.

— Je ne me sens pas si jeune que ça, mais tu as raison, je me suis suffisamment apitoyée sur moi-même et il est temps que je me remette en route... Tu sais, cette idée d'hôtes me plaît. Je crois aussi que j'aimerais ouvrir une sorte de relais sur Harmonie.

Lorraine en resta bouche bée.

— ...Mais ce serait dans un cadre différent. Une ancienne ferme, ou bien un cottage.

Lorraine se frappa le front de chagrin. Sa mère décrivait exactement le genre de demeure qu'elle avait cherchée avec Anne McDougal.

— ...Et ne crois pas qu'il entre dans tes responsabilités de me l'acheter. Je n'ai toujours pas touché à l'assurance-vie de ton père, le seul bon placement qu'il ait fait, le cher homme. D'ailleurs, Gertrude est veuve, elle aussi, et elle voudrait bien être de la partie.

— Donc, tu en as déjà discuté avec elle ?

Audrey jeta à Lorraine un regard quelque peu coupable, et hocha affirmativement la tête.

— Eh bien, je suis ravie qu'une partie au moins de mes projets doive se réaliser.

— S'il te plaît, ne sois pas triste, dit Audrey. Ton geste

m'a infiniment touchée. Ces quelques jours resteront gravés dans ma mémoire comme un grand moment de mon existence. Mais ce manoir est le tien.

— Non ! Tu ne pourrais pas te tromper davantage.

— Ecoute, tu peux ne pas savoir encore pourquoi tu l'as acheté et pourquoi tu l'as aussi bien rénové, mais il y avait une raison. Je te suggère de rester un peu pour la découvrir.

Lorraine avait déjà une idée très précise de la raison en question. C'était l'orgueil qui l'avait poussée à agir ainsi. Et maintenant, elle allait être punie pour avoir commis ce péché...

Audrey rentra à Boston, et Lorraine se retrouva seule au manoir à ruminer sa stupidité, et songer aux pots cassés. Il y avait cette grande maison qu'elle avait payée beaucoup trop cher. Qu'allait-elle en faire maintenant ? Elle pourrait louer le garage, et recevoir elle-même des hôtes, mais qu'adviendrait-il alors de son affaire de Boston ? Elle avait beaucoup diminué de volume au cours des semaines précédentes, mais elle requérait d'autant plus d'attention. D'autre part, elle se voyait mal dans la peau d'une hôtelière.

Sa grossesse constituait son second problème. Lorraine se fit une tasse de thé et alla s'allonger dans un fauteuil de repos dans la chambre d'Isabelle, déterminée à analyser la situation avec un maximum de lucidité.

D'abord, en dépit de toutes les complications, elle était heureuse d'être enceinte. Il y avait en elle un puits de joie qui bouillonnait d'une douce effervescence, et la source en était l'enfant de Cameron. Pendant des années, elle avait vu ses amies se marier et fonder une famille. Ses sœurs avaient fait de même. Et durant tout ce temps, elle avait travaillé comme une forcenée, afin que chacun puisse faire des études et payer son loyer. C'était son tour maintenant. Elle voulait ce bébé. Elle voulait Cameron aussi.

Lorraine posa un pied par terre. Elle allait lui téléphoner à l'instant pour lui donner des nouvelles.

Et puis la réalité reprit ses droits.

Comment dire à Cameron qu'elle attendait un enfant ? Il

n'avait jamais dit qu'il l'aimait ni qu'il désirait vivre avec elle. Et, comme il la savait endettée, il pourrait même croire qu'elle ne lui avait fait un enfant que pour résoudre ses difficultés financières en l'obligeant à l'épouser. En tout cas, ce serait la façon dont ses parents interpréteraient la situation. Or, dans le passé, ils avaient fini par rallier leur fils à leur point de vue. Et même s'ils ne réussissaient pas, comment pourrait-elle, elle, une DeStefano, devenir une Hathaway ? L'idée était tellement absurde qu'elle décida de lui taire sa grossesse.

Mais ce n'était pas possible non plus. Les pères avaient des droits, eux aussi. D'ailleurs, il ne s'agissait pas d'un « père », mais de Cameron. Il trouverait un moyen de sortir de cette impasse. Il fallait qu'elle se convainque que ce qu'ils partageaient était bel et bien de l'amour. Pas du sexe, ni de l'amitié, mais cette sorte d'amour qui inclut une maison, un foyer et des enfants.

Lorraine était encore en train de méditer quand la sonnette de la porte d'entrée retentit. Elle posa sa tasse de thé, descendit l'escalier, et alla ouvrir. Elle se rappela alors que les malheurs venaient toujours par trois. D'abord, sa grossesse, au plus mauvais moment. Puis le rejet de la maison par sa mère. Et maintenant...

Lorraine ne savait pas encore en quoi consistait cette dernière catastrophe, mais en découvrant Pru Hathaway, elle pressentit le pire.

16.

— Madame Hathaway !

Pru interpréta cette exclamation comme une invitation et entra d'un pas ferme.

— Lorraine.

Elle inspecta le hall d'entrée qui avait autant d'allure que la propriétaire des lieux. Pru savait reconnaître une femme élégante quand elle en voyait une, et Lorraine avait de l'allure. Pru elle-même portait un pantalon et des bottes noires, ainsi qu'un manteau en cachemire dont le ton améthyste faisait ressortir ses yeux bleus et sa chevelure argentée. Mais il y avait une froideur dans son attitude, un côté anguleux dans la forme de sa mâchoire et dans ses manières qui lui ôtaient tout charme, quelle que soit sa tenue.

Lorraine songea à sa propre mère, douce, affectionnée, pleine de cœur. Fallait-il s'étonner que Clay Hathaway ait été attiré par elle ?

— Quelle surprise ! dit Lorraine en laissant la porte ouverte et en croisant les bras.

Pru prit tout son temps pour admirer ce qu'elle voyait de la maison.

— Ce que les gens racontent de cette maison semble être vrai. Vous devez sans aucun doute être très satisfaite de vous, dit-elle en se démanchant le cou pour voir le salon.

— Très satisfaite. Vous voulez une visite guidée ?

Il n'y avait aucune gentillesse dans son ton. Elle constatait seulement l'indiscrétion de Pru.

— Non merci. Je ne suis pas venue pour voir la maison...

Il n'y avait aucune gentillesse dans le refus non plus. Elle commença à enlever ses gants.

— ...Mais pour parler de mon fils.

Lorraine ne remua pas un muscle de son visage.

— Voulez-vous vous débarrasser de votre manteau ?

— Ce sera inutile. Je ne resterai pas longtemps.

Lorraine ouvrit le chemin jusqu'au salon. Pru s'assit sur le rebord d'un fauteuil, le dos plus droit qu'un manche à balai. Lorraine s'installa sur le sofa, les jambes croisées et les bras ouverts, dans une position la plus détendue possible. Puis elle attendit que Pru déclenche les hostilités.

— J'irai droit au but, dit Pru. Je suis au courant de ce qui se passe entre mon fils et vous. Comme vous l'imaginez bien, tout le monde en parle, ainsi que de votre première et désastreuse aventure et de tout ce qui a toujours divisé nos familles.

— Vous êtes venue pour me parler de racontars ? Si c'est le cas, je vais être obligée de vous demander de partir. Je n'ai pas le temps de m'appesantir sur ce genre de choses.

Pru ne bougea pas.

— Ce n'est pas mon seul souci, bien sûr. Je m'inquiète beaucoup plus du chaos que vous avez provoqué dans l'existence de Cameron. Et si vous ne comprenez pas ce que je viens de dire, il me suffira de mentionner la rupture de ses fiançailles.

La culpabilité de Lorraine n'était pas assez forte pour l'emporter sur sa colère.

— Les relations de Cameron et d'Erica se détérioraient depuis des mois. Alors n'essayez pas de me rendre responsable de cette rupture.

— Il n'empêche que votre arrivée sur l'île a coïncidé

d'un peu trop près avec l'événement. Toutefois ce qui est fait est fait. Je pense davantage aux dégâts que vous êtes susceptible de provoquer dans l'avenir.

— Excusez-moi !

Lorraine essayait de conserver son calme, mais son sang bouillonnait dans ses veines avec une vigueur alarmante.

— Vous avez toujours voulu avoir votre revanche, Lorraine. Il y a en vous la même animosité que chez votre père. Cameron s'imagine que vous vous êtes débarrassée de votre désir de vengeance le jour de la vente aux enchères, mais mon mari et moi, nous ne sommes pas aussi naïfs. M. Hathaway est convaincu que vous essaierez de nous nuire financièrement et d'extorquer à Cameron tout ce que vous pourrez. J'ai mes sources et je sais que vous n'êtes plus aussi solide financièrement aujourd'hui que vous l'étiez quand vous avez acheté le manoir...

A ces mots, Lorraine se demanda si elle n'avait pas été l'objet d'une enquête poussée.

— ...Et comme je suis aussi convaincue que vous blesseriez gravement Cameron sur le plan émotionnel, je ferai ce qu'il faut pour que ça ne se produise pas !

Pru avait beau se mêler de ce qui ne la regardait pas et avoir le jugement faussé, Lorraine l'estimait guidée d'abord par l'amour qu'elle ressentait pour son fils et respectait ce besoin de le protéger.

Mais soudain, sans plus de préambule, Pru lança son ultimatum.

— Nous voulons que vous cessiez de poursuivre Cameron de vos assiduités.

— Ah ! Et si je ne veux pas ?

— Oh ! vous feriez une erreur épouvantable, dit Pru en secouant la tête.

Lorraine avait participé à suffisamment de négociations pour savoir quand les joueurs allaient commencer à sortir leurs atouts.

— Vraiment, madame ?

— Vous savez, bien sûr, que Cameron est notre fils unique, et que tout ce que nous possédons lui reviendra éventuellement... Enfin ! notre testament allait dans ce sens-là.

Un froid horrible s'infiltra dans les veines de Lorraine tandis que la lueur dans les yeux de Pru se durcissait.

— Mais franchement, son comportement au cours des derniers mois nous a fait douter de sa capacité à gérer un legs d'une aussi grande valeur. Il est si généreux...

Le regard de Pru s'arrêta longuement sur le chandelier de cristal de Cameron.

Lorraine ignora l'insulte.

— Essayez-vous de me dire que vous diminuerez sa part d'héritage si je ne cesse pas de la voir ?

— Ai-je employé le mot « diminuer » ? Dans ce cas, je me serais mal fait comprendre.

— Vous ne feriez pas une chose pareille ! Vous le priveriez de tout ?

— Bien sûr. Nous sommes aux Etats-Unis, ma chère. Les gens font ce qu'ils veulent de leur fortune.

— Mais ce n'est pas possible. Il adore la maison de ses ancêtres. Il serait anéanti.

— Oui, il a un faible pour nos livres et nos vieux papiers.

Lorraine pâlit. Quand elle avait fait allusion à la demeure Hathaway, elle n'avait pas songé à son contenu.

— C'est plus qu'un faible...

Les lèvres de Pru se retroussèrent en une sorte de sourire.

— Je suis heureuse que vous vous en soyez aperçue. Je dois dire que vous me surprenez, Lorraine. Je croyais que vous réagiriez davantage à la perte de sa fortune. Voyez-vous, en dépit de son amour pour la maison, je crois qu'il pourrait en faire son deuil, en revanche, je ne suis pas sûre qu'il se débrouillera très bien sans argent. Il ne gagne pas grand-chose de son côté, vous savez. Il écrit des livres sur l'histoire locale, et des articles dans des revues spécialisées ici et là, mais ça ne lui rapporte quasiment rien. Et la commission culturelle ne paie pas son président, bien sûr.

— Mais il est l'associé de votre époux dans ses affaires !

— Mais Clay n'aurait aucune raison de lui conserver ce poste après l'avoir déshérité, voyons ! Il pourrait sans doute continuer à s'occuper de la comptabilité, mais vous savez ce que gagne un comptable...

— C'est injuste ! Vous l'avez élevé en tant qu'héritier.

— La vie est injuste.

— Et que ferez-vous de toutes vos possessions ?

— Oh ! les entreprises charitables ne manquent pas, et la Ligue de préservation de l'île sera trop heureuse de recevoir la maison.

— Comment pouvez-vous infliger à Cameron une blessure pareille ? Comment pouvez-vous dilapider la fortune de votre époux ? Parce que cela reviendra à anéantir l'héritage des Hathaway.

— Ce serait une tragédie, je le reconnais, mais elle n'est pas inévitable.

— Alors, il me suffirait de sortir une fois pour toutes de l'existence de Cameron, n'est-ce pas ?

— Exactement, dit Pru en remettant soigneusement ses gants. Maintenant que je vous ai dit ce que j'avais à dire, je vous laisse seul juge.

Elle se leva.

— Oh ! une dernière chose. Si jamais vous songiez à répéter notre conversation à Cameron, prenez d'abord le temps de la réflexion. Il est si énamouré de vous en ce moment qu'il pourrait vous préférer à sa fortune. Mais il recouvrera un jour son bon sens. Etes-vous bien certaine de vouloir vivre le reste de votre existence avec un homme plein d'amertume à la pensée de ce qu'il vous aura sacrifié ? Réfléchissez bien, Lorraine. Comme je vous l'ai déjà dit, la décision vous appartient.

*
**

Lorraine se savait vaincue. Jusqu'à cet ultimatum, elle croyait encore que Cameron et elle avaient une chance faible mais réelle. Maintenant toutes les prières de la terre n'y suffiraient pas. Elle était capable de soutenir les coups de boutoir des éléments déchaînés. Mais elle pliait comme de l'herbe sous la pluie à l'idée que Cameron perde ce qui lui appartenait de droit, une fortune en liquide et en portefeuille, des entreprises solides, une demeure ancestrale, et surtout des parents qui, même s'ils n'étaient pas très affectueux, représentaient beaucoup pour lui.

L'ultimatum de Pru avait du moins l'avantage de simplifier toutes les autres décisions qu'elle avait à prendre concernant le domaine de Rockland et le bébé qu'elle portait.

Elle attendit le lendemain pour appeler Cameron.

— Lorraine, enfin ! Ta mère est repartie ?

— Oui.

— J'arrive !

— Pas tout de suite. Disons à 4 heures, cet après-midi ? Elle avait des nausées matinales.

— ...Et je préférerais l'auberge du Vieux Port.

— Pourquoi ?

Pourquoi ? Parce qu'elle ne pouvait pas se permettre de se retrouver seule avec Cameron chez l'un ou chez l'autre. Elle n'aurait pas la force de lui résister.

— Comme ça. Cameron, je ne peux pas rester au téléphone. J'attends un appel urgent de mon bureau de Boston.

Cameron était assis au bar quand Lorraine arriva à l'auberge. Il se leva aussitôt pour l'accueillir. Lorraine résista à l'envie de se jeter dans ses bras pour le supplier de l'emmener au loin. Tahiti. Corfou. L'Antarctique. N'importe où.

— Allons dans le jardin d'hiver.

— Lorraine, il doit y faire moins dix.

— Parfait. Personne n'aura l'idée de venir nous y déranger.

Cameron la suivit sans poser d'autres questions, et attendit que la serveuse ait apporté à Lorraine du thé chaud.

— Alors, que se passe-t-il?

— J'ai beaucoup de nouvelles à t'apprendre. D'abord, ma mère a décidé qu'elle ne veut pas du manoir.

— Oh? dit Cameron sans pouvoir s'empêcher de sourire. C'est trop dommage.

— Oui, alors, j'ai décidé de le mettre en vente. J'ai pensé te prévenir le premier puisque tu es mon acheteur le plus probable. J'espère que le prix ne te découragera pas. J'en demande un million de dollars, ce qui n'est pas trop compte tenu des travaux accomplis...

— Attends, attends! Que veux-tu dire avec cette histoire de vente?

— J'ai acheté cette maison pour ma mère. Elle n'en veut pas. Donc je la revends. La conclusion s'impose d'elle-même, tu ne crois pas?

Il la considéra d'un air perplexe.

— Pourrais-tu m'expliquer ce qui s'est vraiment passé?

— Rien du tout.

Elle n'aurait pas eu la bouche plus sèche au beau milieu d'un désert de sable.

— Sottises! Tu n'as pas acheté cette maison simplement pour ta mère!

— Tu as raison. Je l'ai achetée pour impressionner les gens, et maintenant que c'est fait, je rentre chez moi.

— « Chez toi », Lorraine, où est ton « chez toi »? Je ne me souviens pas de t'avoir jamais entendue parler de l'endroit où tu vis à Boston.

Lorraine essaya de boire une gorgée, mais sa main tremblait trop pour qu'elle puisse soulever sa tasse.

— Le manoir n'est pas mon chez-moi, si c'est ce que tu suggérais.

— Pourquoi pas? Tu l'adores... Et n'essaie pas de me convaincre du contraire. Je t'en ai déjà offert un million de dollars, et tu as refusé d'un claquement de doigts.

254

— C'était il y a des mois, Cameron. A l'époque, j'ignorais que ma mère n'en voudrait pas.

— Tu savais déjà que tu avais fait une erreur lourde de conséquences sur le plan financier. Tu aurais pu repartir de zéro et acheter ce qui convenait à ta mère. Mais tu ne supportais pas l'idée d'abandonner le manoir.

Lorraine fixa sa tasse.

— Cameron, sois raisonnable. Je ne peux pas m'offrir le luxe de conserver Rockland, à moins de le réaménager en appartements de rapport... Mon avocat est sûr d'obtenir les autorisations nécessaires, certes, mais cela prendrait un an.

— Je ne te crois pas.

— A ta guise. Alors, tu l'achètes ou non ? Je te laisserai la table de la salle à manger en plus, et...

Elle allait dire « le lit à baldaquin », mais les mots ne passèrent pas ses lèvres. Et Cameron le comprit. Le jardin d'hiver fut soudain enveloppé dans un nuage épais de souvenirs. Bons et mauvais.

Cameron se pencha vers elle pour lui prendre la main.

— Il y a autre chose, et je veux savoir ce que c'est. Quelque chose de beaucoup plus sérieux... Je le sens... J'en suis sûr...

Face à une telle conviction, le désir de tout lui raconter la submergea, emportant toutes ses résolutions...

— Dis-moi, implora Cameron. Nous avons déjà partagé tant de choses...

Alors, un rire mêlé de sanglots s'échappa de la gorge de Lorraine.

— Oui, et parfois à deux reprises.

Cameron la regarda sans comprendre.

— Cameron... j'attends un enfant.

Il ouvrit la bouche mais aucun son n'en sortit. Comme si quelqu'un venait de lui décocher un coup de poing dans l'estomac.

Elle regarda en direction de la salle à manger, se demandant comment elle avait eu la stupidité d'annoncer ce qu'elle s'était bien juré de taire.

— Comment ?

— Je ne sais pas. Tu as des spermatozoïdes très résolus. Diaphragmes, capotes, rien ne les arrête.

Tout à coup Cameron sourit, et puis éclata d'un rire joyeux.

— Tu es enceinte ! C'est merveilleux, Lorraine. Quand veux-tu célébrer le mariage ?

Lorraine laissa tomber la tête dans ses mains avec un gémissement à la pensée qu'il venait de réagir de la même manière qu'à l'âge de quatorze ans.

— Le même film repasse une seconde fois.

— Que dirais-tu de la semaine prochaine ?

— Ne sois pas ridicule.

— Pourquoi pas ?

Elle prétendit être exaspérée.

— M'as-tu jamais entendue dire que je voulais me marier ?

— Mais le bébé ? Tu ne peux pas vouloir l'élever seule.

— Tu as raison ! Je vais... le confier à une agence d'adoption !

Cameron ne cacha pas son horreur.

— Tu ne parles pas sérieusement ?

— Si. Je n'aurai pas le temps de m'en occuper. D'ailleurs que ferais-je d'un enfant ?

— Mais c'est le nôtre. Est-ce que ça ne signifie rien pour toi ?... Laisse-moi au moins l'élever.

La proposition de Cameron stupéfia Lorraine. Il le ferait ! Mais à quel prix ? Ses parents le déshériteraient...

— Non. Tout le monde saurait que nous avons commis deux fois la même erreur, et ta vie serait impossible. Pense un peu aux racontars. Je ne sais pas pour toi, mais, moi, je serais incapable de les supporter.

— Les gens le sauront de toute façon.

— Non, parce que j'ai l'intention de partir avant que ça se voie. Très loin. En Australie, peut-être.

— En Australie ?

— Oui, la distance justifiera un séjour prolongé.

256

— Mais le bébé ne naîtrait pas là-bas ?

— Si. Et je ferai toutes les démarches sur place. Je veux pouvoir rentrer à Boston et reprendre le fil de mon existence comme si rien ne s'était passé.

— Ne fais pas ça, Lorraine.

— Je suis désolée, mais je crois que c'est la meilleure solution.

Elle leva enfin la tête, et s'aperçut que Cameron, l'homme doux et calme qu'elle connaissait, semblait au bord du meurtre. Il se dressa, pâle et tremblant de rage.

— Parfait ! Va où bon te semble. Mais ne remets plus jamais les pieds ici ! Ne m'adresse plus jamais la parole ! Je ne suis pas un Yo-Yo, et je ne le supporte plus !

Il arracha son anorak du dossier de la chaise et sortit en furie du jardin d'hiver, et de la vie de Lorraine. Cette fois-ci, il semblait bien que ce fût pour toujours.

Cameron but une bouteille entière ce soir-là. Il pensait s'enivrer. Il ne réussit qu'à se donner des brûlures d'estomac. Et il se réveilla le lendemain avec des maux de crâne épouvantables.

Il passa la matinée entière à se remettre d'aplomb à coups d'aspirines et de café. Puis il fit une longue marche sur la plage. Il faisait un froid de gueux, et les grains de sable crissaient tristement sous ses pieds. Cameron étudia le ciel et huma l'air. Une tempête se préparait.

Il rentra chez lui, prit une douche chaude, et s'offrit enfin un copieux petit déjeuner. Alors, seulement, il repassa dans sa tête la conversation de la veille.

— Espèce d'idiot !

Après avoir passé la nuit à traiter Lorraine de tous les noms, après avoir connu la colère, les regrets, la haine et le désespoir, il comprenait à présent ce qui clochait.

Comment avait-il pu croire que Lorraine abandonnerait son enfant... leur enfant..., elle qui ne fuyait jamais ses responsabilités ?

Il n'y avait qu'une seule explication à ce revirement : l'intervention de ses parents.

Il enfila sa parka, son bonnet le plus chaud et ses gants, et fonça chez eux.

Il ne prit même pas le temps de garer son véhicule et se rua dans la cuisine où Pru préparait le repas.

— Pour l'amour du ciel, fiston, fais un peu attention aux meubles, dit Clay qui lisait son journal devant la table de pin.

— Qu'avez-vous fait à Lorraine ? rugit Cameron.

— Tu déjeunes avec nous ? demanda Pru.

Il arracha son bonnet et le jeta sur la table.

— Lequel d'entre vous est allé voir Lorraine ?

Ses parents le contemplèrent sans mot dire.

Cameron saisit une assiette et la jeta à toute volée contre le mur.

— Répondez-moi, ou je casse tout le contenu de la maison.

Sa mère contempla les débris de porcelaine avec une expression horrifiée.

— Tu sais parfaitement ce dont je parle. Lorraine a l'intention de vendre le manoir et de quitter Harmonie.

— Vraiment ? rétorqua Pru. Je me demande vraiment ce qui l'a conduite à prendre une décision pareille.

— Je croyais qu'elle avait l'intention d'en faire cadeau à sa mère, dit Clay.

— Sa mère n'en veut pas.

Clay eut soudain l'air terriblement triste. Pru se redressa, les yeux brillants.

— ...Mais ça n'explique pas sa décision ! reprit Cameron. Elle a investi une fortune dans ce manoir. Et de plus... elle attend mon enfant.

Il regarda avec un plaisir extrême ses parents virer au gris.

— Oh, mon Dieu ! murmura Pru.

Clay se leva et se dirigea d'un pas instable vers la fenêtre. Le vent du nord-est apportait de fines particules de neige.

— Alors? dit Cameron. Que lui avez-vous fait?

— Arrête de nous accuser de quelque chose que nous ignorons, dit Pru.

Clay lui jeta un coup d'œil par-dessus son épaule, avec des yeux noyés d'émotions que Cameron n'arrivait pas à déchiffrer. Il espérait que son père finirait par comprendre son point de vue.

— Si elle veut quitter Harmonie, laisse-la faire, dit Pru.

— Il n'en est pas question! Alors, mieux vaudrait que vous me disiez tout de suite ce que vous avez fait, parce que je le découvrirai moi-même de toute façon.

Pru allait nier l'évidence une fois de plus quand Clay choisit la voie des aveux.

— Ta mère est allée voir Lorraine et lui a annoncé notre intention de te déshériter si elle ne rompait pas vos relations.

Cameron crut que ses poumons allaient éclater.

— Je vois, dit-il d'une voix remarquablement calme.

— C'était pour ton bien, dit Pru. Et si tu ne me crois pas, fie-toi à sa réaction. Dès qu'elle a su que tu ne valais plus un sou, elle a décidé de vendre la maison. Elle ne s'intéresse qu'à ton argent.

Cameron fut désarçonné... pendant deux secondes.

— Tu te trompes complètement! Et j'en ai par-dessus la tête de ta conception de mon bien.

Il reprit son bonnet.

— ...J'ai besoin de savoir une dernière chose. Tes menaces étaient-elles sérieuses?

C'était impossible. Il était leur fils unique et le dernier des Hathaway.

— ...Vous me déshériteriez vraiment si je continuais à voir Lorraine?

Clay regarda sa femme. Son visage exprimait toute son agonie intérieure. Mais ils avaient beau être chacun à un bout de la pièce, ils maintenaient leur unité. Ils resserraient les rangs.

Son père s'affaissa sur une chaise.

— Oui, dit-il. Nous te déshériterions.

On était le 23 décembre, et Lorraine aurait dû prendre le ferry pour rejoindre le continent et passer Noël en famille. Mais le ferry était bloqué au port. Tous les passages étaient annulés. Aucun avion ne se risquait dans le ciel. Une tempête pire que toutes celles dont elle se souvenait isolait Harmonie du reste du monde. Des vents de vingt nœuds couvraient l'île d'une neige qui tombait presque à l'horizontale. Elle avait oublié que la tempête avait ce pouvoir-là.

Elle écouta les annonces météorologiques de 11 heures en espérant pouvoir partir le lendemain, mais les images des satellites montraient que la tornade n'en était qu'à ses débuts. La neige continuerait à s'accumuler durant toute la nuit et jusqu'au lendemain, au moins jusqu'à la mi-journée. Les îles de l'Atlantique seraient les plus durement touchées. On prévoyait une chute d'au moins quarante centimètres de neige.

La situation n'était guère plus favorable sur le continent. Les reporters parlaient de routes coupées, d'automobilistes bloqués dans la nature, de vols annulés, de conducteurs de chasse-neige incapables de faire face aux demandes. On ne parlait pas de ce qui se passait sur les îles, coupées du reste du monde.

Lorraine éteignit son poste de télévision et téléphona à sa mère pour lui dire qu'elle était en sécurité.

— ...Tranquille comme un ver à soie dans son cocon.

Elle ne parla ni du vent qui hululait, ni de la tempête qui secouait les façades à l'est et au nord.

— Tu crois pouvoir prendre le ferry demain ?

— J'en doute, mais qui sait ? Le vent tournera peut-être.

Lorraine raccrocha et alluma les lumières à l'extérieur afin de pouvoir admirer la neige. Une brusque impulsion lui fit revêtir son manteau et grimper l'escalier des combles.

De la coupole, le spectacle se révéla extraordinaire. Elle était au milieu de la tornade. Il n'était pas possible d'être davantage en contact avec les éléments, à moins de sortir dehors.

Il ne manquait que Cameron, songea-t-elle, le cœur serré. Nul n'était capable autant que lui d'apprécier cette sensation d'éternité.

Le désespoir la saisit brusquement. Elle avait oublié que Cameron ne faisait plus partie de son existence. En refusant de l'épouser, elle avait réussi à le chasser au-delà de toute espérance. Il était parti pour toujours.

Dieu! que ça faisait mal!

Mais c'était mieux ainsi, s'objecta-t-elle dans l'espoir de se raisonner quelque peu. Il se trouverait bientôt quelqu'un d'autre. L'amour unique et éternel, ça n'existait pas. D'ailleurs, il s'était déjà fiancé une fois, avant qu'elle ne revienne.

« Et toi, Lorraine? s'interrogea-t-elle. Trouveras-tu jamais quelqu'un que tu puisses aimer autant que tu aimes Cameron? Quelqu'un qui puisse te faire rire au beau milieu d'une dispute, et te bouleverser d'un sourire? »

— Qu'ai-je fait? murmura-t-elle. Ai-je eu tort ou raison? Je ne sals plus.

D'ailleurs, ça n'avait plus d'importance. Elle avait fait fuir Cameron, et il ne reviendrait plus.

Elle reporta son attention sur le paysage. Deux des spots lumineux étaient orientés vers l'océan. Malgré le rideau de neige, elle pouvait distinguer les flots déchaînés comme des étalons blancs en furie. Les vagues énormes s'abattaient contre les rochers avec des détonations de canon.

La *Dame Grise* s'était échouée par une nuit comme celle-ci. Durant un mois de décembre, bien des décennies plus tôt. Comment avait-elle réussi à survivre?

Lorraine imaginait la femme accrochée à un mât couvert de givre, tandis que résonnaient les cris des hommes qui se noyaient.

Une brève coupure d'électricité la rappela à la réalité. Un blizzard pareil ne pouvait que provoquer des pannes de courant. C'était toujours le cas, et c'était la raison pour laquelle les îles disposaient de groupes électrogènes. Si les lignes téléphoniques étaient coupées, elles aussi, Harmonie serait totalement isolée du reste du monde. Lorraine resta à son poste d'observation sous la coupole jusqu'à ce qu'une nouvelle coupure lui suggère d'aller allumer quelques bougies.

Cette nuit-là, Lorraine dormit d'un sommeil agité dans la chambre d'Isabelle. La neige glacée martelait les volets, et les poutres de bois grinçaient comme celles d'un navire dans la tornade. Elle se réveilla avec un étrange sentiment d'anticipation, et alla ouvrir ses volets. Mais il n'y avait rien à voir. La panne d'électricité s'était produite peu après minuit, plongeant Harmonie dans une obscurité hors du temps.

Lorraine se recoucha et remonta les couvertures, mais elle se redressa bientôt, alertée par un fort parfum de lavande dont elle était certaine désormais qu'il lui signalait la présence du fantôme de la *Dame Grise*.

— Viens, Isabelle, murmura-t-elle. Arrive à bon port cette fois-ci.

La tempête continua à se déchaîner en cette veille de Noël, mais en début d'après-midi Lorraine sentit que le pire était passé. Le vent diminuait de violence. La neige ne tombait plus que de façon intermittente. Puis, juste au moment où le soleil allait se coucher, il perça la couche de nuages. Lorraine courut d'une fenêtre à l'autre pour admirer le paysage féerique qui s'offrait à ses yeux quand elle aperçut des phares dirigés dans la direction du manoir.

Bientôt, elle reconnut le ronronnement du moteur de la voiture de Cameron et se figea d'appréhension autant que de perplexité.

Pourquoi venait-il la voir? Ne lui avait-il pas demandé

de ne plus lui adresser la parole? Son arrivée n'avait aucun sens. Avait-il décidé de l'assassiner? De la poursuivre en justice pour recherche de paternité? Qu'allait-elle faire? Elle avait vraiment cru qu'il ne voulait plus la revoir. D'ailleurs, sans la tempête, elle serait déjà partie depuis longtemps. Et si elle feignait d'être absente? Cela lui épargnerait de l'affronter une fois encore...

Mais elle voulait le voir. Elle le désirait si fort qu'elle en avait mal à la poitrine.

Cameron grimpa les marches au moment où elle se convainquait qu'elle avait perdu l'esprit. Il enfonçait dans la neige jusqu'aux genoux et portait un paquet enveloppé dans du papier métallique du plus beau rouge. Un cadeau? Pour elle?

Il tambourina à la porte avec confiance et détermination. Il n'y avait plus d'échappatoire. Elle ouvrit la porte et remarqua avec curiosité que Cameron s'était garé de manière à ce que l'arrière de son van s'ouvre sur le perron.

Que lui apportait-il donc?

17.

— Bonjour, lui dit-il, tout sourires.

— Bonjour, répondit-elle en essayant désespérément de ne pas lui montrer à quel point elle était heureuse de le voir. Que fais-tu dehors dans des conditions atmosphériques pareilles ? Je n'ai pas encore entendu passer les chasse-neige.

— Oh, j'ai le mien fixé sur mon pare-chocs à l'avant. Et quatre roues motrices.

— Entre !

— Non je ne veux pas détremper le plancher. Tiens, c'est pour toi...

Et comme elle hésitait à prendre le paquet rouge qu'il lui tendait, il ajouta, amusé :

— ...Tu peux le prendre. Il ne va pas exploser ! Va le mettre au pied du sapin...

Elle s'exécuta tout en déplorant que l'électricité ne soit pas revenue, alors que c'était le moment d'allumer les lumières de l'arbre de Noël.

Certes, la maison possédait deux groupes électrogènes, mais elle les réservait au congélateur, à la chaudière et à son réchaud d'urgence.

Quand elle revint à la porte, Cameron l'y attendait avec un autre paquet, plus grand, plus lourd, et enveloppé dans du papier multicolore.

— C'est quoi ? Que fais-tu ?

— Je t'expliquerai plus tard. Pour l'instant, ce serait plus facile si je commençais par enlever la neige du porche.

Il sortit une pelle du coffre, et se mit à l'ouvrage.

— Voilà qui est beaucoup mieux, annonça-t-il cinq minutes plus tard en lui tendant trois paquets de plus.

La curiosité de Lorraine augmenta, et aussi son chagrin. Elle lui avait acheté un cadeau de Noël, un compas de navigation qu'il avait admiré durant un séjour à Boston, mais c'était quand elle croyait encore qu'ils passeraient Noël ensemble, et ce n'était qu'un seul cadeau. Un seul. Si tous ces paquets étaient pour elle...

Finalement, ils furent tous disposés autour de l'arbre. Cameron s'était débarrassé de sa parka, de son bonnet, de ses bottes et de ses gants. Il marchait en chaussettes. Lorraine alluma trois bougies sur la table basse, et trois autres sur le manteau de la cheminée. La pièce baignait dans une chaude lueur dorée.

— Avant de faire ou de dire quoi que ce soit, j'ai besoin d'une tasse de café la plus chaude possible. Il gèle dehors !

Lorraine revint de la cuisine quelques minutes plus tard avec un bol fumant. Cameron avait déjà disposé des bûches dans la cheminée et s'apprêtait à allumer un bon feu.

— Voilà qui devrait te réchauffer, dit-elle en essayant de ne pas s'appesantir sur le fait qu'il se comportait avec l'aisance d'un homme qui se trouve chez lui.

Elle s'assit sur le divan, un sourire étonné sur les lèvres, en se demandant ce qui se passait.

Quand le feu ronfla dans la cheminée, Cameron annonça qu'ils pouvaient commencer. Il s'assit sur le tapis avec un sourire enfantin et terriblement masculin à la fois, et lui fit signe de s'approcher de la montagne de cadeaux.

— Cameron, au risque de me rendre ridicule, puis-je te demander si tous ces cadeaux sont pour moi ?

Il pencha la tête, se caressa le menton et finit par répondre que oui. Alors elle se leva, le cœur battant, et vint le rejoindre sur le tapis.

— Tiens, dit-il en lui tendant une petite boîte de la taille d'un écrin. Commençons par ceci...

Ses doigts tremblaient tandis qu'elle ôtait le papier et soulevait le couvercle.

— Oh!... C'est très mignon.

Il s'agissait d'une montre de fillette qui ne correspondait pas vraiment à son style. En fait...

— Je me souviens! s'écria-t-elle. Je portais quelque chose de similaire quand j'avais... quand nous...

Elle fut incapable d'achever sa phrase. Cameron lui tendait déjà un autre paquet qui se révéla contenir un sablier.

— Il est ravissant! dit Lorraine qui le retourna et regarda le sable s'écouler à la lueur des flammes du foyer.

L'objet suivant était beaucoup plus volumineux. Elle reconnut, soigneusement enveloppée, l'horloge à la forme de banjo qu'elle avait admirée chez Cameron. Elle leva les yeux vers lui et vit qu'il la contemplait avec tout l'amour qu'une femme puisse jamais espérer.

— Je ne peux pas accepter, murmura-t-elle.

— Mais si. Elle appartient au manoir.

— C'est trop.

— Mais non. Elle appartient vraiment au manoir. C'était l'horloge d'Isabelle.

Lorraine en resta bouche bée, et Cameron en profita pour lui déposer un baiser sur les lèvres et lui remettre un nouveau cadeau dans les bras.

— Non, ça me suffit.

— Alors, je vais l'ouvrir moi-même.

L'écrin contenait un médaillon.

— Je me demande vraiment ce qu'il contient, plaisanta-t-il en faisant jouer le ressort.

C'était encore une montre.

— Je commence à reconnaître le thème, dit-elle d'une voix mal assurée.

Quand Cameron tendit la main vers un nouveau paquet, elle l'arrêta.

— Non, ce n'est pas possible. Je ne comprends pas ce qui m'arrive. La dernière fois que nous nous sommes vus, je croyais t'avoir expliqué fort clairement que...

— Que tu allais vendre le manoir ? Abandonner le petit miracle qui pousse dans ton ventre ? T'éloigner de moi et de la plus grande jouissance sexuelle que tu aies jamais connue dans ta vie ?... Lorrie, voyons ! Tu me prends pour un idiot, ou quoi ?

Lorraine se couvrit les lèvres du bout des doigts.

— Que fais-tu ? demanda-t-il.

— Je réfléchis.

Il la prit par le cou pour l'installer sur ses genoux.

— Cameron, protesta-t-elle en se débattant. Je suis sérieuse. Que se passe-t-il ?

Il reprit son sérieux.

— J'essayais de te dire que je me suis conduit comme un demeuré l'autre jour à l'auberge. Et que je ne comprends pas comment j'ai eu la stupidité de croire aux balivernes que tu m'as servies.

Lorraine essaya de protester, mais il l'arrêta aussitôt avec une parfaite imitation d'Humphrey Bogart.

— La comédie est finie, ma belle. J'ai eu une petite conversation avec mes parents.

— Oh non !

— Oh si. Je suis au courant de la visite de ma mère et de la teneur de ses propos.

— Je me sens une idiote, moi aussi. J'aurais dû te parler franchement au lieu de raconter des histoires qui t'ont rendu si triste et agressif. Mais ta mère m'avait mise en garde. Elle disait que tu étais capable de me préférer à ton héritage.

— Et elle avait raison. C'est fait.

— Qu'est-ce qui est fait ?

— Tu m'as parfaitement entendu.

Le sourire de Cameron s'était élargi jusqu'aux yeux.

— Comment ? Ils sont sérieux ? Ils vont te déshériter ?

— C'est ce qu'ils racontent. Mais si tu t'imagines que ça fait la moindre différence pour moi, tu te trompes.

— Mais la demeure ancestrale, la terre, toutes les affaires des Hathaway, et le portefeuille d'actions ? Non. Je ne veux pas que tu y renonces pour moi.

— Désolé. Trop tard.

— Mais tu le regretteras un jour, et tu me détesteras pour ça.

— Ne crains rien, Lorrie, ça n'arrivera pas. Alors, arrête tes protestations inutiles, et reprenons l'ouverture des cadeaux.

Lorraine décida d'aller d'abord chercher des mouchoirs. Elle se doutait qu'elle en aurait besoin avant que la soirée ne s'achève.

Et ce fut le cas. Chaque paquet contenait une horloge, une pendulette, un coucou, un objet qui mesurait le temps. Certains ne valaient que trois sous. D'autres la firent rire, comme le chat dont la queue était un balancier et dont les yeux bougeaient de droite à gauche à chaque tic-tac. D'autres enfin étaient de grande valeur, comme les trois cartels à poser sur les manteaux de cheminée, et les deux horloges murales.

La pile avait considérablement diminué quand Lorraine se mit à sangloter de bonheur, le visage enfoui dans le chandail de Cameron.

Tendrement, il lui caressa le dos, lui déposa des baisers dans les cheveux et l'encouragea à continuer.

— Allez, mon ange. Il n'en reste plus que trois.

Apaisée, Lorraine réussit à garder son calme en découvrant une montre miniature montée sur une bague, et une pendule de bureau en cristal.

Elle tressaillait de nervosité en ouvrant le dernier présent. Cameron l'observait avec une attention particulière. Elle défit le papier blanc et resta en admiration devant le cadran solaire patiné par les ans. Les chiffres étaient en caractères romains. Elle souleva le disque lourd et l'approcha du feu afin de pouvoir déchiffrer l'inscription qui en faisait le tour.

— « Bienheureux ceux dont... »

— « Dont les heures s'entrelacent sans fin. Porte-moi dans les nues, récita Cameron sans regarder, et dis que nous sommes un. »

Remplie d'espoir et de terreur, Lorraine n'osait le regarder. Cameron se saisit du cadran solaire et le posa sur le sol à côté d'eux. Puis il lui prit les mains.

— Porte-moi dans les nues, et dis que nous sommes un, répéta-t-il.

Lorraine sut aussitôt qu'elle allait se remettre à pleurer.

— Tu le penses vraiment ?

— Du plus profond de mon cœur.

Elle laissa couler ses larmes, et puis se mit à rire de bonheur.

— Je suis désolée. Ce sont les hormones de grossesse qui me jouent des tours... mais tes parents ? Ta fortune ?

Il la serra contre lui.

— Je t'aime, Lorraine. Je n'ai jamais cessé de t'aimer, même durant toutes ces années de séparation. Et il devient de plus en plus évident que je t'aimerai toute ma vie. J'ai seulement besoin de savoir si tu m'aimes aussi, parce que, dans ce cas, tout le reste s'arrangera.

— Je t'aime, bien sûr. Et je parie que je t'aimerai toute ma vie, et au-delà.

Il arqua le sourcil.

— Au-delà ?

— Oui, comme Isabelle n'a jamais cessé d'aimer son mari...

— Oh, Lorrie ! je voudrais tant que nous n'ayons pas été séparés durant ces quinze ans. Je donnerais n'importe quoi pour pouvoir rattraper le temps perdu... Je ne sais pas si tu as compté, mais il y a quinze cadeaux ici.

— Un pour chacune de ces années.

— Oui, dit-il en lui prenant le visage entre les paumes pour mieux plonger ses yeux dans les siens. Je promets de ne plus jamais t'offrir la plus petite montre. A la place, tu m'auras, moi... à condition que tu veuilles de moi.

Lorraine exprima un dernier doute.

— Que veux-tu dire par « vouloir de toi » ?

— Lorraine DeStefano, dit Cameron avec un sourire pétillant de malice, tu as l'esprit le plus mal tourné que je connaisse. C'est d'ailleurs l'une des choses que je préfère en toi. Ce que j'avais personnellement à l'esprit, c'était le mariage. Veux-tu m'épouser, Lorraine ?

— Mais...

— Non, non. On ne parle plus de vieilles blessures, de rancunes ou de représailles. C'est le problème de mes parents. Si nous en détachons nos deux existences, il perdra de son pouvoir. Oublions le passé et pensons à nous. Alors, mon ange ? Seras-tu ma femme ?

Elle répondit oui, et ils scellèrent leurs destins par un baiser plein de promesses et de rêves.

Au même moment, l'électricité fut rétablie sur Harmonie, et toutes les guirlandes de l'arbre de Noël se mirent à clignoter, tandis que les bougies aux fenêtres et les spots sur la pelouse illuminaient le parc enneigé.

Cameron éclata d'un rire triomphal.

— Quand on parle du temps... Quelle synchronisation !

Lorraine regarda autour d'elle avec perplexité. Elle n'avait actionné aucun des interrupteurs, et, pourtant, tout s'était éclairé d'un coup.

— Je crois qu'Isabelle approuve notre décision, dit-elle.

Cameron éclata de nouveau de rire, sans se douter qu'elle parlait sérieusement.

Ils décidèrent de se marier la veille du jour de l'an, une date qui leur parut du meilleur augure. N'ayant qu'une semaine devant eux pour préparer les festivités, ils choisirent une cérémonie toute simple, qui se déroulerait sous le toit de la mariée, suivant la coutume, avec pour seuls

270

témoins leur famille immédiate — si elle venait — et leurs amis les plus proches.

Avec Cathryn et Julia, la simplicité tourna à l'élégance en un éclair. Quand Lorraine descendit l'escalier, elle portait une exquise robe de brocart, une musicienne jouait de la harpe, et d'innombrables bouquets de roses jaunes et blanches embaumaient l'atmosphère.

Ravissante et sereine, Audrey ouvrait la marche. C'était exactement comme cela que Lorraine l'avait imaginée la première fois qu'elle avait admiré le gracieux escalier. Mais elle n'avait pas prévu qu'elle serait elle aussi dans le tableau, qu'elle en serait en fait le centre d'attraction.

Cameron l'attendait dans le salon avec son témoin, Fred Gardiner, et le pasteur de la paroisse. Les chaises étaient disposées de façon à laisser un espace central permettant à Lorraine de passer. Mais elle ne reconnut personne. Elle ne voyait que Cameron. L'amour irradiait leurs deux visages.

La cérémonie fut simple et traditionnelle. Ils échangèrent leurs vœux et leurs anneaux avec une douce révérence. Quand elle se retourna, Lorraine se dit qu'elle n'avait jamais vu autant de larmes à un mariage.

— Qu'avez-vous donc, tous ?

— Je n'ai jamais été aussi heureuse de voir un couple se marier, répondit Julia en reniflant et en se tapotant les yeux d'un mouchoir.

Elle traduisait le sentiment général.

Audrey s'approcha la première.

— Dieu vous bénisse, mes enfants. Je sais que vous serez heureux.

Les sœurs de Lorraine lui succédèrent, puis ses frères qui souhaitèrent à Cameron la bienvenue dans leur famille.

Quant à Joe Giancomo, il rayonnait au bras de son épouse qui était aussi fière que lui de découvrir que le manoir avait retrouvé son lustre d'antan.

Les deux oncles maternels de Cameron étaient venus

avec leurs épouses et leurs enfants. Sa grand-tante Florence également. Les seuls qui n'avaient pas répondu à l'invitation étaient ses parents. C'est pourquoi, quand il les aperçut au fond de la salle, il commença par ne pas en croire ses yeux.

— Ils sont venus !

— Allons les saluer, dit Lorraine, si contente de les voir qu'elle se sentait prête à toutes les concessions.

— Nous sommes heureux que vous ayez pu venir, dit-elle avec grâce.

— Nous ne pourrons pas rester longtemps, dit aussitôt Pru, avant de pincer les lèvres et de se plonger dans la contemplation du mur le plus proche.

Cameron n'en fut ni blessé ni fâché. Il avait seulement de la peine pour elle.

Il regarda son père en espérant une meilleure réaction. Mais Clay, terriblement mal à l'aise, se montra incapable de dire un mot.

Alors, Lorraine rompit le silence avec son aisance ordinaire.

— Restez, je vous en prie. Le traiteur du Grand Hôtel va servir un délicieux dîner, et vos places sont déjà réservées à la table d'honneur.

L'embarras de Clay s'accrut encore.

Cameron enlaça Lorraine par la taille.

— Excusez-nous, nos invités nous attendent...

Ils allaient pivoter sur leurs talons quand son père les retint.

— Je te souhaite le meilleur, murmura-t-il avant de lui tendre la main.

Cameron la saisit et la sentit qui tremblait entre les siennes.

— Merci, papa.

Puis Clay se tourna vers Lorraine.

— Vous êtes ravissante, dit-il en l'embrassant sur la joue.

Pru poussa un énorme soupir, et offrit ses félicitations à son tour, mais sans toutefois parvenir à sourire.

La table de la salle à manger, même pourvue de toutes ses rallonges, ne pouvait rassembler tout le monde, mais le traiteur avait fourni des tables d'appoint.

— Tu te souviens de l'état de la pièce il y a quelques mois ? demanda Lorraine, rieuse, en regardant son époux. La poussière, le plâtre et les fils électriques qui pendaient partout ?

— Et les tréteaux de contreplaqué ? Quelle différence ! répondit Cameron, admiratif.

— Mais tu sais quoi ? J'avais déjà l'impression d'avoir un foyer, surtout quand tu t'es joint à nous.

Deux heures plus tard, après un festin de roi, d'innombrables toasts et plusieurs petits discours improvisés, ils se levèrent pour se dégourdir les jambes. La harpiste s'était retirée depuis longtemps, mais de la musique s'éleva soudain de haut-parleurs soigneusement dissimulés. Julia requit l'attention générale.

— Lorraine et Cameron n'y avaient pas songé, mais je crois qu'il y a une loi... quelque part... qui exige un petit tour de danse pour régulariser un mariage. Vous êtes tous d'accord ?

— Absolument, dit Ben, son complice dans l'affaire.

— Eh bien, les chaises ont été rangées, et le salon nous attend. Aux nouveaux mariés d'ouvrir le bal !

Il n'y avait pas moyen de se dérober. Cameron conduisit Lorraine dans les salles d'apparat sous les applaudissements de leurs invités. Il leur fallut quelques secondes pour reconnaître la musique. C'était *Enfin*, la chanson d'Etta James. Cameron sourit d'une oreille à l'autre. Lorraine faillit pleurer une fois de plus.

A 21 h 30, ce fut au tour de Cameron de requérir l'attention générale.

— C'est la Saint-Sylvestre ce soir, Lorraine et moi, nous avons prévu quelque chose de très spécial, et, si vous le voulez bien, nous n'attendrons pas les douze coups de minuit. D'ailleurs, à ce moment-là, nous espérons que vous serez tous partis vous coucher depuis longtemps !

Une vague de rires déferla et le contraignit à une pause.

— ...Ce quelque chose de très spécial est un feu de joie.

Il dut lever la main pour calmer les exclamations d'enthousiasme.

— ...Mais pas n'importe quel feu de joie, puisque nous vous invitons à le transformer en rite qui deviendra, nous l'espérons, une tradition du manoir.

Tous se taisaient maintenant, piqués par la curiosité.

— L'idée est d'écrire sur une feuille de papier vos trois plus gros soucis de l'année, puis de plier cette feuille en forme d'avion et d'aller ensuite dehors pour l'expédier dans le feu avec l'espoir que vos soucis disparaîtront comme par enchantement dans les flammes.

— Génial ! s'écria l'assemblée, enthousiasmée par le symbole.

Lorraine distribua papiers et crayons. Tous se mirent à écrire en riant, et bientôt, après avoir enfilé bottes et manteaux, se retrouvèrent réunis autour du feu qui flambait sur la pelouse.

Le bois provenait des matériaux de rénovation, et Lorraine y avait ajouté, en l'honneur de la *Dame Grise* et de son équipage, des morceaux de poutre qui dataient de l'époque de construction du manoir et qui étaient tombés quand on avait abattu quelques cloisons.

L'un après l'autre, ils propulsèrent leurs avions dans les flammes et les regardèrent se consumer. Alors les froncements de sourcils disparurent, et il n'y eut plus sur les visages que des expressions radieuses.

Clay Hathaway avait lui aussi sacrifié à cette nouvelle tradition. Quand il releva la tête, il vit son fils de l'autre côté de leur grand cercle, et lui sourit d'un air heureux.

Malgré toutes les horloges de la maison, Lorraine et Cameron n'entendirent pas sonner les douze coups de minuit. Allongés dans leur grand lit à baldaquin, ils étaient trop absorbés l'un par l'autre. Ils firent l'amour, parlèrent de leur avenir, et refirent l'amour, et reprirent leur conversation qui tournait principalement autour du bébé qui naîtrait à la fin de l'été.

Blottie dans les bras de Cameron, dans un état de langueur et de contentement, Lorraine finit par aborder le sujet du manoir.

— Je suis prêt à accepter n'importe quelle suggestion, dit Cameron. En fait, j'aime ton idée d'y organiser des mariages.

— Et moi, j'aime tes idées de visites guidées, de conférences et de concerts.

— Cependant, madame Hathaway, tu as dit un jour une chose pleine de sagesse. Une maison est faite pour qu'on y vive. Que dirais-tu d'en faire notre but prioritaire ?

— Tu es sérieux ? Cette demeure est grande.

— Pas si grande que ça. Quand nous aurons installé nos bureaux de travail dans les combles, une salle de jeux au sous-sol, ainsi qu'une table de billard...

— Mais toutes ces chambres ?

— J'espère bien les remplir d'enfants.

— Eh bien, si je peux me permettre une allusion à notre passé, je crois que nous n'aurons aucun mal à les fabriquer !

Cameron éclata de rire.

— Qui sait, je te ferai peut-être même des quintuplés...

Le journal de l'île doubla son quota de pages pour relater toutes les festivités qui s'étaient déroulées à l'occasion de la nouvelle année. Un entrefilet rappelait la légende d'Isabelle et de John Gray, car plusieurs habitants avaient affirmé avoir vu la *Dame Grise* durant lesdites festivités.

Ce n'était pas inhabituel à une époque où les gens buvaient plus qu'à l'ordinaire. Cependant, cette fois-ci, les descriptions sortaient de l'ordinaire. Les gens disaient que le navire ne cherchait pas à gagner le port, mais au contraire qu'il voguait vers le large, toutes voiles dehors, et disparaissait à l'horizon.

Les vieux clients du café étouffèrent de petits rires et secouèrent la tête tout en lisant l'article, tandis que, dans les foyers, les parents jugeaient préférables de préciser à leurs enfants qu'il ne s'agissait là que d'une jolie légende.

Seule, Lorraine, au manoir Rockland, savait ce qu'il en était.

Chère lectrice,

Vous nous êtes fidèle depuis longtemps?
Vous venez de faire notre connaissance?

C'est pour votre plaisir que nous avons
imaginé un rendez-vous chaque mois
avec vos auteurs préférés, vos
AUTEURS VEDETTE dans les
collections Azur et Horizon.

Les AUTEURS VEDETTE vous
donneront rendez-vous pour de
nouveaux livres vedette.

Pour les reconnaître, cherchez
l'étoile... Elle vous guidera!

Éditions Harlequin

HARLEQUIN

LE FORUM DES LECTEURS ET LECTRICES

CHERS(ES) LECTEURS ET LECTRICES,

VOUS NOUS ETES FIDÈLES DEPUIS LONGTEMPS?

VOUS VENEZ DE FAIRE NOTRE CONNAISSANCE?

SI VOUS AVEZ DES COMMENTAIRES, DES CRITIQUES À
FORMULER, DES SUGGESTIONS À OFFRIR, N'HÉSITEZ
PAS... ÉCRIVEZ-NOUS À:

     LES ENTERPRISES HARLEQUIN LTÉE.
     498 RUE ODILE
     FABREVILLE, LAVAL, QUÉBEC.
     H7R 5X1

C'EST AVEC VOS PRÉCIEUX COMMENTAIRES QUE NOUS
ALLONS POUVOIR MIEUX VOUS SERVIR.

DE PLUS, SI VOUS DÉSIREZ RECEVOIR UNE OU
PLUSIEURS DE VOS SÉRIES HARLEQUIN PRÉFÉRÉE(S)
À VOTRE DOMICILE, NE TARDEZ PAS À CONTACTER LE
SERVICE D'ABONNEMENT; EN APPELANT AU
(514) 875-4444 (RÉGION DE MONTRÉAL) OU 1-800-667-4444
(EXTÉRIEUR DE MONTRÉAL) OU TÉLÉCOPIEUR
(514) 523-4444 OU COURRIER ELECTRONIQUE:
AQCOURRIER@ABONNEMENT.QC.CA OU EN ÉCRIVANT À:

     ABONNEMENT QUÉBEC
     525 RUE LOUIS-PASTEUR
     BOUCHERVILLE, QUÉBEC
     J4B 8E7

MERCI, À L'AVANCE, DE VOTRE COOPÉRATION.

BONNE LECTURE.

HARLEQUIN.

VOTRE PASSEPORT POUR LE MONDE DE L'AMOUR.

ROUGE PASSION

De fiévreuses histoires d'amour sensuelles!

De provocantes histoires d'amour passionnées et romantiques qu'on lit d'une seule traite. Aventureuses, parfois humoristiques, et sensuelles, elles mettent en vedette des hommes et des femmes d'aujourd'hui.

ROUGE PASSION... quatre nouveaux titres chaque mois.

COLLECTION
HORIZON

Des histoires d'amour romantiques qui vous mènent au bout du monde!

Découvrez la passion et les vives émotions qu'apportent à la Collection Horizon des auteurs de renommée internationale!

Captivantes, voire irrésistibles, ces histoires d'amour vous iront assurément droit au coeur.

Surveillez nos quatre nouveaux titres chaque mois!

La COLLECTION AZUR

Offre une lecture rapide et

- ☑ stimulante
- ☑ poignante
- ☑ exotique
- ☑ contemporaine
- ☑ romantique
- ☑ passionnée
- ☑ sensationnelle!

COLLECTION AZUR... des histoires
d'amour traditionnelles qui vous
mènent au bout du monde!
Six nouveaux titres chaque mois.

Composé sur le serveur d'Euronumérique, à Montrouge
PAR LES ÉDITIONS HARLEQUIN
Achevé d'imprimer en octobre 2001

BUSSIÈRE

GROUPE CPI

à Saint-Amand-Montrond (Cher)
Dépôt légal : novembre 2001
N° d'imprimeur · 15243 — N° d'éditeur · 9011

Imprimé en France